研究叢書70

読むことのクィア

続　愛の技法

中央大学人文科学研究所編

中央大学出版部

まえがき

本書は、中央大学人文科学研究所・研究会チーム「性と文化」（第二期）のメンバーによる共同論集である。このチームは、二〇一三年三月に研究叢書『愛の技法　クィア・リーディングとは何か』を出版した「性と文化」の後続チームとして二〇一三年度に発足した。チーム運営のコンセプトは、ジェンダー・セクシュアリティ・クィア理論に関わる文献を読むことを基本とした研究活動を行うというものであったが、そのような研究活動を通して、博士論文執筆中の大学院生やポスドクの研究者に最新の研究成果を発表する機会を提供し、ベテランと若手研究者、学内外の研究者が励まし合い、学び合う場が開かれた。

毎回の公開研究会の告知は、中央大学キャンパス内の研究所の掲示板やホームページのみならず、インターネット上のさまざまなホームページやブログやSNSを通して発信され、トピックによって異なる顔ぶれが集まった。参加者は第一期のメンバー以上に、ジャンルや国境を越えたものとなり、毎回の公開研究会では研究者魂を揺さぶる驚きと発見があった。既存のディシプリンの中でジェンダー視点の研究をしている者がいる一方で、ジェンダーとセクシュアリティとクィア理論の専門家であるといったほうがふさわしい若い研究者たちが次々に発表を行い、ジェンダー・セクシュアリティ・クィア研究の専門性の深化に目を見張ると同時に、そのような専門家がその専門性の領域横断的な性格から短期雇用の不安定な身分に固定されがちであることから、新自由主義経済における人権と労働の問題について考えさせられた。

研究期間中には外部講師の講演もあった。二〇一七年九月に開催された、台湾の弁護士、許秀雯（Victoria Hsu）氏の講演「台湾における婚姻平等化への流れとフェミニズム」である。「LGBTとアライのための法律家ネットワーク（LLAN）」の招聘により来日した許氏が短い講演の後、出席者を巻き込んで行ったワークショップは、教員であるチームメンバーにとって、コレクティブに経験を共有する学びのスタイルを体験する絶好の機会となった。また、東アジア地域の中で、なぜ日本では台湾や韓国や香港に比べて社会変革や民主主義を求める運動が目に見える成果を上げにくいのかという大問題を改めて考える機会ともなった。「LGBTとアライのための法律家ネットワーク（LLAN）」は、今年度（二〇一八年度）に中央大学との共催で連続公開講座「LGBTをめぐる法と社会――過去、現在、未来をつなぐ」を開催しており、「性と文化」チームのメンバーがこのイベントの企画と運営をしている。研究チームで学んだことが別の場所で実践や社会運動として展開されているのは、ジェンダー・セクシュアリティ・クィア研究ならではのものである。

先行チームの成果である研究叢書『愛の技法　クィア・リーディングとは何か』の「まえがき」には、東京大学大学院の読書会に遡る研究会の歴史を詳述していたが、本書のまえがきでは、中央大学人文科学研究所のチームの歴史という視点で、先行書には書かれなかった人文研の別のジェンダー関連の研究チームの歴史を書き残しておきたい。それは、二〇〇五年度から二〇〇九年度に活動した「ジェンダー教育研究」チームである。この「ジェンダー教育研究」チームは一部のメンバーが「性と文化」チームのメンバーと重なっており、その名前の通り、大学におけるジェンダー教育の現状と課題について研究すべく、中央大学のそれぞれの学部における教育実践の報告と検討に重点を置く研究活動を行った。当時は文学部だけ見ても女子専任教員の比率が一〇パーセントをやっと超えたぐらいで、教育と研究の場としての大学のジェンダー視点の環境整備や、カリキュラム中のジエンダー関連科目の見える化、動き始めたハラスメント防止啓発運動の促進など課題は山積していた。ささやかな成果として、ジェンダー視点の教育や研究を進める上で貴重な映像資料を収集して効果のある教育活動を行うことができたことをあげておきたい。また、外部講師を招いて、既存のカリキュラムではカバーできないジェンダー関連のトピックについて学内外の教職員や学生の関心を深める機会を提供した。本田美和子氏（国立国際医療センター エイズ治療・研究開発センター医師）（当時）の講演「ＨＩＶとＡＩＤＳの現在」、『短歌とジェンダー』の著者で歌人の阿木津英氏による講演「ジェンダーの視点からうたった学生たちの歌」、多摩ジェンダー教育ネットワークと共催したシンポジウム「ジェンダー関連施設を持つ大学におけるジェンダー教育」などである。

「ジェンダー教育研究」チームは、ジェンダー教育の研究による実践を重視したため、研究叢書を出版せず、メンバーによる個々の教育実践（各学部の総合教育科目など）や大学行政（ハラスメント防止啓発委員会や学生部委員会など）における実践（啓発イベントにおける学生団体との協力や護身術セミナーの実施など）の一部は紀要論文や各部課室の報告書の形で残っているものの、ジェンダー教育研究論集の出版という形で成果を広く社会に問うことをしなかった。二〇一七年一〇月に「中央大学ダイバーシティ宣言」が発表され、全学的なダイバーシティ推進の取り組みに向けて構想が始まった今、過去の営為の上にどのような未来を構想するかと考えるとき、あの時点で研究叢書を出版しておくべきだったという反省が残っている。

「性と文化」（第二期）チームのこれまでの公開研究会の発表のうち、この叢書の論文の一部になっているものもあれば、他の媒体に発表されているものもある。メンバーの中には叢書執筆に意欲を示しながら校務多忙などの理由により論文掲載を断念した者もいる。そのような過程を経て集まった本書の論文の内容は、時代もジャンルも多岐にわたっている。掲載順は、原則として取り上げられた作品の出版や上演の時期の順とした。それぞれのテーマを概観してみよう。

大田美和は、一九世紀イングランドの女領主アン・リスターの暗号の日記に登場する同性の伴侶アン・ウォーカーと、作家シャーロット・ブロンテの親友メアリ・テイラーの小説『ミス・マイルズ』に登場するアミーリア・テイラーという二人の規範的な女たちに着目して、階級や性的指向によって分断された女たちの経験をつなごうとする。

岸まどかは、米国の作家ガートルード・スタインの『三つの人生』における「ケア」という言葉の繰り返しとケア・ワークに従事する女たちについて読解することによって、性的欲望を基盤とするセクシュアリティ概念をすりぬけるような親密性のあり方を捉える認知の枠組みを明らかにする。

石川千暁は、米国の黒人作家トニ・モリスンの小説『スーラ』を、同性愛的な欲望の抑圧を描いたハーレム・ルネサンス文学の傑作であるネラ・ラーセンの『パッシング』の書き換えとして読み、エロティックな主体性という観点から二作品を比較して、身体的な感覚、とりわけ痛みが中心人物たちによってどう扱われているかを分析している。

米谷郁子は、一九八八年にロンドンのゲイ・スウェットショップによって上演されたフィリップ・オズメントの戯曲『この島は私のもの』が、原案としてのシェイクスピアの『テンペスト』をクィアに再読する姿勢を保ちながら、ポストコロニアルでポストインペリアルなネーションと人のありかたにどのような視点を向けているのかと問いかける。

ヴューラー・シュテファンは、九〇年代以降、「フェミニスト」を含む多くの論敵と戦いつつ、フェミニズム的批評性に富んだ小説や論考を発表し続ける作家笙野頼子の長編『皇帝』を読み、この最初期の作品にもフェミニズム的批評性が見出せる読解の可能性を素描し、この批評性の同時代的意義について検討することで、笙野研究に新たな刺激を与えるのみならず、笙野文学とフェミニズム思想の関係について考察するための土台作りにも貢献する。

長島佐恵子は、アイルランド出身・カナダ在住の作家エマ・ドナヒューの長編小説『フード』を取り上げ、ダブリンを舞台に女性同性愛と喪をテーマとして描く作品の中で、レズビアンの不可視性とクローゼットの問題系が作品の語りによってどのように提示されるか、読者はどのような位置に置かれるのかを考える。

黒岩裕市は、松浦理英子の小説『裏ヴァージョン』における「女子プロレス」に注目し、作中の女性プロレス描写のモデルになった実際の試合も参照しながら、「女子プロレス」が作中で持つ異性愛を不安定化する効力と、真相を揺さぶり攪乱するこの小説の語りの形式との関係を論じている。

森岡実穂は、カリスト・ビエイト演出《妖精の女王》を扱う。シェイクスピアの原作からパーセルを経ての大胆な変更を確認しつつ、ビエイト演出が呈示する、多様な愛と欲望の存在が浮き彫りになる「アニマル・ナイトクラブ」的な世界を紹介する。特に、若い二組のカップルに対置するように年配の夫婦として設定されているオーベロンとタイターニアについて、それぞれが直面させられる自分たちの欲望のあり方と異性愛主義に基づく結婚制度とのあいだの陥穽に注目する。

清水晶子は、イヴ・セジウィックの著書 *Touching Feeling* を取り上げて、セジウィックが扱い損ねたままにしている、接触とビサイドというテーマをあらためて検討し、それを通じて、セジウィックにとっての情動のもつ理論的／政治的意義を、いわば〈ビサイドのクィアネス〉の可能性の中に見いだそうと試みる。

ジェンダー平等は日本社会ではまだ十分に実現されていない。ＬＧＢＴという言葉は広告代理店のキャンペーンや地方自治体の取り組みやマスコミの報道などによって瞬く間に広がったが、それが人権問題であるという認識を持たない政治家や言論人も多い。そしてＬＧＢＴに比べると、「クィア」という言葉は、一般社会はもちろん、文学研究者の間でもいまだに十分に理解されていない。それが現在の政治状況を考慮した「政治的」なものに対する「文学」研究者の忌避でなければよいのだが、楽観はできない。その一方で、理論は難しいという思い込みから、ジェンダー・セクシュアリティ・クィア研究に関係する本を今まで読んでこなかったという学生や研究者も少なくないように思われる。本書を通して、クィア・リーディングの面白さや方法の多様性に出会って、自分もクィア・リーディングをしてみよう、クィア理論について学んでみようという読者が一人でも増えることを願っている。

この五年間、研究会の開催や広報、紀要論文から今回の叢書出版に至るまで、人文科学研究所関係者及び中央大学出版部の方々にさまざまな形で大変お世話になった。研究員一同より、心より御礼申し上げたい。

「性と文化」チーム（第二期）の活動期間終了の後、私たちは、また新たな気持ちで研究活動を継続していくつもりである。一人でジェンダー・セクシュアリティ・クィア研究に取り組んでいる人やこの領域で悩んでいる人に、ここに仲間がいるとあらためて連帯の挨拶を送りたい。私たちも最初は一人だった。互いの違いを認め合い、対等に議論できる仲間と出会うことで、以前より伸び伸びと自分自身を生きられるようになった。だからこそ、書かれた成果を後世に残すという伝統的で地道な学問の方法をこれからも継続するとともに、今までとは違う形で開くこと、つながることも大切にしていきたいと念願している。それが生き難い二一世紀を生き延びるための愛の技法であると信じている。

研究会チーム「性と文化」（第二期）

目次

読むことのクィア

第一章　ヨークシャーの女たちの物語
――『シャーリー』、『アン・リスターの日記』、『ミス・マイルズ』をつなぐ

大田美和

はじめに

「意志が強い」(strong-minded) という形容詞が女性の場合はほめ言葉ではなく、「男勝りの」つまり「女らしくない」という否定的な意味を持っていた一九世紀に、同性の伴侶とのグランドツアーを実行した女領主アン・リスター(一七九一～一八四〇)、小説家として成功したシャーロット・ブロンテ(一八一六～五五)、ブロンテの親友でニュージーランドで商店経営者として成功したメアリ・テイラー(一八一七～九三)の三人の女たちは、間違いなく意志が強い女たちだった。三人とも、英国のヨークシャー地方に生まれ育ったという共通点を持っている。

この三人のうち、プロの作家はブロンテだけだが、メアリ・テイラーも小説を書き残したし、アン・リスターは暗号を使った秘密の日記を書き残した。ブロンテとテイラーの間には、もう一人の親友エレン・ナッシー(一八一七～九七)と同様に頻繁な文通があったはずだが、テイラー宛のブロンテの手紙のほとんどは、ブロンテの希望どおり、テイラーが処分してしまった。しかし、ブロンテ宛のテイラーの手紙は残っており、当時の「女性

問題」（the woman question）について二人が活発に議論していたことが分かる。このように、彼女たちのテキストには、彼女たち自身や、彼女たちのような「意志が強い」虚構の女たちが、規範と闘う姿が表れている。女たちは、〈男〉に都合のよい構造を持つ家父長制社会で、生きるために必要な知識の獲得を阻まれ、経済的にも精神的にも〈男〉への依存を強要される中で、自分の人生を生きるために悩み、苦闘した。その姿は、一九世紀に比べてはるかに大きな権利と自由を獲得した現代人にも、感銘と励ましを与えている。

たとえば、リスターは暗号の日記に、領地経営や選挙法改正、旅行や家族や隣人との関係を記録したと同時に、同性の恋人たちに対する自分の心と身体の反応を詳細に記述した。時に落ち込むことがあっても、彼女はつねに前向きで、たとえば、一八三二年の大晦日には、「……来年はどんな冒険が待っているのかしら？ 私の心の次の住人は誰になるのかしら？」と新年への期待を述べている。[1] ブロンテは、小説の中で、フランシス・アンリ（『教授』）、ジェイン・エア（『ジェイン・エア』）、シャーリー・キールダー（『シャーリー』）、ルーシー・スノウ（『ヴィレット』）などの強い意志をもって運命を切り開き、幸せをつかむヒロインを描き出した。メアリ・テイラーは、生涯断続的に書き続けて出版した小説『ミス・マイルズ』（一八九〇）の中で、歌うサラ・マイルズ、講演をするドーラ・ウェルズ、学校を経営するマリア・ベルという働く女たちを生き生きと描いた。

しかしながら、現実の社会では規範にしたがって生きた者が多数派であったことは間違いない。意志が弱く従順な女たちは、自分自身の物語を書き残すことが稀であったし、仮に書き残した場合でも、それを喜んで読み、継承する者は少なかった。それでも、彼女たちの姿は、リスターやブロンテやテイラーのテキストの中にも刻印されている。本章では、『アン・リスターの日記』に表われたリスターの伴侶のアン・ウォーカー（一八〇三〜五四）（アン・リスターとの混同を避けるため、以下ウォーカーと記述する）と、テイラーの『ミス・マイルズ』の登場人物アミーリア・ターナーに注目して、規範的な女たちが規範を逸脱した女である著者たちにどのように扱われ、社会構造の中でどのように位置づけられているのか、考察してみたい。

一 『シャーリー』と『アン・リスターの日記』と『ミス・マイルズ』

二人の規範的な女性について考察する前に、この章のサブ・タイトルにある『シャーリー』と『アン・リスターの日記』と『ミス・マイルズ』をつなぐことにどのような意味があるのか考えたい。シャーロット・ブロンテの長編小説『シャーリー』（一八四九）は、文学的同志であった弟妹三人を相次いで失った孤独の苦しみの中で書かれたために、芸術的完成度という点では劣る作品だが、ミドルクラスの女たちの置かれた状況と労働者階級の置かれている状況の類似を、英国小説史上初めて示唆した社会小説として評価されている。(2)

ブロンテの小説では、通常、自立心のない女は、揶揄や批判の対象として描かれるが、『シャーリー』では、外見的には規範的な女性であるキャロライン・ヘルストンが登場する。彼女は父の死と母の失踪のために伯父の家に寄寓している。彼女の従兄ロバート・ムアは、経営する紡績工場の再建のために、持参金のないキャロラインとは結婚できないことを明らかにする。失恋のショックから立ち直るために、彼女はガヴァネスとして働きたいと伯父に訴えるが、伯父は許さない。コミュニティの中の未婚の中高年の女たちに目を向けてみても、キャロラインの参考にはならず、規範の外に出る自由をもたない彼女は鬱病になり、母の出現とシャーリーとの交流によって、生きる気力を取り戻す。このようなキャロラインの生活を批判する登場人物として、脇役のローズ・ヨークがいる。ローズはキャロラインに、「あなたの人生はゆっくりと長い時間をかけて死んでいくみたい」（四五二）と批判する。この小説ではヒロインたちも語り手も、家父長制社会の女性の抑圧を批判する言葉を繰り返すが、キャロラインとシャーリーの純粋で親密な関係は、この二人の女性が納得できる支配者となる異性との結婚によって回収されてしまう。

この『シャーリー』を、シャーロットの妹エミリ・ブロンテ（一八一八～四八）が短期間教師を務めた学校ロウ・ヒルの近所に住んでいた女領主リスターと関連させて論じる研究がある。[3] また、親友テイラーの『シャーリー』批判に注目して、テイラーの小説『ミス・マイルズ』と『シャーリー』の相互関係を論じる研究もある。[4] しかしながら、『シャーリー』、『ミス・マイルズ』、『アン・リスターの日記』という三つのテキストをつないで考える試みはなされていない。三人の女たちの生きた時代や階級や経済力や性的指向の差異が、三人の経験を分断して、後世の私たちの智慧と希望になることを妨げていたからである。

これらのテキストと書き手の差異を確認した上で、三つのテキストを横断し接続するクィア・リーディングを行いたい。クィアとは同性愛と同義ではなく、異性愛規範やジェンダー規範に違和感を持つことである。クィア・リーディングは性別二元論と異性愛規範に疑いをかけるので、当然異性愛者であるという思い込みの下に見過ごされてきた登場人物のクィアな瞬間を、テキストの中に見出して議論することも、クィア・リーディングの方法の一つである。クィアな視点から、法律や社会制度やビジネスのしくみについて知ることを妨げられていた〈女〉たちが、彼女たちの感情や身体や資産を弄ぶ〈男〉たちが作った社会構造の中で、どのように自分を守り、エンパワーメントできた／できなかったのか探りたい。

二　四人の女たちの差異

本節ではブロンテ、リスター、テイラーにウォーカーを加えた四人の女たちの差異について論じる。この四人のヨークシャーの女たちは、まず階級という点で二つのグループに分けられる。ブロンテとテイラーはミドルクラスであり、リスターとウォーカーはジェントリーである。この階級差がブロンテとテイラーには、読者・作家ともに圧倒的にミドルクラスのものであった小説を書かせ、リスターには書かせなかった。ジェイン・オースティンの小説でおなじみのように、ジェントリーとミドルクラスは社交の場で同席し、婚姻も可能な関係だが、経済力には大きな差がある。ブロンテ家の経済は、ブロンテ師の教区牧師としての年収一七〇ポンドに、子どもたちの母代わりの伯母が生涯年金五〇ポンドから留学費用などを補填していた。[5] ブロンテのガヴァネスとしての年収はおよそ二〇ポンドであった。[6] テイラーは四二歳で成功者として帰国したとき、借金が完済された父の資産からの収入も得て、自分の住む家を買うことができた。[7] 一方、リスターは年収二、〇〇〇ポンドで、広大なパークのあるチューダー様式の屋敷シブデン・ホールを所有し、貴族の友人も多かった。[8] ウォーカーはリスターを上回る二、五〇〇ポンドの年収があり、パークと屋敷はもちろん、馬車も所有していた。[9] しかし、貴族の爵位はおろか、領地の相続も女性には稀な英国においては、ジェントリーの女もミドルクラスの女も、人生の選択肢は異性との結婚以外になかった。男子の相続人がいないために女領主になれても、近隣の男の領主たちが、教育の機会の不平等とジェンダー・イメージと性別役割分業ゆえに領主としての脆弱さを抱える女領主に、助力の提供を口実に財産目当ての求婚をした。

次に、四人の女たちの出生年を比べると、ブロンテとテイラーは一八一六年生まれと一八一七年生まれの同世代であるのに対して、一七九一年生まれのリスターは親世代にあたり、ヴィクトリア時代とは異なるジョージ王朝時代（一七一四〜一八三〇）（そのうち一八一一〜二〇年は摂政時代）の文化を体験している。ジョージ王朝時代は、性に対する放埒さや性的表現の自由度がヴィクトリア時代の上品ぶりと対照的であった。ブロンテの現実の親世代の生年を見ると、晩婚だった母マライア・ブロンテは一七八三年生まれである。マライアの死後、母代わりとなった伯母エリザベス・ブランウェルは一七七六年生まれで、作家オースティンとは一歳違いである。そして、ウォーカーは一八〇三年生まれで、ブロンテやテイラーにとっては、子だくさんの時代の兄弟姉妹ほどの年齢差になる。こうしてみると、ウォーカーとリスターの親密な関係は、ブロンテとテイラーにとって親世代のものというよりは同世代のものになる。

第三に、四人の女たちの性的指向について考えてみたい。リスターは現代風に言えば、カミングアウトしているレズビアンであった。ただし、当時はレズビアンという言葉も概念も存在せず、女同士の恋愛は、異性との恋愛と結婚の予行練習であるかぎり、看過された。リスターは、一八二一年一月二九日の日記の中で「私は美しいほうの性しか愛さない」という自覚を語っている[10]。彼女は熱心なキリスト教徒だったが、古典語や幾何学を牧師の個人指導で学び、哲学書や神学書などを読んだ結果として、自らの性的指向を自然なものとみなして、恥じることも罪の意識に悩むこともなかった[11]。また、最新のファッションを追求するほどの経済的余裕がないことを隠し、異性との恋愛や結婚の拒否を表現する手段として黒衣を選んだため、ハリファックスの男たちから「ジェントルマン・ジャック」と呼ばれ、時には卑猥な陰口を叩かれることもあった[12]。彼女の性的指向と、同性の恋人たちの存在は、近隣では有名だった。リスターの伴侶となったウォーカーの性的指向については、次節で詳しく論じることにする。

テイラーについては、学校時代にハワースの牧師館を訪ねたときブロンテの弟ブランウェルに失恋したという言い伝えが残っている以外は、異性愛のエピソードや証言がなく、移住先のニュージーランドのウェリントンで従姉のエレン・テイラーと二人で商店を経営したことや、エレンが急死した際の悲嘆の深さと、帰国後も異性との交際が確認できず、女だけの登山隊でアルプスにたびたび登ったことから、レズビアンとみなすような主張がウェブ上には存在するが、断定できない[13]。

一方、ブロンテについては、三姉妹の中でもっとも異性愛規範にしたがって生き、その規範を小説という媒体のジェンダー表象を通して、若い女性読者たちに定着させたと言えるが、親友エレン・ナッシーと旅行したり、同居することをお互いに夢見た時期があったりしたことと、四十歳近くになって父の副牧師のアーサー・ベル・ニコルズとの恋愛が始まったときにナッシーとの間に複雑で微妙な葛藤が生じたことには注意する必要がある。[14]さらに、最後の小説『ヴィレット』（一八五三）では、それまでの小説では異性愛のライバルであり批判の対象となっていたようなタイプの同性の登場人物との間に、飲食を分かち合うような親密な関係が生まれる。主人公ルーシー・スノウと、美貌で軽薄なジネヴラ・ファンショーの関係である。以上のように、テイラーもブロンテも、性的指向が同性に向かっていた証拠はないが、クィアな側面を持っていなかったとも言いきれないのである。

三　アン・リスターの日記の中のアン・ウォーカー

アン・リスターについては、二〇一〇年に英国のＢＢＣテレビが制作したテレビ映画『ミス・アンの秘密の日記』が二〇一一年一〇月に第二〇回東京国際レズビアン＆ゲイ映画祭で上映されている。[15]そのＤＶＤは日本語字幕版も入手可能だが、英国のオリジナルのＤＶＤの特典映像に入っているドキュメンタリー番組「スー・パーキンスとたどる本当のアン・リスター」（The Real Anne Lister with Sue Perkins）が入っていない。[16]これは、現代イギリスのレズビアンのコメディアン、スー・パーキンスが研究者たちに取材しながら、リスターの人生と暗号の日記が解読されるまでの歴史とゆかりの場所をたどる、資料的価値の高い映像資料である。英国では現在、リスターがレズビアン・アイコンとして大きな支持と関心を集めているのに比べて、日本では、この女領主の生涯についてはあまり知られていない。

現在出版物の形で読むことができるリスターの日記は、全日記のうちのほんの一部にすぎない。もっとも入手しやすいヘレナ・ホイットブレッドが編集した書簡選集は、一八一六年から一八二四年の日記しか入っていない。[17] その他に、ジル・リディントンが日記の抜粋に歴史学者としての解説をつけた研究書が三冊ある。[18] 一八〇六年から一八四〇年に執筆されたすべての日記のデジタル・アーカイブ化はインターネット上で進んでいるが、暗号で書かれた原本を読むのは困難であり、定本としての全日記の出版が待たれる。[19] したがって、以下の議論は、一次資料の定本がまだ存在しないという状態で、二次資料に依拠した議論であることをあらかじめ断っておく。

ジル・リディンドンは、リスターが便宜上の結婚を一度も考えなかったことを稀有であると評価している。リディンドンによれば、これは摂政時代の男たちが王族をはじめとして奔放な結婚外の関係を楽しんだ一方で、正当な跡継ぎを残すための結婚もしたのとは対照をなしている。[20] このようなリスターに対して、伯父が将来結婚せず、直系の子孫を得ることがないと分かったうえですべてを託したのは、この時代の通常の財産相続の形を考えると、異例であった。[21] そもそもこの伯父も伯母も生涯独身で、兄妹二人で暮らし、異性愛規範や結婚制度の外側に存在し、聡明な姪を信頼していた。

このように異例尽くしのリスターが伴侶として選んだウォーカーは、当時の〈女らしさ〉の規範にぴったりあてはまっている。リスターは自分と異なる、女らしい女に魅かれるのが常であったが、[22] ウォーカーはとりわけ無防備で無力な女だった。

両親と兄という相次ぐ肉親の死によって、たまたま領主となったウォーカーは、リスターはもちろん、ブロンテ姉妹やギャスケルが小説の中に作り出した「意志が強い」「男勝りの」女ではなく、自分の考えを書き残すこともなく、自分の人生に責任をもたず、自立心もなかった。彼女は、一八三四年からシブデン・ホールに住み、リスターの遺言によって生涯そこに住む権利を保障されていたが、一八四〇年のリスターの死後、一八四三年に「精神異常」と診断された後に強制的に追い出された。[23] この精神異常という理由づけは、この時代に強力な後ろ盾を失った女から資産が奪われる際の常套手段であり、リスターの学校時代の最初の恋人イライザ・レインも、精神異常と診断されて病院で生涯を終えている[24]。

リスターの求婚に対するウォーカーの反応は、リスターのこれまでの恋人たちが異性との結婚によって経済的安定と地位上昇という欲望を満たす一方で、夫の目を盗んでリスターと逢瀬を楽しむという二重生活を送ることによって、リスターを嘆かせ翻弄したのとは異なるしかたで、リスターを翻弄するというものであった。二人の求婚期間にあたる一八三二年の関係の進展を、リディントンの研究にしたがって見ていきたい。ウォーカーは二九歳で、リスターは四一歳である。この年は、一緒に旅行できるコンパニオンがほしいというリスターの願望が、生涯の伴侶がほしいという願望に変わっていった時期である。

ウォーカーの〈女らしさ〉について、客観的な証拠をあげておこう。「リスターのほうが学問好きだが、本代が払えるのはミス・ウォーカー[25]」という現実があり、リスターは歴史書や、炭鉱経営のための鉱物学の本などをウォーカーから借りている。一方、ウォーカーの読書の傾向は、リスターによれば「三〇分以上かけて読む価値はない」ペニー・マガジンを読み、リスターにガーデニングの本（*Loudon's Encyclopaedia of gardening*）を贈るというレディにふさわしいものであった[26]。

一〇月二三日の日記に記述されている、ウォーカーに対する三〇分の問診の結果の医師の診断が興味深い。「神経質以外は何の問題もない。財産が全部なくなって、生活のために働かなければならなくなれば、健康状態はよくなるだろう[27]」。有閑階級の女性の神経症的な症状に対する医師のこのような診断は当時珍しくはなく、精神衛生面から女子の体育や就労、極端な場合は性交までも奨励する言説は存在していた[28]。この診断をリスターは、外国旅行をすればよくなると、自分に都合よく解釈している。このようなリスターの花嫁候補の健康診断には、家父長が妻という財産を管理する態度と等しい態度が見て取れる。

それでは、ウォーカーから見ると、リスターの求婚を受け入れるかどうかをめぐって、どのような選択肢と葛藤があったのだろうか？　時系列で二人の関係を見てみよう。一〇月一日にリスターは半年を期限として求婚の返事を出すように、ウォーカーに迫る。答えを出さないまま、リスターとウォーカーの関係の親密度は増していく。客間でのキス、ペッティング、性毛と陰唇への指による接触、そして寝室での同衾……ここまで分かるのは、リスターの日記が暗号で書かれたために、小説という媒体では二〇世紀になるまで表現不可能だった女性の欲望と性行動が率直に詳細に記されているからである。この記述のうち、興味深いのは、ウォーカーの抵抗のなさから、リスターが彼女の処女性に疑いを持ち、後日、同衾時の反応によってその疑いが晴れたことに安堵しているところである。(29)ここにも女性としてレズビアンとして少数者であったリスターの、〈男〉の家父長と等しい態度が見られる。

二人の関係は、一〇月二六日の日記に記述されているウォーカーの友人ミセス・エインズワースの事故死によって急展開する。この知らせを聞いてすぐにリスターが直感したように、寡夫となったミスター・エインズワースは亡妻の友人であるウォーカーに求婚する。リスターは一一月一日に求婚の返事の期限を短縮して、翌週月曜日に出すように迫る。それに対してウォーカーは自分の性毛を一房切って記念に渡すという形でリスターへの愛を示す。(30)一一月一〇日の日記には、リスターが、エインズワースとの縁談を進めようとするウォーカーの母代わりの女性から、亡くなったミセス・エインズワースは夫より一五歳か二〇歳以上年上で、天然痘の痕が顔に残る不細工な顔で、明らかに財産目当ての結婚だったことを突き止めたという記述がある。(31)ここには、オースティンの小説『説得』（一八一八）のミスター・エリオットのように、財産目当ての結婚を繰り返す男の姿がある。

リスターほどの判断力にも強い意志にも恵まれないウォーカーが、約束の日である一一月五日にどのような決断をしたかは、小説の一場面のように印象的で、ウォーカー自身の声が聞こえる貴重な部分である。ウォーカーは約束の日に、召使に託して葡萄の入った籠をシブデン・ホールに届けさせる。籠には葡萄と回答の入った財布とウォーカーが心情を綴ったメモが入っていた。

私は［「はい」と「いいえ」の］回答を紙切れに書いて財布に入れました。あなたの判断力には絶対的な信頼を持っていますから、今でも今日決めたほうがいいとお思いになるのでしたら、あなたが最初に引いた紙切れが［決定の］回答になります。あるいは、もしよろしければ、伯母様に籤を引いてもらって下さい。そうすれば、私もあなたも決めたことにはなりません。これでは、私が約束の結果から逃げているように思われるかもしれませんね。どうかお許し下さい、私にはそれしか言えません。あなたが片方の答えを引いて［つまり「いいえ」を引いて］、許すと言って下さるなら、あなたとのお友だち付き合いは金輪際終わりにします。今の私の気持ちの状態では、この答えに同意することも、私の将来がどうなるべきなのか決めることもできないからです。たとえどのようになろうともいつもあなたを変わらず愛するＡ・Ｗより。(*Nature's Domain* 八六)

自分で決められないのでリスターに決めてもらうというのは、召使たちに囲まれながら「独りぼっちで暮らしている守る者のいない女相続人[32]」にふさわしいが、リスターも決定する責任を負いたくないのなら、同居している伯母に代わりに籤を引いてもらって下さいというウォーカーの提案には、驚かされる。リスターは雨の中、すぐにウォーカーの屋敷まで出かけて、「あなたがやったように物［財布の中に籤］を入れるのは本当に間違っている。誇りと名誉を持っている者なら、このような偶然に任せるようなおかしなことを許すことはできないだろう」と説教する[33]。

この後も、ウォーカーの求婚者エインズワースに対するおかしな義務感（たとえば、キスのしかたを教わったことや、亡妻の指輪をくれたことに対して）は、リスターを憤慨させ、やきもきさせる。社会の権力構造について冷静に論理的に考えることができるリスターは、エインズワースが聖職者であることのウォーカーに対する精神的圧力も見逃さず、自らを神学にも詳しい年長の知識人として、ウォーカーに対して断固たる圧力をかける。一方、ウォーカーの親族や求婚者もリスターとの結びつきを断つべくあらゆる手を尽くす。

一二月一九日になっても、自分の身の振り方を決められないウォーカーにしびれを切らしたリスターは、日記に次のように書き記す。「こんな女の子がどのようにして私を幸せにできるだろうか？　私はつぶやいた。「こんなことに本当にたくさんかまっていたら、私が惨めになるだろう。」……事態はもうほぼ確実に終わったのか？」[34]

この時期、リスターは領主としてさまざまな領地経営に乗り出していた。貴族の友人たちのように屋敷の大改造をするほどの資金がないため、屋敷の内部を改装し、パークの植栽の変更による風景の改良を行った。その風景は今もシブデン・ホールを訪れる者たちを楽しませてくれている。また、ドキュメンタリー映画「スー・パーキンスとともにたどる本当のアン・リスター」の中で、とりわけ印象深い場面となっている、領地内の炭鉱をめぐる近隣の領主ジェレミア・ローソンとの争いに決着がついたのも、この時期である。一二月二四日付の日記に次のような記述がある。

ミスターRは、自分はレディーに敗けたことはなかったのに、あなたは自分を負かしたと言った。［私は］おごそかに答えた。「取引をしたのはあなたと私の知的な部分であって、知性には性の違いはありませんし、あるべきではありません」[35]

知性に性の違いはないと言ったとき、リスターは sex という言葉を使っているが、これは現代では gender である。リスターはジェンダー論が成立する以前から、社会構造としてのジェンダーを正しく理解していたのである。

一二月二五日の日記にもウォーカーとの小さないさかいの末に、「こんなどうしようもない人を今まで見たことがない。何て惨めだろう」と書き、「私自身の精神が彼女のようではなくてよかった。あの子をどうしたらいいだろう?」と書き記している。(36)

一二月三一日の日記にリスターが、「この子には尊敬も愛も実は感じないのに、なぜか会うたびに狂わされる」と書いているのは、彼女が理想とする自律的な人間像と、性的欲望の対象となる人物像の乖離を示していて、興味深い。(37)ここまで詳細に描写しているのは、リスター自身がそのような人間の情動の不思議さを分析し考察することに、興味を覚えていたからにちがいない。

これまでに論じたことと、リスターがミドルクラスの恋人たちに感じた失望を合わせて考えると、リスターが伴侶としてウォーカーを選んだ基準は、男の領主たちの妻選びと同じように、資産の規模、良家の出身であること、見目かたちや立ち居振る舞いの美しさ、処女性であった。(38)自分はジェンダー規範や異性愛規範の外側にいたリスターも、婚姻相手に求める条件は規範にあてはまっていた。

それに対して、ほとんど声を残していない、従順で無知で規範的なウォーカーの伴侶選びにおける一番の関心事は、誰が自分の身体と資産を守ってくれるのかという切実な願望によるということが、以上の分析から分かる。しかも、強い意志にも知識や教養にも欠けるウォーカーには、この願望をかなえるための判断も決定も、他人に委ねるしかなかった。このような女性にとって、伴侶の性別や性的指向や、子孫の創出の可能性の有無は二の次であったのである。このことは、上品な女なら性交が嫌いでも赤ちゃんは大好きなので、子作りのために嫌な性交を我慢するという、この時代に流布していたジェンダー言説の欺瞞を教えてくれる。要するに、〈男〉の側から見てより豊かになるための経済問題であった結婚は、〈女〉の側から見ると、経済問題であると同時に、生き延びるための選択の余地のない選択だったのである。

四　メアリ・テイラーの描いた「働けない」女

年収二、五〇〇ポンドのジェントリーのウォーカーについてさえ、医師の診断は、働けば神経症は治るというものであったが、ミドルクラスの女たちと労働の関係はどのようになっていただろうか。ブロンテの小説『ジェイン・エア』を絶賛したテイラーは、続けて出版された『シャーリー』に対して厳しい批判の言葉を投げつけた。「あなたは臆病者で裏切り者よ。働いている女はそれだけで働いていない女より立派なのよ」[39]。

テイラーは紡績工場経営者の父の破産後、ベルギーに留学し、ドイツの男子校で教え、ニュージーランドに移住して、「小売り配達業と土地取引で多額のお金を手にして一四年後に帰国し、再び働く必要は全くなくなった」[40]。帰国後、自分のお金でハイ・ロイドに建てた家は、今はホテルとして残っている。晩年、毎年アルプスに登山し、女だけの登山隊でモンブランの頂上に到達もした。彼女は、ミドルクラスの女の規範を破ることによって成功したのである。その背景には、父譲りのプロテスタントの信仰に基づく勤労意識があった。

一九世紀の英国ミドルクラスの女たちは、体面（リスペクタビリティ）を保つために、どんなに貧乏でも召使を一人は雇っているふりをし、たとえ働いていても働いていないふりをした。そのような姿は、たとえばギャスケルの中篇小説『クランフォード』（一八五三）では、牧師の老嬢ミス・マティが、給金を払えなくなった後も召使にケアしてもらい、ビジネスというよりチャリティのような茶の販売によって破産後の生活を成り立たせる姿に表れている。ギャスケル自身は作家として稼いだ原稿料で、外国旅行も別荘購入もチャリティ活動も小説執筆も、やりたいことをすべてやることができたが、彼女のテキストの中の労働者階級の女たちは、働く者のプライドを見せながらも、ミドルクラスの「男は仕事、女は家庭」という性別役割分業意識に追随している。

一八五〇年四月二九日付と推定されるテイラーの『シャーリー』批判の手紙を全文引用しておきたい。

あなたが働く女性について語っている『シャーリー』の抜粋を読みました。この第一の義務、この大きな必要性についてあなたは、結婚をあきらめて、もう一つの性に対して自分自身を不愉快な存在にしないという場合なら、労働に従事する女もいるかもしれないと、考えているようね。あなたは臆病者で裏切り者よ。働いている女はそれだけで働いていない女より立派なのよ。たまたま金持ちではないのにお金を稼がず稼ぐつもりもない女は、大きな間違い、ほとんど犯罪と言っていい間違いを犯していて、義務を放棄して、すみやかにほぼ確実に堕落の道をたどっているわ。特別な環境にあるとか、数が少ないとか、性格が変わっているとかいう理由で、あなたが働く人たちに我慢しろと説教するのは間違っている。仕事か堕落かは、裕福な生まれのごく少数の人たちを除いて、みんなの運命なのだから(41)。

女の労働を女の例外的な運命とみなしていることに対する激しい憤りが表れている。それでは、テイラーは体面を守るために働かない女を、弱虫として単純に切り捨てたのだろうか？　小説『ミス・マイルズ』を精読してみると、そうではないことが分かる。テイラーは、特定の女の生き方を批判したのではなく、そのような「女」を作り出す社会構造を批判したのである。この点で、テイラーは本当の意味でフェミニストであると言える。彼女は、社会構造の中で身動きがとれなくなり働けない女を表象することを通して、そのような女を作り出す社会構造を批判したのである。彼女の小説には、ジェンダー視点で見ると問題含みの、近代小説の王道を極めた作家ブロンテとは異なり、ジェンダー規範や異性愛規範に対する批判、現行の女子教育への批判、小説というメディアに対する批判がある。(42)

さらに、テイラーはブロンテより長生きしたために、フェミニズムの言葉を獲得して、それを小説『ミス・マイルズ』の中で使うことができた。「ビジネス」の知識の〈男〉による占有が女たちの無力の原因であることを、四人のヒロインのうち三人と、ヒロインたちを支える脇役はよく知っている。サラ、マリア、ドーラは、歌手、学校経営者、講演者という「ビジネス」に関わることで、仕事を通して生きる力を獲得するが、その中でアミーリア・ターナーだけがジェンダーと階級の規範の侵犯を怖れて働くことを断念して、自滅する。彼女はガヴァネスにもお針子にもなれず、社交界の笑い者となって生きる気力を失って死ぬ。

アミーリアは最初レディとしての教育を受けた、洗練された身ごなしと高い知性と志を持つ女性として魅力的に描かれている。世間知らずゆえの脆弱さも見せながら、高い志という点で、中心人物サラ・マイルズと共通点をもち、両者は階級を超えた一時的な友情を結ぶ。父親の破産に際してアミーリアは、働いて家計を助けるという打開策を思いつくが、家族に反対される。小説ではここから先は、精神的身体的に徐々に追い詰められていくアミーリアの状況が詳細に描写されることになる。

まずアミーリアは、手紙で恩師に一家の窮状を告げて、ガヴァネス見習いとして面倒を見てあげようという親切な返事をもらうが、この恩師もターナー家の人々がこの提案を受け入れないことは承知していた。次に、アミーリアは、働くことが当たり前である労働者階級のサラに就労の相談をすることを思いつく。アミーリアに友人として呼びだされたサラは、ターナー家の女たちに元メイドとして台所の出入り口から火の気のない客間に招じ入れられ、「あの子はあなたとは違うのよ。レディとして育てられたのだから、あの子の義務はレディとしてふるまうことです。……あの子の仕事はあの子が陽気にふるまって両親を慰めることだと伝えなさい」と見当違いの説教をされたあと、アミーリアに面会する。

> 「ミス・アミーリアは朝食室にいます」とミセス・ターナーは客間から出て行きながら告げたので、サラは朝食室の戸口に行き、ノックした。
> 　誰かが「お入り」と言ったので入ってみたが、最初部屋には誰もいないように見えた。それからサラは、火よけの近くの足台に女が座っているのを見た。その女はだらしのない召使のように見えるが、召使にしてはあまりにも暇そうな様子だった。髪の毛はもじゃもじゃで、服は汚れていて、全体の態度は極端に落ち込んで希望のない様子だった。（三〇四）

　サラが声をかけると、これが輝くばかりに美しかったアミーリアの変わり果てた姿だとわかる。「私は牢屋にいるの」（三〇五）というアミーリアに、サラはたいした稼ぎにもならない仕事の話をしていいものか迷うが、ジェインおばさんのところで裁縫の仕事があると答える。ジェインおばさんは、レディは使い物にならないと言い放つが、サラは何とか説得する。アミーリアにこの話を持ち帰ると、アミーリアが縫物仕事を探しているというように、自分の名前が世間に出て、父を傷つけることに対して抵抗を示す。未婚の娘の父への自己犠牲的な献身も、ミドルクラスの女性のジェンダー規範の一つであって、ブロンテと老父の関係にも見られるが、模範的な娘としての父への思いやりがアミーリアの命取りになる。しかし、労働者階級のサラには、アミーリアの「私たちが仕事を探していることを誰かが聞いたら、パパがものすごく怒るわ！」という言葉や、「自分自身を女子労働者と呼ぶつもりはない」という言葉は、理解不可能であった（三〇八）。そしてサラを帰した後、アミーリアは、最後の望みがこれで消えた、と絶望するのである。サラの周囲の労働者階級の人々は、この顛末に全く驚かず、同情も示さない。「[ミドルクラスの]あいつらは何もしたくない奴らで、いつもそうなんだ」(三一〇)。

これを聞いたサラが激しい怒りを覚えたと語り手が述べる点が重要である。サラは、「これはアミーリアが女にすぎないからで、[この社会の男たちは]女が目的にかなう間は利用して、それが終わると放り出す」と思う。「アミーリアは放り出され、つぶされ、破壊され、絶望する手を差し伸べても同情の言葉一つかけられない」のである(三一〇)。

ターナー一家を使ってテイラーは、徹底した性別役割分業というジェンダー規範が家父長制社会の理想である楽しいわが家たる家庭の維持そのものを、経済的危機にあたっては困難にすることも明らかにしている。ミドルクラスの男らしさを手放さない工場経営者ターナーと、ミドルクラスの女らしさを手放さない妻と娘たちは、一家を襲った経済的苦境に心を合わせて立ち向かうことができない。仕事と家庭という性別役割分業のために、女たちは家父長が家計の維持に必要な金額を知らないことに不満をもち、家父長は経営再建の仕組みと見通しを女たちに語ることができないため、彼の必死の努力も伝わらず、労われない。また、ジェントルマンの無為な「男らしさ」を身につけた息子たちは、操業停止した工場再開の役に立たず、父がとうとう破産したときには父を見捨てて行方をくらますのである。

アミーリアが就労の可能性を断念した後、ビジネスの知識をもたない母親と姉は「女の武器」(三九五)によって債権者を篭絡し、結婚で一家の起死回生を図るという計画を立て、アミーリアを舞踏会に送り込む。その結果は次のような悲惨なことになる。

> ……ターナー家の女たちはレディのドレスが今では長くなっていたことを忘れていたか、全く知らなかっ

た。今ではドレスの裾はブーツの上に届く長さではなく、床に届く長さが普通で、つま先のほんの一部が時々ちらりと見えるものだった。前に進むと、アミーリアは頭のてっぺんからつま先までじろじろ見られて、人々は彼女のために道を開けた。アミーリアがけいれんする笑みを浮かべて、片手をオーヴァートン夫人のほうに伸ばし歩いてきたとき、彼女の流行おくれのサンダル、薄っぺらいモスリン、やせて骨と皮になった首、沈んで土気色の顔、ぎょろぎょろした目は、見る者に驚きの表情を浮かべさせた。（四一二）

結婚市場とは、女という商品の売買の場であり、最新の美しさに投資できない破産者の娘には商品価値はない。皆の嘲笑の的になったアミーリアを、銀行家夫人のコンパニオンとして居合わせたサラ・マイルズが機転を利かせて介抱し、帰宅の手はずを整えるが、その後、アミーリアは絶望し衰弱して死ぬ。

不本意な無為の生活による死は、失恋によって死ぬ純真な若い娘というコンヴェンションの、ぞっとするようなパロディである。[43] 彼女は、気力を振り絞って下した労働への参入の決断を「女らしくない」と非難され、父に対する「女らしい」思いやりゆえに就労をあきらめ、代わりに「女の武器」という全く効力のない武器を持たされて、無言の嘲笑という暴力に打ちのめされ、力尽きて倒れたのだ。語り手はアミーリアの死を、働くという自分の義務を果たさなかった死としながらも、アミーリアに深い同情を寄せる述懐をもって、その死を悼み、社会構造がアミーリアを殺したと糾弾している（四一九）。アミーリアに対するサラの同情と、労働者階級の人々の冷笑と、ミドルクラスの人々の嘲笑と、語り手の心からの哀悼という重層性が、社会構造の変化の必要性を強く訴えている。

結　論

地方自治体の文化に対する財政支援削減の結果、二〇一六年末にメアリ・テイラーの生家を使った博物館レッド・ハウスは、閉館した。レッド・ハウスの納屋には、「女たちの人生――チャンスと選択」というボードゲーム状の常設展示があった。最初に、「一九世紀半ばのミドルクラスの女性には、どんな人生が待っているでしょうか。チャンスは少なく、主に三つの可能性がありました。結婚するか、独身で家に残るか、リスペクタブルとみなされる数少ない職業につくかの三つです」と書かれており、ゴールは、よりよい生活を求めてオーストラリアに移住する（メアリ・テイラーに近いケース）、伯母から相続したお金で女子寄宿学校を開く（ブロンテとテイラーとナッシーの在籍した寄宿学校の校長マーガレット・ウラー先生のケース）、嫌な仕事をしながら孤独な人生を送る（兄たちの家政婦を務めたエレン・ナッシーに近いケース）、小説を書き始めて三九歳で結婚する（シャーロット・ブロンテのケース）、の四つに分かれている。

本章のミドルクラスにジェントリーを加えた議論によって、これらの四つの選択肢に、自分の身体と資産を最善の形で保護してくれる同性と同居する（アン・リスターとアン・ウォーカーのケース）、仕事を始めようとするが自己の内在律となっている規範にも家族の反対にも逆らえず、結婚による解決を期待されるが、失敗して自滅する（アミーリア・ターナーのケース）を付け加えることができる。このように一九世紀英国の女たちは、階級や経済力や性的指向や意志の強さは違っても、女というだけで共通の困難と限界を与えられており、生存のためにそれぞれに必死の努力をした。そのさまざまな姿は、彼女たちの困難な状況が個人の資質や非力によるものではなく、社会構造の問題であることを現代の私たちに鮮やかに示してくれる。

〈追記〉本章は、日本ブロンテ協会二〇一六年大会　シンポジウム「Charlotte Brontë 生誕二百年にあたって―シャーロット文学の影響とその変容を探る」（於 県立広島大学）での口頭発表に、加筆修正したものである。この口頭発表のうち、メアリ・テイラーとブロンテについては、岩上はるこ・惣谷美智子編『めぐり会うテクストたち―ブロンテ文学の遺産と影響』（春秋社、二〇一九年出版予定）の第三章「メアリ・テイラー」で詳しく論じている。

（1）Jill Liddington, *Nature's Domain: Anne Lister and the Landscape of Desire*, Hebden Bridge: Pennine Pens, 2003, 104.

（2）Charlotte Brontë, *Shirley*. Ed. Herbert Rosengarten and Margaret Smith. Oxford: Oxford University Press, 1979. Patricia Ingham, *The Brontës*, Oxford: Oxford UP, 2006, 130.

（3）アン・ロングミュアは、アン・ウォーカーとキャロライン・ヘルストンがともにパートナーの女性（アン・リスターとシャーリー・キールダー）よりも脆弱性を持ち、しばしば鬱病のような状態に陥っていることに注目している。Ann Longmuir, "Anne Lister and Lesbian Desire in Charlotte Brontë's *Shirley*," *Brontë Studies*, Vol. 31, July 2006., 6.

（4）Stefanie Rudig, "Miles Away: *Miss Miles*, a Female Bildungsroman by a 'Friend of Charlotte Brontë'," *Brontë Studies: The Journal of the Brontë Society*, 2017 Jan; 42 (1): 60-73.

（5）Ingham, 4. Christine Alexander and Margaret Smith, *The Oxford Companion to the Brontës*, Oxford: Oxford University Press, 2003, 58.

（6）Alexander and Smith, 224.

（7）"Mary Taylor," H.C.G. Matthew and Brian Harrison, ed., *Oxford Dictionary of National Biography*, Vol. 53, Oxford: Oxford UP, 2004, 960.

（8）*Nature's Domain*, 69.

（9）*Nature's Domain*, 79. アン・リスターの伝記については *ODNB*, Vol. 33 も参照。

（10）Helena Whitbread, ed., *The Secret Diaries of Miss Anne Lister*, London: Virago, 2010, 161.

（11）一八一六年一一月一三日の日記に、当時の恋人アン・ベルコムがこれは聖書で禁じられている関係ではないかと尋ねたのに対して、リスターは次のように答えた。「私は自分を弁護するために、自然な感情と本能の力を強調した。子どもの頃からいつも同じ傾向がずっとあったのだからそう呼んでいいと思うと。性向によってそうなっていることは私にはずっと当たり前のことだったと。それが変わることはなかったしそれに抵抗するような力は私にはなかったと。女の子たちはいつも私のことが好きで、誰からも拒絶されたことがなく、そのことを説明する努力をしなくても、受け入れてもらえたと」。Whitbread, 5.

（12）"Introduction," Whitbread, xxi–xxii. Whitbread, 20, 24.

（13）テイラーの伝記は、Christine Alexander and. Margaret Smith, *The Oxford Companion to the Brontës*, Oxford: Oxford UP, 2003, 490–91. および *ODNB*, Vol. 53 参照。
"Kōrero: Lesbian lives," Ko Te Ara—The Encyclopedia of New Zealand. https://teara.govt.nz/mi/lesbian-lives/page-1. 二〇一八年八月三一日アクセス。

（14）Alexander and Smith, 352.

（15）「レインボーリール東京」ホームページ。http://rainbowreeltokyo.com/2011/program10.html 二〇一八年八月三一日アクセス。

（16）*The Secret Diaries of Miss Anne Lister*. dir. James Kent, BBC, 2010. DVD.『ミス・アンの秘密の日記』IVC, Ltd.

（17）Helena Whitbread, ed., *The Secret Diaries of Miss Anne Lister*, London: Virago, 2010.

（18）Jill Liddington, *Female Fortune: Land, Gender and Authority: The Anne Lister Diaries and Other Writings, 1833–36*, London: Rivers Oram Press, 1988. Jill Liddington, *Presenting the Past: Anne Lister of Halifax 1791–1840*, Hebden Bridge, 1994. Jill Liddington, *Nature's Domain: Anne Lister and the Landscape of Desire*, Hebden Bridge: Pennine Pens, 2003.（この本は前著で扱った一八三二年の日記を新たな視点で扱ったものである。）

（19）"Anne Lister of Shibden Hall," https://museums.calderdale.gov.uk/anne-lister-shibden-hall および a website about Anne by biographer Helena Whitbread, https://www.annelister.co.uk 二〇一八年一一月二一日アクセス。

(20) *Female Fortune*, 16.
(21) *Ibid*., 13.
(22) *Ibid*., 15.
(23) *Ibid*., Female Fortune, 238-9
(24) ドキュメンタリー映画 "The Real Anne Lister with Sue Perkins" で、ナビゲーター役のスー・パーキンスがその墓を訪問する場面がある。*The Secret Diaries of Miss Anne Lister*. dir. James Kent. DVD.
(25) *Nature's Domain*, 62
(26) *Ibid*., 50, 57.
(27) *Ibid*., 81
(28) Lyn Pykett, "*Women writing woman*," *Women and Literature in Britain 1800–1900*, Ed. Joanne Shattock, 2001, 81.
(29) *Nature's Domain*, 78.
(30) *Ibid*., 84-85.
(31) *Ibid*., 88.
(32) *Ibid*., 84.
(33) *Ibid*., 87.
(34) *Ibid*., 101.
(35) Ibid., 102
(36) *Ibid*., 102.
(37) *Ibid*., 103.
(38) たとえば、一八一八年に交際したミス・ブラウンについて、アン・リスターは汚れた爪やアイロンのかかっていない袖に嫌悪を催している。Whitbread, 75.
(39) Margaret Smith, ed. *The Letters of Charlotte Brontë: With a Selection of Letters by Family and Friends*. Vol. 1. Oxford:

Oxford UP, 1995, 194.

（40）マリアン・トールマレン『歴史のなかのブロンテ』大阪教育図書、二〇一七年、一〇九頁。（原著 Thormählen, Marianne, ed. *The Brontës in Context*. Cambridge: Cambridge UP, 2012.）

（41）Margaret Smith, ed. *The Letters of Charlotte Brontë: With a Selection of Letters by Family and Friends*. Vol. 1. Oxford: Oxford UP, 1995, 194.

（42）詳しくは岩上はる子、惣谷美智子編『めぐり会うテクストたち―ブロンテ文学の遺産と影響』春秋社、二〇一九年、第三章メアリ・テイラー参照。

（43）"Introduction to the Oxford Edition of *Miss Miles*", Mary Taylor, *Miss Miles or A Tale of Yorkshire Life 60 Years Ago*. Ed. Janet Horowitz Murray, Oxford: Oxford UP, 1990, xxi

第二章　世話するひとたち

――ガートルード・スタイン『三つの人生』と修復的読解の鍛錬

岸　まどか

はじめに

「パラノイア的読解と修復的読解――または、とってもパラノイアなあなたのことだから、きっとこのエッセイも自分のことだと思ってるでしょ（"Paranoid Reading and Reparative Reading, or, You're So Paranoid, You Probably Think This Essay Is About You"）」。イヴ・コゾフスキー・セジウィック生前最後の著作となった *Touching Feeling*（二〇〇三）に所収されたこのエッセイのどこかいたずらっぽい呼びかけは、それがセジウィックの最後の言葉であったかのようにして、多くの批評家たちによって応答されてきた[(1)]。セジウィックがこのエッセイで「修復的読解（リペラティブ・リーディング）」とおぼろげに指し示したものをクィア・スタディーズが追い続けてきたのは、ひとつにはそれが『男同士の絆』（一九八五）と『クローゼットの認識論』（一九九〇）という二冊によってセジウィック自身が形成に大きな役割を担ってきたクィア・リーディングのひとつの枠組み自体を問い直すものだったからだ。本章もまたセジウィックの呼びかけを反芻し、ガートルード・スタインの『三つの人生（*Three Lives*）』（一九〇九）にこその修復的読解の手がかりを見つけようと試みる。作品をとおして執拗に繰り返されるケア（care）という言葉を——その言葉が包含する注意、関心、配慮、気遣い、心配などという雑多な意識のモードと、三人の女たちがそれぞれに従事する家事労働や介護、育児といったケア・ワークを——よすがにスタインの反復に彩られた文章を読んでみた時に立ち現れてくるのは、際限ない修復作業の手ほどきのようなものなのかもしれない、と期待しながら。

一　パラノイア的、修復的

修復的読解とはなにかを考えるにあたってまず確認しておくべきは、セジウィックが「パラノイア的（パラノイド・）／妄想的読解（リーディング）」と呼ぶ、メラニー・クラインが「妄想‐分裂（パラノイド・スキツォイド）ポジション」と名付けた新生児の心理態勢になぞらえられた認識枠組みだ。クラインの対象関係理論によれば、自分を取り巻く世界に対して圧倒的に無力な子供は、世界を「良い対象」と「悪い対象」に分裂させ、自分自身の不安と敵意を投射した迫害者としての「悪い対象」に対する攻撃心を募らせるのだが、セジウィックはこうした妄想‐分裂ポジションの防衛機制にポール・リクールが「懐疑の解釈学」と呼んだ批評理論のあり方を重ね合わせる。(2) 懐疑の解釈学が隠蔽された制度的抑圧を明るみに出すことを第一に目指すものだとすれば、そうした抑圧構造の一端をいちはやくテクストの細部に見出し、その全貌を暴き、不可視の権力の隠微な支配に絡め取られない賢さを読者に教示する、という責務に駆られて書かれるようなすべての批評には、そうした「悪い世界」に対する認識論的優位を確立しようという妄想‐分裂ポジションの原初的な不安と焦燥が固着している。そしてこうしたパラノイア的懐疑の解釈学に依って立ち、テクストに隠された真実を明るみに出すことが「新歴史主義、脱構築、フェミニスト、クィア、そして精神分析批評」などのなかでいまや「強制命令」として制度化されているとセジウィックが言うとき、エッセイ・タイトルの「あなた」への呼びかけから身をかわすことはどうにも難しい。(3)

けれどまた言うまでもなく、セジウィックほどその暴露の方法論を先鋭化させた批評家は少ない。たとえば異性の欲望対象を巡って結ばれるホモソーシャルな男同士の緊張関係をホモセクシュアリティとの連続体の上にあるものと看破した『男同士の絆』は、一見ストレートなテクスト群のなかに隠された同性愛欲望を明るみに出すという初期クィア・リーディングのひとつの定型を可能にしたのだし、『クローゼットの認識論』もまた、個人の内奥にある最大の「秘密」として設定される同性愛欲望を巡り、その暴露と隠蔽のドラマがいかにホモフォビックな政治によって動員されてきたか自体を晒し出した。(4) 言い換えればセジウィックの初期著作は、同性愛欲望を知の対象として他者化し、それに対する認識的優位を誇示しようとする(それ自体がパラノイア的に構造化された)ホモフォビックな世界を出し抜き、その戦略の脆弱さや浅はかさを暴くことでそれから身を守り生き延びる術を模索するものだった。さらにセジウィックが詳細に検討するとおり、こうした批評エネルギーは一九九〇年代のジュディス・バトラーやD・A・ミラーの著作をはじめとする多くのクィア批評に帯電しているのだが、この時けして忘れてはならないのは、初期のクィア・スタディーズがパラノイア的読解の情動的エネルギーによって駆動されてきたのは、その批評的営為が八〇年代からのAIDSアクティビズムに根ざすものだったからだ、ということだ。AIDSが当初GRID(Gay-Related Immune Deficiency)の名を与えられ「ゲイの疫病」として意味化-隠喩化されたこと、同時に多くのAIDS患者が制度的に黙殺されてきたこと、そしてそれに対する政治的抵抗としてホモフォビックな認識論の暴露が行われてきたことを思えば、セジウィックが九〇年代のクィア批評を「パラノイア的」と特徴づけるとき、その名付けの自戒に響く痛切さを思い起こすことなく「パラノイア的読解」を安易に乗り捨てようとする試みは、間違いなく拒否されなければならない。

それでもなおセジウィックがパラノイア的読解から距離をとろうとするのは、懐疑の解釈学の奇妙なまでに従順な「暴露への信頼」が隠された真実を暴くこと自体を自己目的化するとき、知的な、そして政治的な袋小路を導き得るからだ[5]。パラノイア的読解は私たちをわけ知り顔の「賢い」主体の位置に据える——隠蔽された暴力の所在を明らかにすることで不意打ちによる痛みを回避しようと、虚偽意識に目の眩むほかの人びとを啓蒙しようとする主体に。けれど暴露に暴露を重ねることに知的エネルギーのすべてを費やし構造的暴力にさらなる証拠を与えたとして——セジウィックが回顧するＡＩＤＳアクティビストの友人の言葉を借りれば——「私たちがすでに知っている以上のなにを知ることになるのだろう」[6]。幾度日の下に引きずり出されたところでなお暴力がやまないとき（そして恥知らずな暴力は往々にしてやまない）、「こうなるのはわかっていたし」と独りごちたところで自らの痛みも、ほかの人びとの痛みもなかったことにはならない。

パラノイア的読者のモデルであるクラインの妄想‐分裂ポジションにある子供たちが、どうやら世界は「良い対象」と「悪い対象」に二分することができないという否応ない気づきによって「抑鬱（ディプレッシブ）ポジション」と呼ばれる新たな心理態勢に移行するのであれば、私たちもまた「なにかほかの知り方[7]」を——隠された真実ではなく、たとえば痛みに満ちた世界でどう生きていくかを知るような方法を——学ぶことができるだろうか。セジウィックはその可能性を「修復的読解」という言葉に仮託する。クラインの子供たちは自らが分裂させた世界を「全体性のようなもの——ただし強調すべきはそれが、以前に存在したはずのどんな全体性とも必ずしも似てはいないものだということだが——に寄せ集める、あるいは『修復する』[8]」。それが抑鬱的と称されるのは、そうして繕われた世界がどうしようもなく脆く、そしてそれを壊したのが自分の憎しみであった可能性が恐ろしいからだが（そしてその恐れはえてして子供達をまた妄想‐分裂ポジションに差し戻すのだが）、その中で子供はある種の罪悪感をもってつぎはぎだらけの世界をいつくしむことを覚える——その世界が今度は代わりに「自らに生きる糧と癒しを提供してくれる」ことを望みながら。[9] そして「修復的過程にクラインが与えた名前のひとつが愛である」。[10]

セジウィックのエッセイの大半はパラノイア的読解の批判的検討に費やされており、こうしてクラインに寄り添って指し示される、愛の名においてなされるという修復的読解が、実際にどんな形をとりうるのかについて語ることはそう多くない。懐疑と認識的優位への固執を明け渡し、「感傷的、審美的、保守的、反知性的、あるいは反動的」と切り捨てられる「修復的な動機」を無碍にせず、私たちをいつくしもうとしない瑕疵だらけの世界をそれでも繕い、そしてそこから生きる糧を、「よろこび」を絞り出すことに読解の軸足を変えること[11]——こうしてセジウィックが指差した先を凝視するように、多くのクィア批評家たちがそれぞれに修復的読解の輪郭を描写しようとしてきた。ロビン・ウィーグマンが「修復的『転回』」と呼ぶものを乱暴にまとめるならばそれは、情動理論の発展と絡み合い、ストレートな歴史のなかに物語化されず散らばった過去の破片を寄せ集めるという流れを形成してきたと言えるだろう。[12] 孤独、恥、後悔、メランコリー、失敗といった、資本主義のオプティミスティックな進歩主義にも、それに抗うクィアな抵抗の政治にも役に立たず、屑箱のようなアーカイブのなかに沈殿する情動的経験を安易に希望に転化することなく拾い集め慰撫するなかで、クィアな主体が生存できる未来をそれでも想像すること。[13] それは間違いなく愛の仕草であり、パラノイア的読解の真実の探求が拾い損ねてきたのかもしれない人の脆さや儚さをテクストの精読に立ち返って抱き寄せるという態度は、私たちが文学を読むひとつの理由と喜びを、きっと回復してきた。

けれど同時にウィーグマンが妄想‐分裂ポジションへの揺り戻しを実演してみせながら言うように、そうした情動的読解が「対象の要求の倫理的抱擁」の名の下に批評行為（クリティーク）からの撤退として行われるとき、それがポスト・トゥルースと称される情動操作の政治に棹差すとは言わずとも不幸な符牒を見せ、生存可能性を切り拓くにはあまりにも無力だという痛烈な批判にさらされることもまた否めないだろう。[14] セジウィックが繰り返し強調するように、妄想－分裂ポジションと抑鬱ポジションが「規範的に秩序づけられた段階でも安定した構造でも診断的な性格類型でもなく」主体が行きつ戻りつする対象との関係の態勢であり、パラノイア的読解と修復的読解もまたひとつがいの「批評的実践」であるとしたら、[15]修復もまたパラノイア的読解の批評的エネルギーを「悪い対象」として葬ることなく――それ自体また不安に震えているのだとしたらなおのこと――行われなければならないのだろう。たとえそれが、私たちを内側からばらばらにするパラノイア的不安との往復を繰り返す、賽の河原に石を積むような作業だったにしても。

二　知識、知恵

そうした果てしない修復作業のあり方を、たとえば「ケア（care）」という概念に見てみるのがちいさな足掛かりになるのではないかと思うのは、ガートルード・スタインの『三つの人生』が描く三人の女たちの生き死にを、その日々の仕事を、目にする時だ。[16]『三つの人生』はスタインがジョンズ・ホプキンズ医学生時代に住んだボルティモアをモデルにした架空の街ブリッジポイントに住む三人の女たち――ドイツ系移民のアナ・フェデルナー（第一部「善良なアナ」）とリーナ・マインツ（第三部「おだやかなリーナ」）、アフリカン・アメリカンのメランクサ・ハーバート（第二部「メランクサ――それぞれがみな気の赴くままに」）――の人生を描く。ある意味で三つの人生を紡ぐ共通項は三人がそれぞれに有償・無償の家事労働、介護、人の世話という、大きな意味でのケア・ワークに従事することだ。ただしその三つの人生が作品内で互いに交差することはなく、モダニストとしてのスタインのスタイルを先取りするような際立った実験性によって第二部「メランクサ」がことさら注目を集めてきたのだが、本稿の文脈でまず指摘しておくべきは、「メランクサ」のスタイン批評における特権的地位をさらに強化したのがスタインのレズビアニズムを巡るパラノイア的読解だったということだろう。メランクサと若き黒人医師ジェフ・キャンベルのもつれた愛情関係が、一九〇三年に執筆されスタインの死後まで出版されることのなかった『証明終わり（*Q.E.D.*）』に半自伝的に描かれたボルティモア時代のスタイン自身とメイ・ブックステーバーとの同性愛関係を書き換えたものだというのはいまや定説化しているが、キャサリン・スティンプソンによればそれは女性同性愛から異性愛への、そして「白人同士の問題含みの情熱の黒人への転換」という二重の「暗号化」[17]であり、スティンプソンが他の論文でスタインの「レズビアンの嘘」と呼ぶものの――いかにも天衣無縫な書きぶりで女同士の親密性を描くことで「ここにベッドをともにしているレズビアンはいない」とうそぶく欺きの――先ぶれとなる。[18]

けれど「メランクサ」の秘密を暗号化されたスタインのレズビアニズムの「真実」というパラノイア的な知識をもって文字通り「証明終わり」とするとき、取り逃されてしまうのはテクストが「知恵（ウィズダム）」と執拗なほどに繰り返して呼ぶ知のあり方なのかもしれない。リサ・ルーディックが言うように、「メランクサ」はなによりもメランクサとジェフというふたりに体現される「対立するふたつの知り方」、「競い合う知覚様式の戦い」の物語なのであり、「知恵」とはスタインがメランクサの知のモードに、そしておそらくは真偽の二項対立とは異なるパースペクティブによって得られる知に与えた名前なのだから。[19]思春期を過ぎた頃からメランクサは「世界の知恵」をもとめて「さまよい（ワンダー）」つづけ、十六歳のとき七歳年上のジェーン・ハーデンの手ほどきによってそれを手にしはじめる。[20]テクストの大半は、メランクサがジェーンと別れてからほどなく出会った医師ジェフが、刹那的・情熱的でありながらしばしば「あんまりにも憂鬱（ブルー）なので自分を殺してしまうのではないかと思う」[21]メランクサに惹かれつつも彼女の真意に対する疑念に悶え、メランクサと延々と交わす堂々巡りの会話を描くのだが、最終的にジェフはメランクサと別れたのちについに「ほんとうの知恵」[22]にたどり着く。こうして眩暈のするほど遅々とした筆致によって描かれるナラティブを早送りでまとめれば、ジェフのパラノイア的世界がメランクサの抑鬱のモードによって修復される物語という輪郭がとりあえずは浮かび上がる。[23]

しかしメランクサが体現するという「知恵(ウィズダム)」は——図式的にいえば修復的読解が与えてくれるはずのそれは——いったいなんなのだろう。もちろんセジウィックがフーコーに寄り添いながら「『知識』と『セックス』が概念的に切り離せず」、「知識といえばとりもなおさず性的知識／経験を、無知といえば性的無知／無経験を」意味しさえすると言う十八世紀以降の西欧言語文化圏の文脈では、[24]「メランクサが彼女の知恵を学んだのは男たちからではなかった。メランクサをわかりはじめるようにしたのはいつでもジェーン・ハーデンそのひとだった」と言われ、不品行から教師を辞めさせられたというジェーンの部屋でふたりが過ごす濃密な時間が描かれるとき、それが官能的な色合いを帯びているのはひとまず確かだろう。[25]「知恵を追い求めるさまよい」[26]というメランクサの生を特徴づける運動がある種の性的な放埒さを指し示し、人種向上(レイシャル・アップリフト)運動の理想に燃えながら黒人の「動物同士が一緒にいるような」「愛し方」を嫌悪していたジェフがそれに抵抗しながらもやがて官能性に目覚めていく、という物語は確実にテクスト内に存在する。[27]

けれど同時に「ただしく思い出す(リメンバー・ライト)ことがけしてできない」メランクサが[28]「夏の終わりのある心地よい午後に」道を歩いている時でさえ「さまざまな方法でさまようのにとても忙しかった」[29]と言われるとき、そのさまよいには性的な領域を超えるとめどない広がりがあることもまた間違いない。このとき「メランクサの性的放埒さは経験的な放埒さの、すなわち選択的に世界と接する能力の欠如あるいはその拒否の一部である」というルーディックの指摘は正しい。[30]ルーディックはこのあてどないさまよいをスタインがハーバード時代に師事したウィリアム・ジェイムズの「『精神のさまよい（*mind-wandering*）』」、または『さまよう注意（*wandering-attention*）』」という概念——あらゆる感覚刺激を非選択的に飲み込んでしまうという精神のありよう——に重ね、それをジェフに体現される「選択的注意（セレクティブ・アテンション）」と対比させる。[31] ルーディックにとってメランクサの「知恵」とは彼女の多動的な注意による「感覚への向こうみずなまでの没入」、「身体との結びつきを知る思考」を指すのであり、それはジェフの理知的で実用的な意識が取りこぼしてしまうよろこびを享受することを可能にする。[32]

しかしその一方で選択的注意が「ジェイムズのダーウィニズムに貫かれた心理学」において生存のために必要なものと定義付けられていたとすれば、周囲の刺激に無差別に感応してしまうメランクサは自己保存能力を致命的に欠く。[33] こうしてジェフが苦難の果てに「本当の知恵」に辿り着くという漸進的な生存のナラティブの傍で、「ただしく思い出す」という規範的な時間性に属することのないメランクサは、ひたすら昂揚と気鬱を繰り返しながら最終的には「肺病／消耗（コンサンプション）」によってひとりで死んでいく。エリザベス・フリーマンが論じるとおり、このときメランクサは慢性的な「刺激中毒者」として立ち現れるのであり、「メランクサ」というテクストとその女主人公は「慢性（クロニシティ）」という時間性を生きている。[34] 慢性的であることとは、ひとつの囚われだ。「その病気が慢性であり続けるのならば、ひとはただその病を持ち続けるのみだ。緩和の方向に向かったり、あるいはぶりかえしや再発を経験したりすることはあっても、けしてそれが治癒されることはない」[35]。やがてスタインのスタイルの代名詞となる極度に制限された語彙と文構造、プロットの繰り返しに彩られた「メランクサ」というテクストは、メランクサ自身の注意の散漫さをなぞるようにして「このように反復的な物語にたいして注意深くいつづけることの歯噛みをするほどの困難」[36]を読者に経験させる。その意味でこのテクストの膠着はスタインが自身の作品についてスフィンクスの謎のように語った「引き伸ばされた現在（プロロングド・プレゼント）」[37]を、そのなかへの逃れがたい囚われを、具現化するものだ。その囚われはもちろん、シディヤ・ハートマンが奴隷制からの「解放」から、シェアクロッピングとジム・クロウによる制度化された「新たな形態の拘束（ボンデージ）」への移行と呼んだ、二十世紀初頭の南部黒人の状況にも重なり合う。[38] 名目的自由の名の下に、黒人たちの困窮がすべて個人の責任に帰されるという慢性的な構造的停滞状態に置かれたメランクサは、自由黒人の両親のもとに生まれた中産階級の医師ジェフの治療のナラティブに——それ自体が人種向上運動と進歩主義時代の理想に貫かれた残酷なまでに楽観的なそれに[39]——与することなく、かといって進歩の可能性が閉ざされた諦観のなかに生きるのでもなく、現在の強烈な光が与える享楽に断固としてしがみつく。

三　注意、配慮

批評家たちはこうしてメランクサの注意の散漫さとそれがもたらす未濾過で強烈な感覚刺激を巧みに言い表すのだが、その一方で見逃されているのは、メランクサが慢性的な時間を生きるなかで示すもうひとつの認知のあり方——ひょっとすれば私たちを「知恵（ウィズダム）」と呼ばれるなにか他の知に導いてくれるような知り方——かもしれない。メランクサの鋭敏な感性や衝動性が作品批評で強調されるのは、部分的にはこのテクストの大半が「メランクサは彼にとって多すぎた」と言われ、そうした彼女の一見した分裂性に翻弄されつづけるジェフの視点に寄り添って描かれているからでもある。[40]メランクサが一貫性を欠いて見えるとすれば、それはジェフが彼女を——パラノイア的に、としつこく強調してもよいのだが——「良い対象（愛情深いメランクサ）」と「悪い対象（放埒なメランクサ）」に分裂させているからなのであり、メランクサ自身はジェフが懐疑に押しひしがれて彼女のもとを去っては許しを乞いながら戻るというパターンを繰り返すたびに、ただただジェフを受け入れる。

ひとことでいえばメランクサは一貫して辛抱強い。このテクストはまずもって彼女を「辛抱強く（ペイシエント）、従順で、癒しに満ち、倦むことをしらない」存在として導入するのだし、[41]メランクサはジェフにとって「生徒が知るべきことでないことは教えないし受けるべきでない教え方もけして与えない、辛抱強くていい先生」だった。[42]そしてもしもメランクサが欠いているという「注意（アテンション）」がある種の焦点化された認識のかたちだとすれば、彼女の存在を特徴づけるのは、そして彼女がジェフに与えようとしているものは、よりゆるやかでありながらも恒常的な知覚のかたち、言ってみれば「気づかい／配慮（care）」のようなものなのだと言えるかもしれない。「『一体僕のことにどれだけ関心がある（care about）のか、はっきり教えてくれ』」と懇願するできの悪い生徒であるジェフに対して、メランクサはこういうのだから――「『関心がある、って、ジェフ・キャンベル』メランクサはゆっくりと言った。『あなたがいつも考えてばかりいるほどにではないにしても、あなたが知りうるよりももっとずっと、わたしはあなたのことを気づかってる（care for）のに』」[43]。

　メランクサの「関心がある（ケア・アバウト）」から「気づかう（ケア・フォー）」への微妙な置き換えは、ケアという認知概念の「実践」としてのケア・ワークを巡る理論化と重なり合う。たとえばケア倫理学者のヴリンダ・ダルミヤがいうように、「関心をもつ（ケア・アバウト）」が「誰か（ケアされる者）が誰かほかの人（ケアする者）にとって重要なものとして生起する査定的瞬間」としてケアの第一段階をなし、「気づかう／配慮する（ケア・フォー）」がケアの行為化である「世話／介護をする（テイキング・ケア）」に至る前の第二段階、すなわちケアされる者の現実がケアする者の現実と不可分になることに気づく「態度的再配列」だとするならば、メランクサの「気づかい／配慮」は、行為としてのケアを胚胎する認知的態度だといえる[44]。そして思えばメランクサの人生は実際に「世話をする」という行為としてのケアに貫かれていた。そもそもこのテクストは、ついにジェフと別れたのちのメランクサが「不注意な（ケアレス）」友人ローズ・ジョンソンの出産をつきっきりで介助し、新生児とローズの世話をし、そして数日間メランクサが家を空けた途端に新生児が死ぬ[45]という、テクスト終盤でもう一度描かれるエピソードによって始まるのだし、メランクサは自分をけして愛することのない母親の死を看取る長い介護期間に母の医師ジェフと出会い、懐疑と妄想に苛まれるジェフに辛抱強く付き合いつづけ、最終的には鬱による自死ではなくひとりで「彼女が世話されるべき」結核の治療院で死んでいく[46]。

こうしたメランクサの人生は、ケア倫理においてしばしば触れられる、*care*という語自体が持つ「根本的で相反するふたつの意味」――「心配、悩み、または不安」そして「他者に対して福祉を供給すること」――を体現する[47]。ケアという心的態度が実践を胚胎する気づかいとなりうるのは、私たちが配慮なき世界に生きることの脆さを巡る不安に蝕まれ、けれどどれだけ配慮を供給したところでその根源的な脆さは克服されることはなく、それがまた気鬱を呼ぶという、際限ない反復によるものなのだから。

こうしたメランクサの生を染め抜く不断のケアは、医師であるジェフの治療行為とある種の対照をなす。フリーマンが述べるようにメランクサと彼女を取り巻く二十世紀初頭の南部に生きる黒人たちが抜本的な「治癒」の見込みの薄い「慢性的」な停滞状態にあるのならば、そこでむしろ必要とされるのは、辛抱強いケアの、たとえ全治へ向かう見込みがないとわかっていてもなお痛みに付き添うことの、絶え間ない実践だからだ。事実、「黒人たちがただしく注意深く、いつも正直でできるだけきちんとした生活をすることを」願うジェフは、同時に彼の治療行為が彼らを自らの思い描くよき生に導き得ないこともまた知っていた[48]。だからこそ彼は、「『いつも考えてるように見えるけれど、そのくせ誰のこともけして知ってはいないし、もちろん理解なんかしていない』」とメランクサに詰られたとき、メランクサの言う「理解」を学ぶことは、「『黒人の世話をする助けになるのかもしれない』」と呟く[49]。

ジェフにとってもっとも理解できないのは、メランクサが――そして彼の黒人患者たちが――どれだけ治療を施してもまた痛みと病を引き起こす不注意で刺激に満ちた生活に舞い戻り、その痛みに「叫ばない」ことを強さと誇ることだ[50]。その一方でジェフが彼女の言葉の真意を尋ねるたびにメランクサに訪れる、彼女を「殺しかけるような」[51]激しい頭痛を前に、ジェフは「メランクサは、彼がけしてそうは思いたくはないようなかたちで、頭にとても損傷を受けているのではないかと」[52]思い始める。こうしてメランクサを医師の視点から病理化し患者として眺めながら、ジェフは彼女を「『痛みを武器のように使うな』」と突き放し、次のように言う。[53]

「きみは言うね、わたしはとっても勇気があるからなにもわたしを傷つけることができないって、そしてまたなにかがいつものようにきみを傷つけてしまうと、きみはその傷をみんなが見えるようにひけらかして言うんだ、わたしはとっても勇気があるからなにもわたしを傷つけはしないけど、だからといって彼にはわたしを傷つける権利なんてもちろんなかったの、見てよわたしがどんなに苦しんでるか、でもわたしが叫んでるのなんて聞いたことないでしょ、だけどもちろんちょっとでも感情があるひとなら誰だってわたしが苦しんでるのを見たら、わたしの世話(ケア)をする以外のためにわたしに触れようとなんかしないはずよ、って[54]」

*patient*という語が「痛み、苦悩、不自由などを穏やかに、不平や文句を言わずに耐える」様子を意味する形容詞であると同時に「医療を受ける人」を意味するのであれば[55]、痛みに叫ばず辛抱強く耐える患者であるメランクサを前に、ジェフが「辛抱強い医者(ペイシェント・ドクター)」[56]であろうとしながらも劇的に失敗するのは、それがある意味ではpatientとdoctorという二つの立場の撞着語法めいた領有だからだ。メランクサの慢性的頭痛が求めるのは痛みの根本的な治癒ではなく、辛抱強く彼女に触れて世話をし続けることだが、医師であるジェフは彼女の痛みに耐えることが――それに対して辛抱強い(ペイシェント)／患者であることが――できない。

このとき最終的にジェフが医者として「自分自身とすべての黒人のために働くことを」[57]を可能にしたのが、ゆっくりと壊れてゆくメランクサとの関係のなかで「すべての痛みとともに安らぎが彼のなかにあることを」[58]感じ、その痛みに対し「辛抱強くある」[59]ことを――いわば辛抱強い患者の立場に立つことを――覚えたと言われるときだというのは示唆的だ。ふたたびさまよいはじめながらもジェフに自分を愛しているかと問われるたびに機械的なまでにかならず愛していると応え続けるメランクサの愛は、ジェフにとって理解不能なものだった。けれど「いまやジェフはメランクサを愛するとはなんなのかを知っていた。いまやジェフ・キャンベルは自分がほんとうに理解しているのだと知っていた。いまやジェフはメランクサによくすることはなんなのかを知っていた。いまやジェフはいつも彼女によくしていた」[60]。メランクサの愛がジェフの解読しようするなんらかの心理構造や主体的な欲望では必ずしもなく、むしろ問われるたびに愛していると倦むことなく応答するという反復的で習慣化された行為そのものであるならば、ジェフもまた愛することと「いつもよくすること」が同値でありうることを知る。そして「いまや彼は自分がよくすることができることを、そしてそれをどうしたら耐える（bear）ことができるのか教えてくれと彼女の助けを求めて叫ばずにいられることを知っていた」。そこで指し示されるのは、「いつもよくすること」という確固とした終わりのない曖昧なケアのかたちがどれだけ報われず、「耐える」ことしかできないものか、ということだ。こうしてメランクサの指し示した「知恵」はジェフに受け継がれる。「いまやジェフ・キャンベルは本当の知恵を自分のなかに持っていて、それが自分を苦しめるときにでも苦々しく思いはしなかった。いまやジェフは自分がその重みに耐えるくらいほんとうに強いのだとすみずみまで知っていたのだから」[61]。このとき、メランクサとの関係がジェフに与えた「本当の知恵」は、相手に傷つかないよう「注意深く（ケアフル）」あることを要求するのではなく、傷つき続ける相手の治癒と理解の不可能性を「耐え」ながら、それでも終わりない「配慮（ケア）」を提供しつづけること、という実践そのものの別名ともなる。

四　教育、鍛錬

たとえば「メランクサ」というテクストが、自分を理解せず、自分が理解もできない他者と、その消えない痛みにそれでも付き合うことを可能にするケアという認知的態度とその実践を「知恵（ウィズダム）」と呼び、そのうんざりするほど反復的なテクストにそれでも付き合うことを理不尽なまでに読者に要求することでその知恵を教育しているのだ、と言ったとすれば、それはこの作品をあまりにも教訓的に読みすぎていることになるのかもしれない。言うまでもなく「メランクサ」というテクストは規範的な教師などではない。語り手がローズ・ジョンソンの「不注意さ（ケアレス）」による赤子の死を、ローズと夫のサムが「残念に思い」ながらも「こうしたことはブリッジポイントの黒人世界ではままあることだったので、ふたりともそれについて長く考えることはなかった」[62]と述べるとき、そしてローズの不注意さ（ケアレス）を「黒人に特有の単純で放埓な不道徳」に結びつけ、それを「半分はほんとうの白人の血でできている」メランクサの「賢さ」と無造作に対比するとき[63]、疑いなくこのテクストは自らがローズにあてがった殺人的な不注意さ（ケアレス）に貫かれている。そしてその不注意さ（ケアレス）はスタインが内面化した同時代のレイシズムの別名に他ならないと述べることは、レイシズムを軽んじることではけしてない。不注意（ケアレスネス）とは行為としてのみならず知覚としてのケアの欠如でもあり、構造的なレイシズムとはまさに非白人を、その死と苦しみを、嘆きうるものとして認知すること自体を拒否するものだからだ[64]。

　けれどなお、月のような知恵を指差す指がたとえ血濡れたものだとしても、指差された月が月であることには変わりなく、そしてその汚れた指がなければ私たちはえてして月に――そしておそらくは私たち自身の指もまた汚れていることにも――気づくことすらできない[65]。「メランクサ」だけでなく『三つの人生』で描かれる三人の女たちはそれぞれ、「善良なアナ」のアナ・フェデルナーが嘆くように、「このすべての思いやりのない不注意（ケアレス）な世界」に生き、それでもなんとか周囲の生の綻びを繕おうと他人の世話をするなかで憔悴し、ひっそりと死んでいく[66]。「おだやかなリーナ」でリーナを殺すのは、「メランクサ」で知恵の源とされた辛抱が転化された「なにも望まず、苦しみもしない、ドイツ的辛抱強さ」[67]であり、その自らの苦しみへの無頓着さは周囲には単なる

「不注意（ケアレス）」[68]にしか映らず、リーナは常に「注意深くあれ（ケアフル）」と叱責されながら、誰にも気付かれぬまま産褥死する。[69]こうしてアナとリーナがケア・ワークに従事しながらも、ケアを自らに施すことも誰かからケアを施されることもなく黙殺されていくのは、ひとつにはそれが進歩主義時代のアメリカに移民として渡った彼女たちに押し付けるようにして託された数少ない労働形態のひとつだったからだ。彼女たちの世界が――そしてまた私たちの世界が――このように殺人的に不注意（ケアレス）なのは、そうして彼女たちによって担われる不断の配慮（ケ）／注意（ア）が、生存に不可欠とされる選択的注意（アテンション）の対局にあるものであり、それを自ら担うことが私たちを消耗させる可能性に、私たちがおののいているからでもある。

このとき『三つの人生』が指差す知恵は、そのテクストの政治的無意識の汚濁を暴いて「知る」ことができるものでは到底ない。その知恵はおそらくむしろ、セジウィックが *Touching Feeling* の最終章――「パラノイア的読解と修復的読解」の直後におかれた「仏教の教育学」と題されたエッセイ――で「知ること（knowing）」と対置した「実感すること／実現すること（realizing）」を目指し、ひたすら反復的な鍛錬を重ねることを要請するようなものだ[70]。その知恵がやはり、ケアなき不注意な世界にケアを施し続けることの困難と必要性という、ごくごく平凡な教えだったとして、それでもなお次のように言うとしよう。そのようにテクストに対する認識的優位を捨て、ときに理不尽なテクストの前に頭を垂れて授けられる教訓を、日々の鍛錬によって実践していくという行為はきっと修復的読解のひとつのあり方なのだと――あるいはまた、ケアがもたらす親密性を、必ずしも欲望や愛を土台としたセクシュアリティの領域に収まることがないのに、同時にそれがその射程とする肉体に、ときには性を媒介とするよりも避けがたく接近してしまうような親密性を実現しようとすることに、なにか新たなクィア・リーディングの可能性があるのかもしれない、と。そのような見解を口にしようとするとき、その素朴さに耐えがたい羞恥心を覚えて口ごもることしかできないのだとしたら、それはきっと、パラノイア的読解の逃れがたい輒の証左であるにすぎない。

（1）Sedgwick, E. K., *Touching Feeling: Affect, Pedagogy, Performativity*, Duke University Press, 2003, pp. 123-151. なお、ロビン・ウィーグマンが詳述するとおり、このエッセイの原型は一九九六年に ***Studies in the Novel*** の "Queerer than Fiction" 特集号のイントロダクションとして執筆され、改稿をへてセジウィックが編纂したアンソロジー *Novel Gazing: Queer Readings in Fiction* (Duke University Press, 1997) に "Paranoid Reading and Reparative Reading; or, You're So Paranoid, You Probably Think This Introduction Is about You" のタイトルで出版されている。Wiegman, R., "The Times We're in: Queer Feminist Criticism and the Reparative 'Turn.' *Feminist Theory* 15. 1, 2014, p. 9.

（2）セジウィックがクラインにより近く寄り添いながらパラノイア的読解を説明した論文としては Sedgwick, E. K., "Melanie Klein and the Difference Affect Makes," *South Atlantic Quarterly* 106. 3, 2007, pp. 621-42を参照。

（3）Sedgwick, E. K., *Touching Feeling*, p. 125.

（4）Sedgwick, E. K., *Between Men: English Literature and Male Homosocial Desire*, Columbia University Press, 1985（イヴ・K・セジウィック『男同士の絆―イギリス文学とホモソーシャルな欲望』上原早苗、亀沢美由紀訳、名古屋大学出版会、二〇〇一年）. Sedgwick, E. K., *Epistemology of the Closet*, University of California Press, 1990（イブ・コゾフスキー・セジウィック『クローゼットの認識論―セクシュアリティの二〇世紀』外岡尚美訳、青土社、一九九九年）.

（5）Sedgwick, E. K., *Touching Feeling*, p. 139.

（6）*Ibid.*, p. 123.

（7）*Ibid.*, p. 144.

（8）*Ibid.*, p. 128.

（9）*Ibid.*

（10）*Ibid.*

(11) *Ibid.* p. 150.

(12) Wiegman, R., *op. cit.*, p. 12.

(13) 修復的読解を巡る批評は数多く存在するが、代表的なものとしてWiegmanが批判的に検討しているのは以下の三冊。Cvetkovich, A., *An Archive of Feelings: Trauma, Sexuality, and Lesbian Public Culutres*, Duke University Press, 2003; Love, H., *Feeling Backward: Loss and the Politics of Queer History*, Harvard University Press, 2007; Freeman, E., *Time Binds: Queer Temporalities, Queer Histories*, Duke University Press, 2010. この他の修復的読解についての論考としては、たとえば以下のものを参照。Bradway, T., "'Permeable We!': Affect and the Ethics of Intersubjectivity in Eve Sedgwick's *Dialogue on Love*,'" *GLQ* 19. 1, 2013, pp. 79–110; Flatly, J., "Unlike Eve Sedgwick," *Criticism* 52. 2, 2010, pp. 225–34; Goldberg, J., "On the Eve of the Future," *Criticism* 52. 2, 2010, pp. 283-91; Hanson. E., "The Future's Eve: Reparative Reading after Sedgwick," *South Atlantic Quarterly* 110. 1, 2011, pp. 101–19; Herring, S., "Eve Sedgwick's 'Other Materials,'" *Angelaki* 23. 1, 2018, 5–18; Nyong'o, T., "Trapped in the Closet with Eve," *Criticism* 52. 2, 2010, pp. 243–51.

(14) Wiegman, R., *op. cit.*, p. 18.

(15) Sedgwick, E., *Touching Feeling*, p. 128.

(16) Stein, G., *Three Lives*, Ed. Wagner-Martin, L., Palgrave Macmillan, 2000.

(17) Stimpson, C. R., "The Mind, The Body, and Gertrude Stein," *Critical Inquiry* 3. 3, 1977, p. 498.

(18) Stimpson, C. R., "Gertrude Stein and the Lesbian Lie," *American Women's Autobiography: Fea(s)ts of Memory*, ed. Cully, M., University of Wisconsin Press, 1999, p. 153.

(19) Ruddick, L., *Reading Gertrude Stein: Body, Text, Gnosis*, Cornel University Press, 1990, p. 15.

(20) Stein, G., *op. cit.*, p. 98, p. 100.

(21) *Ibid.*, p. 89, p. 91, p. 145, p. 170, p. 181, p. 182, p. 186, p. 187.

(22) *Ibid.*, p. 167.

(23) 若き医師であるジェフを視点に据えた「メランクサ」は医学的知の枠組みをもってメランクサを眺めるという読解を

ある程度批判的に想定して描かれているのであり、もしもメランクサを「症例」としてみるならば彼女の症状は抑鬱というよりは双極性（そして後述するように「注意欠陥・多動性障害」と分類される症状）と現代では診断されうるものかもしれないが、本論の文脈で重要なのはそうした診断的な知を保留することである。

（24）Sedgwick, E. K., *Epistemology of the Closet*, p. 73.

（25）Stein, G., *op. cit.*, p. 101.

（26）*Ibid.*, p. 96.

（27）*Ibid.*, p. 136.

（28）*Ibid.*, p. 98, p. 128, p. 149, p. 150, p. 151, p. 158.

（29）*Ibid.*, p. 174.

（30）Ruddick, L., *op. cit.*, p. 18.

（31）*Ibid.*　なお、William James の mind wandering および wandering attention については James, W., *The Principles of Psychology, Vol. 1*, Harvard University Press, 1983, pp. 393–400. を参照。

（32）*Ibid.*, p. 30, p. 32.

（33）*Ibid.*, p. 30.

（34）Freeman, B., "Hopeless Cases: Queer Chronicities and Gertrude Stein's 'Melanctha,'" *Journal of Homosexuality* 63. 6, 2016, p. 343.

（35）*Ibid.*, p. 336.

（36）*Ibid.*, p. 334.

（37）*Ibid.*, p. 335, pp. 339–40.　フリーマンが論じるとおり、「引き伸ばされた現在（prolonged present）」はスタインが一九二六年の講演"Composition as Explanation"で有名な「継続的な現在（continuous present）」と対比して用いた概念である。スタインは前者を「メランクサ」に、後者を *The Making of Americans* に関連付けて（スタイン特有の読者を煙に巻くような語り口で）説明している。

(38) Hartman, S., *Scenes of Subjection: Terror, Slavery, and Self-Making in Nineteenth-Century America*, Oxford University Press, 1997, p. 6.

(39) この語は、ローレン・バーラントの同名の書が提示する「欲望がその実、生存の妨害となる状態」からとっている。Berlant, L., *Cruel Optimism*, Duke University Press, 2011, p. 1. なお、バーラントは同書第四章においてセジウィックの「修復的読解」がひとつの「残酷なまでの楽観性」になる危険性を指摘している。

(40) Stein, G., *op. cit.*, p. 147.

(41) *Ibid.*, p. 87.

(42) *Ibid.*, p. 138.

(43) *Ibid.*, p. 119.

(44) Dalmiya, V., *Caring to Know: Comparative Care Ethics, Feminist Epistemology, and the Mahabharata*, Oxford University Press, 2016, pp. 67–68.

(45) Stein, G., *op. cit.*, p. 87.

(46) *Ibid.*, p. 187.

(47) Garrard Post, S., Ed., *Encyclopedia of Bioethics (Third Edition)*, Vol. 1, Macmillan, 2004, p. 349. なお *care* の二重の意味（「不安」と「配慮」）に関する哲学的考察の伝統として重要なのはマルティン・ハイデガーの『存在と時間』における“Sorge”（通例英語では“care,”日本語では「気づかい」および「関心」と訳されることが多い）についての議論である。この概念については特に『存在と時間』第一部第一篇第六章「現存在の存在としての気づかい」（マルティン・ハイデガー『存在と時間（二）』熊野純彦訳、岩波文庫、二〇一七年、三四〇―五二三頁）を参照。なお、ハイデガーのSorgeをケア・ワークに拡張する議論としては村上靖彦「日常生活のなかで死んでいく―在宅での看取りによってハイデガーを少しだけずらす」（『現代思想』、二〇一八年二月臨時増刊号、三一五―三二五頁）、また生政治とSorgeの関係に関する議論としては阿部幸大「Thomas Pynchon, *V.* における怠惰とケア」（『アメリカ文学研究』第五五号、二〇一九年刊行予定）を参照。

（48）Stein, G., *op. cit.*, p. 105, p. 112.

（49）*Ibid.*, p. 114.

（50）*Ibid.*, p. 142, p. 143, p. 150, p. 151, p. 152, p. 154.

（51）*Ibid.*, p. 145.

（52）*Ibid.*, p. 138.

（53）*Ibid.*, p. 145.

（54）*Ibid.*, pp. 149–50.

（55）"patient, adj. and n." *OED Online*. June 2018. Oxford University Press.

（56）Stein, G., *op. cit.*, p. 144.

（57）*Ibid.*, p. 168.

（58）*Ibid.*, p. 166.

（59）*Ibid.*, p. 167.

（60）*Ibid.*

（61）*Ibid.*

（62）*Ibid.*, p. 87.

（63）*Ibid.*, p. 88.

（64）「嘆きうるもの」として他者の生を感知（apprehend）する枠組みの政治性についてはButler, J. *Frames of War: When Is Life Grievable?*, Verso, 2009（ジュディス・バトラー『戦争の枠組み—生はいつ嘆きうるものであるのか』清水晶子訳、筑摩書房、二〇一二年）の議論を参照。

（65）このたとえは後述する*Touching Feeling*で"Paranoid Reading and Reparative Reading"の直後に置かれた最終章、"Pedagogy of Buddhism"でセジウィックが触れる禅問答「指月の譬」から想起したものである（Sedgwick, E., *Touching Feeling*, p. 168）。注（1）で述べた通り、ウィーグマンは前掲論文で批評家たちが*Touching Feeling*における"Paranoid

Reading” のみに注目し、このエッセイのもともとの文脈を無視していることを批判するが、セジウィックが *Touching Feeling* にこのエッセイを再掲し、“Pedagogy of Buddhism” をその直後に置いた文脈もまた見逃されるべきではない。このことは特に、注2にあげた “Melanie Klein and the Difference Affect Makes” においてセジウィックが “Paranoid Reading” を一九九六年に書いたのが彼女の癌が頸椎に転移したことを知った直後であったこと、そのときにパラノイア的読解からの移行が個人的に必須であり、その時仏教の実践がひとつの可能性を切り拓いたと語ることにも関係がある。“Pedagogy of Buddhism” および、セジウィックの死後に出版されたエッセイ集 *The Weather in Proust* に所収された “Reality and Realization” でセジウィックが提示する “knowing” と “realizing” の差は、後者を修復的読解の目指す「ほかの知り方」のひとつとして考えるヒントを与えてくれるが、紙幅の都合上、これについては稿を改めたい。

(66) Stein, G., *op. cit.*, p. 73.

(67) *Ibid.*, p. 188.

(68) *Ibid.*, p. 204, p. 208, p. 209, p. 210, p. 211, p. 213, p. 214.

(69) *Ibid.*, p. 201, p. 204, p. 208, p. 210, p. 211.

(70) ここで使用している「鍛錬」という語は、ミシェル・フーコーが『性の歴史Ⅱ―快楽の活用』（一九八四）および『性の歴史Ⅲ―自己への配慮』（一九八四）で用いる *ascesis* の日本語訳からとっている。英語では *The Care of the Self* と訳される第三巻（仏原文では *Le Souci de soi*）のタイトルにおける「配慮／care／souci」が指し示すのは、古典古代期ギリシャおよびローマにおける、自己統御のために男性市民が練磨する中庸と節制を巡る生存の技法、生活様式上の行動規範であり、*ascesis* はそうした行動規範を実現するための（「禁欲的な」、ただしそれ自体に快楽を含む）たゆまざる自己実践を指す。このようにフーコーのケア概念は、本章で主に議論している他者へのケアとは一見焦点を異にするものだが、セジウィックが “Paranoid Reading” で何気なくこの概念に触れる瞬間（Sedgwick, E., *Touching Feeling*, p. 137）は、長い闘病生活にあったセジウィックの修復的読解への希求が、ＡＩＤＳによる死を目前にフーコーが古代ギリシャ・ローマから呼び起こしたものとの間にみせる重なりを示唆する。このことは、生権力に対するパラノイア的読解の鑑ともいうべき『性の歴史Ⅰ―知への意志』（一九七六）執筆後、さらなる生権力構築の歴史的検討を目指して構想されていた『性の歴史』シリーズ続刊五冊が、フーコーの死の直前に出版された第二巻と第三巻では完全に方向性を変え、倫理の実践と鍛錬を巡る探求となっていたことにも関わりがあるだろう。さらにフーコーが第二巻『快楽の活用』第三章「家庭管理術」で展開するオイコノミアの快楽（「養成術」とともに「恋愛／性愛」における快楽とも並列されるそれ）は、スタインの『三つの人生』、特に第一部「善良なアナ」におけるケア／世話をひとつの「快楽」の源泉として読む契機を与えてくれるが、至福の都合上これについても稿を改めたい。ミシェル・フーコー『性の歴史Ⅰ―知への意志』渡辺守章訳、新潮社、二〇〇〇年、『性の歴史Ⅱ―快楽の活用』田村俶訳、新潮社、一九九二年、『性の歴史Ⅲ―自己への配慮』田村俶訳、新潮社、一九八七年。

第三章　身体に根ざしたエロティックな力
――ネラ・ラーセン『パッシング』からトニ・モリスン『スーラ』へ

石川千暁

はじめに――『パッシング』の書き換えとして読む『スーラ』

本章は、トニ・モリスン（Toni Morrison）の『スーラ』（*Sula*）（一九七三年）を、同性愛的な欲望の抑圧を描いたハーレム・ルネサンス文学の傑作であるネラ・ラーセン（Nella Larsen）の『パッシング』（*Passing*）（一九二九年）の書き換えとして読む試みである。細かな仕掛けをすることで知られるモリスンの小説において、二人の中心人物の名前スーラ（Sula）とネル（Nel）を組み合わせるとネラ（Nella）という名前が現れることや、冒頭シーンに登場する美容師が『パッシング』の主人公と同名のアイリーン（Irene）であることなどは（三）、ただの偶然とは考えにくい。

よく知られているように、どちらの作品も二人の黒人女性のあいだの親密性の可能性と困難というテーマを追求している。(1) 一方の女性がもう一方の女性の夫と性的な関係を持つという、『パッシング』においては視点人物アイリーンの妄想とも読めるプロットを、モリスンは『スーラ』において、ネルの目前で起こる事実として採用している。どちらの作品でも夫の不貞は妻にとって悲痛な事件であるが、結末にむかって二作品は決定的な違いを見せる——『パッシング』ではアイリーンが結婚生活を続けるためにクレアを抹殺する一方で、『スーラ』のネルはスーラの死後カタルシスを経験し、女どうしの絆が遅まきながら回復されるのである。

本章は、この違いが黒人レズビアンフェミニスト詩人オードリー・ロード(Audre Lorde)の言うエロティックな力に深く関わっていると主張する。ロードは、性的なものに限らず、生きることで経験するあらゆる感覚に対して敏感である様をエロティックと呼び、黒人女性の性的な自律性を示す兆しとしてだけでなく、女性たちを親密につなぐ政治的な連帯の契機としても提示した。モリスンが『パッシング』のアイリーンに見たのは、ロードが理論化してみせたエロティックな主体性の欠如だったのではないだろうか。というのも、性的欲望の否認の末に女性間の親密性の可能性が抹消される『パッシング』では、身体の内に生じる感覚をありのままに経験することのできないアイリーンの様子が多く描かれており、絆が取り戻される『スーラ』の心理描写は、しばしば身体の状態に触れるのである。結末部分で「私たちは一緒に女の子だった」(Morrison 一七四)と、いまは亡き親友スーラを憶ってネルはつぶやき、ようやく「喪失」を受け入れるが、それは、「胸を押しつけ、喉に込み上げてくる何かとして経験される(一七四)。このような心身の連結の表象を通してモリスンは、黒人女性の身体をエロティックな力の源として再定義しつつ、身体に根ざした自己認識を黒人女性の親密性の条件として提示しているのだと考えられる。以下では、身体的感覚、とりわけ痛みの表象に注目しながら、両作品を検討していきたい。

一　黒人女性とエロティックなエンパワーメント

オードリー・ロードは、一九七八年の学会で発表された論考「エロティックなものの使い方」("The Uses of the

Erotic: The Erotic as Power"）で、副題に掲げられた「力としてのエロティックなもの」という概念を提唱している。「エロティックなものに関する（黒人）フェミニストによるもっとも徹底した取り組み」（Holland 五三）との呼び声が高い本エッセイにおいてロードは、エロティックなものを、単に性的なだけでなく「表現されていないか認識されていない感情（フィーリング）／感覚の力に根づいた深く女性的で精神的な平原にある、私たちひとりひとりの内にある資源」（Lorde 八七）として再定義する。それを歓迎することは「女性の生命力の主張」（八九）をすることに他ならず、内なるエロティックな指針にしたがって生きる女性は「危険」（八八）とみなされるほどの自由を得る。ロードの考えるエロティックな作用は、感情的な奥行きと、他者との共有を前提とする点で、ポルノグラフィーやフェティッシュの刺激とは区別される。そしてエロティックなるものは政治的な連帯の契機となる。感情や感覚を表現し合うことは、「共有されていないものの大部分の理解の基礎となり、差異という脅威を小さくする」（八九）からである。こうしてロードは、エロティックな――つまり、身体的かつ感情的な――自覚にもとづいたウエルビーイングと政治的なエンパワーメントを、分かちがたいものとして記述する。この意味でエロティックなるものは主体の自律性をおびやかす性的欲望とは対照をなし、他者と関係を結ぶための一種の「能力」（Willey 一三〇）ととらえられている。

一方で、そのようなエンパワーメントは、「排他的なヨーロッパ系アメリカ人男性の伝統のもとで動き続ける女性たちとはなかなか共有されない」（Lorde 九一）。白人至上主義や性差別を受け入れている女性は、外から与えられる命令に気を向けているので、自らの内なる声を聞くことができないのだ。逆もまた然りである。ロードにとって、自らの身体の内側で起きている出来事に注意を払わないことは、外で起きている出来事に対して抵抗する術を持たないことに等しく、「私たち自身のなかにあるエロティックな指針から離れて生きる時、私たちの生は外部の、なじみのない形式に縛られることになる」（九〇）。慣習やイデオロギーによって主体性が損なわれ、不自由を生きる他ないのである。

ここで強調したいのは、ロードの考えるエロティックな主体性の内向的な性質である。外的要因との関係において経験される社会的抑圧からの自由や解放の基礎を、身体の内に生じる感情や感覚に見るというロードの議論は、『スーラ』におけるモリスンの関心を照らし出してくれるように思われるからである。「感情にふるまいを決めさせる」（二四一）スーラはロードの言うエロティックな強さを持った人物であり、「危険」（一二一）と見なされる「のけ者」（一二二）である。スーラをエロティックな指針にしたがって生きる黒人女性主体と見なせば、一九八三年のインタヴューでロードが本作について次のように述べていることも、驚くにはあたらないだろう。

『スーラ』はまったく素晴らしい本です。（……）とりわけアウトサイダーとしての女性という考えがあったから、自分のことのように読みました。（……）スーラは自分の力(パワー)と痛み(ペイン)にとらわれている、私たちの時代の究極の黒人女性なのです。（qtd in Ferguson 一二六）

ロードにとって、人々が避けようとする痛みもまた、深く認識したり率直に表現されるべき感覚である。エロティックなエンパワーメントとは、痛みの可能性にさらされている、脆い身体を十分に経験することなしにあり得ない企てなのだ。笑い、泣き、人を殺め、性交し、歌い、眠り、病に罹り、死んでいくスーラは、広範囲にわたる感覚に開かれており、とりわけ痛みに通じている。彼女は「自分が痛みを感じることを人に与えるのと同じくらい進んでしたし、自分が歓びを感じることも与えるのと同じくらい進んでした」（Morrison 一一八）。自分自身の内なる出来事として、快楽だけではなく苦痛にも等しく注意を払うのが、社会規範にとらわれず主体性を確保し続けるスーラの技術なのである。

モリスンのテクストは至るところでスーラが経験する痛みに触れているが、まずは彼女が痛みを歓迎し、ネルとの結束の証左として提示している例を挙げてみたい。少女時代のある日のこと、二人が白人の少年たちに絡まれると、スーラはポケットから取り出した果物ナイフで自分自身の指を切りつけ、少年たちに向かって言う——「自分にこんなことができるんだったら、あんたたちに何すると思う？」（五四—五五）。ネルの目には奇妙にしか映らず、結果としてスーラの顔が「何マイルも離れている」（五五）ように感じられるこの行為と発言は、本人にとっては二人のエロティックな絆のパフォーマティヴな宣言だったのではないか。痛みと歓びとを等しく尊重するスーラにとって、ネルのために自身の身体の脆さをさらけ出し、苦痛を受け入れることは、快楽を共有することと同程度に親密な身振りであるはずだ。スーラの発言を受けて少年たちが黙って逃げ出すことは、エロティックな自覚に由来する女どうしの連帯が、抑圧に対する抵抗の術となりうるというロードの説をドラマティックに裏付けてもいる。

「寂しさに酔ってしまうほど孤独な少女たち」（五一）であったスーラとネルは、「たえまない感覚の共有」（九五）を通じおたがいの存在を頼りにして「自分たちの物事の知覚に集中する」（五五）ことができるようになる。ネルは洗濯ばさみで鼻をつまんだり、熱した櫛で髪を梳かすことを母親エレーヌに強いられていたが、スーラと出会った後、細い鼻筋やまっすぐな髪に対する興味を失うほどに、白人的な美の基準から解放されていく（五五）。ネルの変化は、少女期の二人がきわめてエロティックな快楽の経験をともにすることと同時的に起こる。近年しばしば注目される、草と泥を用いた戯れの場面において、二人は「語りようのない落ち着きのなさと興奮」（五九）を高まらせた後、それを目撃したらしいチキン・リトルを抹消する行為を通じて「オーガズム的な解放」（Jenkins 八三）の感覚を共有している。[2] 黒人の少女である彼女たちが目指した「ほかの何か」（五二）とは、異性愛主義や白人至上主義のイデオロギーからの解放であったのに違いない。

アウトローであるスーラは危険視され、ボトムの人々からすると「通常の脆さの兆しが一切なかった」（一一五）ように見えるほどである一方で、ネルのエロティックな、身体に根ざす内向きの自己認識は、結婚を機に失われていく。結婚式においてネルが身体感覚から乖離していくのは、象徴的だ。「彼女がかぶっていたヴェールは重すぎて、彼が彼女の頭に押しつけたキスの芯を感じることはできなかった」（八五）。新婚夫婦が「おたがいを見つめ、目にしたものを気に入った」（八五）時、幸福は外的な条件によって確認されている。十年後にスーラが帰郷すると、ネルは身体に影響が見られることを自覚する――町の様子が変化するだけでなく、「彼女自身の体さえも魔力からまぬがれていなかった」（九四）。とはいえ、二人が再会する場面ではスーラがネルの「膀胱を押して動き出させる」ような「笑い」を引き起こすという、かろうじて遠回しに性的な含みのある表現が見られる程度であり、かつてのような深い歓びの共有をすることはない（九七）。非規範的な快楽を共有した記憶も、二人が成人した時点では、チキン・リトルを葬った場面が「閉じた暗い水の場所」（一〇一、一一八、一四一、一七〇）というメタファーによって仄めかされるにとどまる。

したがって、『スーラ』において少女たちが分かち合うクィアな快楽の経験は、最終的には、あくまでも過ぎ去った何かとして表象され、現在のリアルとして公然と祝福されることはないのだが、そうしたモリスンのアンビヴァレンスを理解するためには、黒人女性の性的表現の複雑な歴史を考慮に入れる必要があるだろう。黒人女性のセクシュアリティは、支配的な言説において、「同時的に不可視で、可視化され（人目に晒され）、過剰に可視化され、病理化されてきた」（Hammonds 一七〇）。その結果、性的ステレオタイプに抵抗する手段として、黒人女性のあいだではしばしば性に関する「公的な沈黙」（一七五）が見られることが知られている。黒人女性の性の快楽や欲望はアカデミックな場においてもきわめて扱いにくいトピックであり、「本質的に、黒人女性の「セクシュアリティ」に関する議論は決着が付いていない」（Holland 五八）。ならば本作においてクィアな快楽が失われた過去に属するものとして描かれることは、異性愛主義の身振りではなく、黒人女性特有の反人種主義の身振りとして理解されるべきなのではないか。

実際、黒人レズビアンフェミニストたちは、異性愛を前提とする家父長制のオルタナティヴを提示するテクストとして『スーラ』をおおいに歓迎してきた。黒人クィア研究の代表的な研究者であるロデリック・ファーガスンは、本作について意見を表明することが、ロードを含む黒人レズビアンフェミニストたちが「フェミニストで、クィアで、反人種主義的で、連合体を形成するような政治運動を形づく」ることに貢献したと指摘している（Ferguson 一二五）[3]。モリスンが本作を執筆していた当時、しばしば女性を家長とする黒人の家族形態が病理的なものと見なされていたという歴史的事実と照らし合わせて考えてみる時、エヴァを家長とするピース家の女性たちのたくましいサヴァイヴァルは、それ自体が既存の人種的・性的ナラティヴに対する反論となっていることが理解されるはずである。

二　身体からの疎外――アイリーンにおける痛みの欠如

あらかじめ逸脱しているとみなされている黒人女性の性をオープンに、あるいはポジティヴに表現することに政治的なリスクがついて回るという事実は、ラーセンが『パッシング』を書いた一九二〇年代から、モリスンが『スーラ』を書いた七〇年代まで、本質的には変わっていない。そのような表現上の困難を背景に、二作品は異性愛主義の社会における女どうしの絆という中心的なトピックを共有し、規範的な価値観を生きる女性人物とそれを脅かす女性人物が、惹かれ合いながらも対立するというストーリーを描いている。しかし結末は対照的である。『スーラ』のネルはスーラの死後、かつて分かち合ったエロティックな感覚を遅まきながら取り戻すが、『パッシング』ではアイリーンは一貫して、身体的現実に十分な意識を向けることはない。モリスンの関心が、黒人女性がエロティックな主体性を確保するための条件を模索することにあったとしたら、ラーセンは黒人女性の主体性がいかに不可能となっているかをつまびらかにしたのだと言うことができよう。

『パッシング』においてクレアの死がどのようにもたらされたかは、読者によって意見の分かれるところだが、アイリーンがクレアを故意に突き落としたと考えることで、結婚生活を守るという大義の重要性が浮かび上がってくるだろう。医師である夫との結婚が可能にする白人中産階級並みの暮らしを守るために、アイリーンは「ノーマル」な市民を演じ切らねばならない。歴史的に言って、白人文化が規定する好ましい性的な振る舞いを実践できるかどうかは、有色人種の人々にとって市民権獲得のための試金石であり続けてきた。夫婦間の性的満足が「ノーマル」なものとして規範化された一九二〇年代の友愛結婚のイデオロギー下で、黒人中産階級にとっての異性愛者というアイデンティティの政治的意味は重みを増したと言って良い。アイリーンがクレアを故意に突き落とすことは、自身のレズビアン的欲望を抑圧するため、そして夫ブライアンをクレアという誘惑の脅威から守るため、という結婚をめぐる二重の動機から説明することができる。[4] 精神的抑圧の度合いの強いアイリーンの心理に寄り添う語りは、クレアが死を迎える結末に向かっていよいよあてにならないものになっていく。「次に何が起きたかを記憶することを、アイリーン・レッドフィールドは決して自分に許さなかった。はっきりとは決して」(Larsen 一一一)と述べられている通りである。クレアの身に何が起きたか、アイリーンが彼女の転落にどう関わっているかが明白に描かれないことは、皮肉にも、アイリーンの精神にかかった負荷の大きさを明かしており、彼女の参与をほのめかしているように思われる。

さらに重要なことに、アイリーンの精神的乖離は、身体からの疎外とパラレルをなしている。エロティックな自己認識を欠いた黒人女性人物のプロトタイプであるとすら言えるかもしれない彼女は、しばしば注意を外に向けており、彼女自身の身体が経験していることに無自覚である。最初にクレアと遭遇する場面から、ラーセンはアイリーンの根が内に張っていない様子を描いている。シカゴの夏、暑さで「気絶しそう」（一四七）になったアイリーンは、涼をとるために高級ホテルの屋上へ移動し、着席するとアイスティを注文する。

紅茶が運ばれて来た時、それは彼女が欲し、待ち受けているすべてだった。実際、あまりにもそうだったので、ひんやりする最初の一口の後、時折ややぼんやりと背の高い緑色のグラスから啜ることはあったものの、彼女はそれを忘れることができた。その間、彼女は部屋をぐるりと見回したり、穏やかな青い湖が広がってひっそりと水平線を引いているところにある、低い建物を見渡したりしていた。（一四八―一四九）

買い物に追われて気を失う寸前まで身体のニーズを無視していた彼女は、冷たい飲み物を口にして危機を脱するや否や、ふたたび自分の身体を忘却してしまう。ラーセンは「飲む」という動詞ではなく、「一口」という名詞を用いることで、「飲む」という一語で表現される一連の動作の動性を減じ、この人物が瞬間瞬間の身体的現実に注意を払っていない様子を強調している。(5) なお、作品中、彼女が何かを食べている姿は一度も描かれない――朝食の場面でかろうじて匂いが言及され、食事を開始することが「彼らはスプーンを手に取った」（一八四）と換喩的に示されるだけだ。夫ブライアンが息子に向かってリンチの話をする夕食の場面のように（二二二）、彼女にとって食卓はむしろ会話をする場である。

アイリーンは、グラスに触れる指が水滴で濡れる冷たさやストローが唇に触れる硬さや冷たい液体が喉を通る滑らかさを意識することなく、周囲を「見回し」、遠くを「見渡」す。外の世界に気を取られ、身体内部が刺激にどう反応しているかは無視されている。視覚が生の認知の主要な方法なのだ。抵抗しつつもクレアに惹かれ続けるのも、端的に言って、クレアの顔が美しいからである。


ああ！　間違いない！　ニグロの眼だ！　謎めいていて、何かを隠しているような眼。明るい髪の下、象牙色の顔に並んでいるその眼には、異国っぽい何かが漂っていた。

そう、クレア・ケンドリーの愛らしさは絶対的で、文句のつけようがなかった。そしてそれは祖母と両親が彼女に与えた眼のお陰だった。

その眼に微笑みが浮かぶと、アイリーンは優しく撫でられ、抱かれているような感じがした。（一六一）

視覚で把握できるものに価値を置くアイリーンは、クレアの美しい眼に愛撫されるような感覚を抱く。彼女のエロティックな身体性はこうして前景化されるものの、皮肉にも結局は否認され、抑圧されてしまう。また、眼そのものに魅了されることは、「お互いの眼の中に親密性を見つけ」（Morrison 五二）るスーラとネルが、何を見ているかという内面性の共有に「やすらぎ」（五三）という絆の基礎を認めるのとは対照的である。クレアの隠された人種的アイデンティティが欲望を増幅させ、視線の対象にさらなる価値が付与されている。アイリーンはしばしばクレアの着ているものに視線を向ける一方で、衣服の下の身体そのものは決して言及されない。身体を通じた直接的な経験ではなく、社会的、文化的意味が彼女の意識を方向づけているからである。

言語を用いてする意味の付与は、不快感そのものを経験することができないという、エロティックな自覚の欠如と対になっている。たとえば彼女が泣く時、流れる涙には「怒りと恥」（Larsen 二一八）や「感謝」（二四一）などの意味があらかじめ付与されており、身体的というよりは観念的な出来事として経験されている。

> 精神的、身体的な倦怠が遠のいて行った。ブライアン。これは何を意味するのだろう？　彼女と子どもたちにどんな影響があるだろう？　安堵の波がこみ上げた。潮のように引いて、消えて行った。まったく取るに足りないものなのだという気分（フィーリング）が後を追った。実際には、彼女は数に入ってさえいないのだ。彼にとって彼女は、息子たちの母親にすぎないのだ。それだけだ。彼女ひとりでは何者でもないのだ。いや、もっとひどい。邪魔者だ。（二二一）

邪魔に思われていると結論するとアイリーンは「憤怒が煮えたぎ」るのを覚え、次の瞬間、「白い」陶器のティーカップを落として壊す（二二一）。クレアを突き落とす結末の予兆となっているこの場面は、ラーセンの主人公の外向きの傾向と言語化の習慣が暴力という結果を生んでいることを知る上で有用である。ロード的連帯の逆を行く彼女の攻撃性は、身体が経験する微細な（時に明白な）刺激を観念的な言語によって名付けてしまい、不快感を不快感として、抵抗せずに味わうことができないことに由来しているのである。「まったく取るに足りないものなのだという気分（フィーリング）」は、具体的に、どのような感覚（フィーリング）をともなっているのか？　アイリーンは恥の痛みとともにとどまることができず、外的対象への暴力に走ることで傷ついた自我を守ろうとする。

夫が不貞をはたらいていると思い至ったアイリーンが経験するのが、痛みの欠如という逆説的な状況であることは、したがって、道理にかなっている。彼女は「この鋭い、耐えがたい痛みの不在」に気付き、「この上なく素晴らしい苦しみという慰め」（二三四）が訪れないことを嘆く。もちろん、より正確に言うならば、痛みが訪れていないのではなくて、深く感じることができないだけである。

> 痛かった。（It hurt.）たまらなく痛かった。けれども問題ではなかった、誰にも知られないなら。すべて

が今まで通りに行くのなら。子どもたちが安全なら。
痛かった。
けれども問題ではなかった。（二二二）

相当な苦痛を経験しながらも、今、ここで起きている現実として不快感を身体に位置づけるのではなく、その意味に思いを馳せるアイリーン。黒人エリート階級の暮らしを続けることを最重要課題と見なす彼女にとっては、今現在何を感じているかではなく、今後いかなる影響があるかの方が重みのある問いである。この視点からすると、性的欲望の充足を通じた癒しや、女どうしの連帯による異性愛イデオロギーからの解放をもたらしてくれたかもしれないクレアの存在は、控えめに見積もっても「面倒なこと」（二一五）以上のものではあり得ない。

そもそも小説という表現形態は言語による抽象化を必ず要するが、ラーセンは、言語が身体を凌駕してしまうことの弊害を描いているように見える。看護士であった過去を持つ作家ラーセンは、身体反応のいかんともしがたい摑みどころのなさに、困惑しつつ魅了されていたのかもしれない。彼女のテクストは、アイリーンの人物造形を通して、言語による過剰な意味付けが、黒人女性が本来持っているはずのエロティックな力にアクセスする障害となることを表出したのであった。エロティックな力とはつまり、共有すること、差異を乗り越えて連帯する欲望の身体的表現そのものであり、それを欠いていることは女性たちの分断をもたらし、彼女たちは異性愛規範のもとで孤立し続ける。クレアが他界した後アイリーンは「忌まわしい身震い」に襲われ（二四二）、ついに身体の現実に向き合うことなく気を失う、気絶のおそれに促されてクレアと再会した原点に戻ってくるかのように。「そしてすべてが暗闇に包まれた」（二四二）という一文で締めくくられるラーセンのテクストにおいて、悪循環を変容させる機会は、もはや訪れない。

三　痛みと親しむ――スーラの十全性

『スーラ』では二人の友情は、スーラの死後ではあるのだが、ネルのメランコリーからの回復とともに取り戻される。モリスンはフロイト的なメランコリーのモデルをなぞりつつ、精神的な出来事に身体的な奥行きを与えている。ネルのカタルシスを促したのが、スーラと共有したクィアな快楽の記憶の回復である点に、アイリーンが経験することのなかったエロティックな力の癒しの作用を再確認することができる。結末に先立つエヴァとのやり取りを通じて、チキン・リトルを二人で葬った記憶とともに、その不道徳性ゆえに抑圧されていた「喜ばしい興奮」(Morrison 一七〇)がよみがえっている。分かちあった喜びがあるからこそ、ネルは感情との長い断絶の末に「悲しみの円環」(一七四)に辿り着くことができるのだろう。

二八年前、スーラとジュードの性交を目撃した後メランコリーの状態におちいったネルが、浴室の床で「自分の痛みのための深く個人的な泣き叫び」(二〇八)を待ちわびる姿は、アイリーンが「この上なく素晴らしい苦しみという慰め」(Larsen 二三四)が訪れないことを嘆く様子を彷彿とさせる。テクストのほぼ全体が三人称の語りによって語られているが、この場面に限ってはネルによる一人称の語りがはさまれている(Morrison 一〇四―一一)。「不当に扱われた妻」(一二〇)であるところの彼女の心の声がじかに読者に伝えられる格好だが、同時にネルのモノローグは、アイリーンが身体の内的状態ではなく観念に囚われていたのに似て、混乱した彼女が観念によって事件を理解しようとし、身体と精神が乖離している様子をも伝えている。とりわけ、「今この年老いた腿で何をすればいいと言うのですか」(一一一)という問いかけで始まるモノローグの最終部は、カンマによっていくつもの文がつなげられるという文法的逸脱が起きており、言語的な統合のあやうい彼女の精神状態が見て取れる。喉の中の「乾いていて不快な何かの薄片」（一〇八）に気づくとともに、「視界のちょうど外側」（一〇八）におぞましくて直視できない灰色の「毛玉」（一〇九）が漂い始める。以後、物語の結末まで、この毛玉からネルが解放されることはない。

最終的に喪失した真の対象はスーラであったと悟り、彼女はメランコリーを脱するが、特徴的なのは、カタルシスを経験する身体の反応が具体的に言及されている点である。ネルが今は亡きスーラに親しげに呼びかけるのは「片目がひきつって、少し焼けるような感じがした」（一七四）後であり、続けて「毛玉」（一七四）が壊れるのとともに、慕っていたのはジュードではなかったと自覚する。そして「喪失が胸を押し、喉に込み上げて来」（一七四）ると、二八年間流すことのできなかった涙がようやく溢れだす。スーラとジュードの性交を目撃した眼が記憶しているトラウマが、ここでは片目のひきつりとして表面化したのかもしれない。身体とのつながりを取り戻したネルは、言わば、胸と喉の圧迫感として喪失を経験している。

こうした描写はモリスンが、近年まで西洋の精神医学で軽視されてきた身体に蓄えられた記憶というものを、正しく見抜いていたことを示唆している。今日ではトラウマ治療の分野でも、症状の改善のために身体の感覚を自覚することは不可欠であるという認識が一般的になりつつあるようだ。トラウマ臨床研究を牽引してきたベセル・ヴァン・デル・コークによれば、「トラウマの最中に刻み付けられた感情と身体的な感覚は、現在において、記憶としてではなく、混乱をもたらす身体の反応として経験される」（Van der Kolk 二〇三）。したがって、変容をもたらすことができるのは、「内的経験に気づき、私たち自身の内側の出来事と親しくなることを習得することによってのみ」である（二〇六）。具体的には、「圧迫、熱、筋肉の緊張、疼き、陥没、空洞感」といった「感情の下にある身体的感覚（センセーション）」（二〇九）が一過性であると実感することが、トラウマ患者が過去の呪縛から解放されるための第一歩となる。

ヴァン・デル・コークの説明は、快感のみならず苦痛にも等しく敬意を払うスーラのエロティックな力が、臨床医学的に言っても道理にかなったものであるということを教えている。身体が記憶した苦痛が絶え間なく持続するのがトラウマ的な状況である一方で、現在に生きるスーラは苦痛の一過性に注意を向けることに長けた人物である。すでに見たように、彼女はネルとの絆の中心に身体の脆さを据えていた。病に罹るとスーラは「痛みのいろいろな形」をつぶさに観察しているが、アイリーンのような価値判断や言語による意味付けをすることがない。身体的反応と距離を保ちつつ、それでいて好奇心をもっているという、中立的な立場を取っているのである。

痛みが確立した。最初は胃のなかの鳩の羽ばたきのようなものだったが、やがてやけつけるような痛みになり、それから細い針金のような痛みが、体のほかの部分にも広がった。液状の痛みの針金が一度場所を占めると、それはゼリー状にかたまり、脈打ちはじめた。彼女は動悸に精神を集中し、その感じを波とか、ハンマーうちとか、カミソリの刃とか、小さな爆発とかいう風に考えた。まもなく、痛みのいろいろな形を感じることにも飽きて、何もすることがなくなった。(Morrison 一四八)

この場面に先立って「痛み止め」(一四〇)を飲んでいることからも分かるように、スーラは決して苦痛を好んでいるわけではない。単に不可避であると理解し、評価も批判もせずに共存するのである。

興味深いことに、苦痛を生の一部として受け入れるスーラの態度は、ボトムの黒人たちが、自然の脅威やひいては社会不適合者に応じる方法に通じている。過酷な怪奇現象に「彼らはほとんど歓迎と言っていいような受け入れの姿勢で対応した」(八九)。自分たちの身を守るために、避けたり、対策を練ったりする必要は感じていたものの、「邪悪なものが自然の成り行きをたどって満足するのに任せて、変えたり滅ぼしたり再び起こらないようにするための方策を考案することは決してなかった」（八九—九〇）。というのも、怪奇現象の発生は「不都合なだけ」であって、彼らは「自然がゆがんでいるとは思わなかった」からだ（九〇）。スーラという不穏なアウトサイダーについて言われているように、彼らにとって「怪奇現象は恩寵と同じぐらい自然の一部」（一一八）なのである。同様に、スーラにとっても、痛みは不愉快なだけであって、その存在によって彼女の身体に欠陥があるとか、人生が不完全なものであるとかいうことを意味しない。身体の内部に生じる痛みの移り変わりを自然の成り行きとして、言わば時間の経過とともに変化する雲の模様のように、超然と観察するのみである。

　孤独に死に行く彼女が浮かべる微笑みが示しているのは、身体の脆さをほとんど楽しむような態度である。ふさがれた窓の「否定しようのない結末感」に「なだめ」られて、「完全に一人」（一四八）であることを確認すると、子宮へと戻っていくかのような動作をスーラは想像する。「脚を胸のところで抱え、目を閉じ、親指を口にくわえてトンネルまで浮かんでくぐって行く」（一四九）というヴィジョンは、自然のサイクルにしたがった再生を予感させるものだ。そして彼女は逃避や抵抗の素振りを見せずに、ひとり死を迎える。

> へとへとになりながら待ちわびるこの心境に浸りながら、彼女は自分が息をしていないこと、心臓が止まったことに気づいた。恐怖のひだが彼女の胸に触れた。彼女の脳の中で激しい爆発が、呼吸するための喘ぎがいまに起こるに決まっているから。そして、痛みはやってこないということを彼女はさとった。いやむしろ、感づいた。息をしていないのは、必要がないからだった。彼女の体に酸素は要らなかった。彼女は死んでいた。

　スーラは自分の顔が微笑むのを感じた。「ああ驚いた」彼女は思った、「痛くさえなかった。いつかネルに

話さなきゃ」（一四九）

黒人女性の身体についてのあらゆるステレオタイプは、呼吸を止めた身体と恐怖を感じている精神の動きがリアリズムの枠を超えて描写されるこの場面において、効力を失う。自然の成り行きを辿って生き、喜びと痛みを味わい、死んで行くエロティックな主体たるスーラの姿を通して、モリスンは、黒人女性の身体の十全性を祝福している。支配的な言説に左右されない彼女たち独自の価値観――「ほかの何か」――とは、苦痛やその先にある死をも包含するような生命力の主張であるとともに、生死を超えて希求されるような自分たちの連帯の祝福でもある。

自然の法にしたがう十全性と言っても、異性愛イデオロギーと対になった本質主義的なジェンダー規範の正当化に携わっている訳ではもちろんない。本作において異性愛はむしろ混乱をもたらすものとして描かれている。男性とする性行為はスーラにとって感情と身体が乖離する不穏な経験である。

彼女が自分の体と協力するのをやめて、行為のなかで自分自身を主張しはじめた時、鉄のくずが広大な磁場の中心に引き寄せられて行くように、彼女のなかで強さの粒子が集まって、決して壊せないようなぎっちりした塊をかたちづくった。自分の永続的な強さと無限の力を感じながら、だれかの下に降伏の体勢で横たわっていることには、最大の皮肉と憤りがあった。（一二三）

ここでスーラは「永続的な強さと無限の力」を体現し、エロティックな頂点を極めている。だが、行為の上では「降伏の体勢で横たわっている」にすぎない。ならば、モリスンが思い描いたエロティックな主体性とは、アメリカ社会が逸脱とみなす黒人女性の身体をそれ自体で完全なものと自らが「感じる」ことなのだ。そして、にもかかわらず、築き上げた強さの塊はあっけなく壊れてしまい、スーラは「狼狽」している（一二三）。性的興奮を自己の破壊（セルフ・シャタリング）と表現したレオ・ベルサーニを思い起こさせるが、白人でも男性でもないスーラにとっては、この自己破壊はマゾヒスティックな陶酔をもたらすものではありえず、「皮肉と憤り」とともに経験されるほかない。こうした混乱が黒人女性にとっての異性愛の親密性につきまとうのであり、女どうしの連帯がもたらすかもしれない癒しや解放とは程遠い。要するに、「（男の）恋人は仲間ではないし、決してなり得ない――女にとっては」（一二一）。恋人との性交に夢中になるスーラの姿を描く際にも、モリスンは注意深く支配的なナラティヴから逸脱させている。身体と精神のコントロールを失いながら、スーラは「あなたの土」と「私の水」を合わせて「泥」を作りたいと願う（一三一）。親密性によって形を伴った何かを生み出したいという願いを表現しつつ、イメージされているのが子供ではなくネルとのクィアな戯れを連想させる「泥」である点に、異性愛と再生産をセットにする言説に対する抵抗を見ることができる。確かにスーラは、「ほかの誰かを作りたくなんてない。わたし自身を作りたいんだもの」（九二）と語っていた。

このように、痛みに開かれていることで可能になるエロティックな主体性は、女どうしの連帯の基礎となるのみならず、異性愛の経験の混乱を明るみに出すという観点からも、異性愛規範に力強く立ち向かう。『スーラ』を通してモリスンは、『パッシング』の結末でアイリーンがおちいった出口のない暗闇に、一筋の光を投じているのだ。死者が幼馴染との語らいの欲求を口にするモリスンの世界においては、結末でのネルの呼びかけは、スーラに届いているだろう。ロードが理論化したエロティックな主体性という観点から二作品を比較すると、身体的な感覚、とりわけ痛みが中心人物たちによってどう扱われているかが、最終的な親愛の可能性を左右する重要な要因となっていることが明らかになる。人種主義のアメリカ社会を背景とした黒人女性の物語が、痛みと無関係であるはずはないが、『パッシング』がそれを拒絶することがもたらす暴力と破滅を描いたのだとしたら、『スーラ』はむしろそこを出発点として、脆さを受け入れることの変容力を追究していると言えるだろう。

〈追記〉本稿は日本学術振興会科学研究費若手研究（B）研究課題「ハーレム・ルネサンス期における性規範の近代化と米国黒人文学の関連性について」（課題番号16K16793）の成果の一部である。

（1）両作品を比較検討した論考としてはバーバラ・ジョンソン（Barbara Johnson）の論文が挙げられるが、モリスンが意識的に書き換えを行ったという主張はなされていない。

（2）これまでスーラとネルの関係は、レズビアン的とも同性愛とは違うとも評されてきた。「異性愛制度に抵抗するレズビアン小説」（Smith 一七五）として評価される一方で、「隠れレズビアンのプロット」としては読めない（Johnson 一四二）とする論者も存在している。戯れの場面とそれに続くチキン・リトル殺害場面のクロース・リーディングを通して、鵜殿もモリスンが「レズビアン・セクシュアリティを果敢に描き出そうとしている」と主張する（五八）。モリスン本人は「『スーラ』にホモセクシュアリティは存在しない」（Wilson 一三六）と述べており、スーラとネルのつながりの精神的、情緒的な属性を強調しているが、少女期の二人は暗喩的ではあれ確かにクィアな快楽をともにしている。また、『スーラ』におけるクィアな性の表現をさらに掘り下げるストックトンは、モリスンはフロイトの文明化のロジックを「汚し（debase）」、代わりに「ボトムの価値観」（Stockton 八二）を提示していると主張している。彼女の刺激的な議論によれば、尻に関連する言葉（ass, buttocks, bottom, behind など）が頻出するモリスンのテクストにおいて「無職であるという受動性」（七六）を生きているボトムの男性たちは、社会の底辺に位置する悲しみを経験しているだけでなく、尻の快楽も得ており、一方黒人女性たちは「ボトムの男性たちのアナルに挿入する人物」として（七一）、そしてオーガズムは「アナルエロティシズム」（七三）の一種として描かれている。

（3）これまで『スーラ』の歴史的背景として、一九六〇年代の公民権運動を経てひろがった黒人のあいだでの階級差の問題（Ferguson 一三〇—三七）と多くの黒人男性の失業状態（Stockton 六七—一〇〇）、男性主導の黒人美学の言説（Dubey qtd in Ferguson 一二八）、シングル・マザーを黒人家族の「病理」の原因としたモイニハン・レポート（Ferguson 一一九—二五および Jenkins 六三—七〇）などが挙げられている。

（4）詳しくは拙論 "Modernizing Sex: Nella Larsen in the Era of Marriage Reform" を参照されたい。

（5）スーラのエロティックな好奇心とはきわめて対照的である。性的な関心をもってエイジャックスを見詰める時にも、彼の容姿にではなく、牛乳を飲む身体の動きに注意が向けられている—「スーラは、興味をつのらせながら彼を—いや、彼の喉のリズムを—観察した」（一二四）とあり、相手の喉の内側の感触や、自分の耳に響く振動をとらえようとする欲望が窺える。

引用文献

Ferguson, Roderick A. *Aberrations in Black: Toward a Queer of Color Critique*. Minneapolis: U of Minnesota P, 2004.

Hammonds, Evelyn. "Toward a Genealogy of Black Female Sexuality: The Problematic of Silence." *Feminist Genealogies, Colonial Legacies, Democratic Futures*. Ed. M. Jaqui Alexander and Chandra Talpade Mohanty. New York: Routledge, 1997. 170–82.

Holland, Sharon Patricia. *The Erotic Life of Racism*. Durham: Duke UP, 2012.

Ishikawa, Chiaki. "Modernizing Sex: Nella Larsen in the Era of Marriage Reform." *Journal of the American Literature Society of Japan*, vol. 9, 2011, pp. 1–18.

Jenkins, Candice M. *Private Lives, Proper Relations: Regulating Black Intimacy*. U of Minnesota P, 2007.

Johnson, Barbara. "Lesbian Spectacles: Reading *Sula, Passing, Thelma and Louise,* and *The Accused*." *The Barbara Johnson Reader: The Surprise of Otherness*. Eds. Melissa Feuerstein, Bill Johnson González, Lili Porten, and Keja L. Valens. Durham: Duke UP, 2014, 141–45.

Larsen, Nella. *Quicksand and Passing*. Ed. Deborah E. McDowell. New Brunswick: Rutgers UP, 1986.

Lorde, Audre. "The Uses of The Erotic: The Erotic as Power." *Sexualities and Communication in Everyday Life: A Reader*. Eds. Karen E. Lovaas and Mercilee M. Jenkins. New York: Sage, 2007, pp. 87–91.

Morrison, Toni. *Sula*. New York: Vintage, 2004.

Smith, Barbara. "Toward a Black Feminist Criticism." *The New Feminist Criticism. Essays on Women, Literature and Theory*. Ed. Elaine Showalter. New York: Pantheon, 1985, pp. 168–85.

Stockton, Kathryn Bond. *Beautiful Bottom, Beautiful Shame: Where "Black" Meets Queer*. Durham: Duke UP, 2006.

Van der Kolk, Bessel. *The Body Keeps the Score: Brain, Mind, and Body in the Healing of Trauma*. New York: Viking, 2014.

Willey, Angela. *Undoing Monogamy: The Politics of Science and the Biopossibilities of Bioiogy*. Durham: Duke UP, 2016.

Wilson, Judith. "A Conversation with Toni Morrison," *Conversations with Toni Morrison*. Ed. Danielle Taylor-Guthrie. Jackson: UP of Mississippi, 1994.

鵜殿えりか『トニ・モリスンの小説』、彩流社、二〇一五年。

第四章　内なる異郷への旅

――『テンペスト』の翻案を読む

米谷郁子

一　『テンペスト』翻案作品が問いかけてくるもの

シェイクスピアの『テンペスト』（一六一一年初演）の大団円で、孤島の支配者であるプロスペローは、奴隷の身で自らに対して反抗を企てた異形の鬼子・キャリバンについて、このように言う。「この闇の申し子は／私のものだと認めざるを得ない」（第五幕第一場二七八―七九行）[1]。そして、和解した元・政敵のアントーニオ達を歓待するために、プロスペローはキャリバンに、自らの住む岩屋の掃除を命じる。それに対してキャリバンは「これからはもっと利口になって／かわいがってもらおう」と言う（第五幕第一場二九八―九九行）。ラストシーンでプロスペローは、自分の片腕だった空気の精エアリエルに自由を与え、そして有名なエピローグを発して終わる。このあと、おそらくプロスペローは、アントーニオ達とともに孤島を離れ、ミラノに帰っていくだろう。では、キャリバンはどうなったのか？　島の簒奪者プロスペロー達が去ったあと、晴れて島の所有者になり、孤独ながらも幸せに暮らすのか。あるいは、奴隷の身のままプロスペロー達によってイタリアに連れて帰られ、ステファノーやトリンキュローが夢想したように売り物の珍品として（第五幕第一場二六九行）ヨーロッパの商品経済社会で売買されるのか。あるいは「なめし皮の靴をお履き召された皇帝」に「大威張りで献上」されるのか（第二幕第二場六六―六七行）。このようにキャリバンは、作中ですでに、本国に持ち帰ったら見せ物にでもして売れる商品として、繰り返し描かれている。[2] それゆえに『テンペスト』結末の後日談として、檻に入れられたキャリバンが、「素晴らしい新世界」の珍品として持ち帰られる姿も容易に想像可能である。それでは、キャリバン自身はどうしたかったのか。初めて出会う人間を、いとも簡単に「神様」と呼んで依存する奴隷根性の染みついたキャリバンは、このあと孤島で孤独に生きていくよりもむしろ、プロスペロー達に捕獲されたまま「本国」に移住した可能性も高い。『テンペスト』の後日談としてどのようなことが起きるのかについては、テクストから読みとれない以上、もちろん観客の自由な想像力に任される。ただ、こうして「宗主国に移住した、もしくは連れ帰られた被支配民が、宗主国という異郷における内部の他者として、どのように生き延びていくのか」ということを思いめぐらせる契機を『テンペスト』が内包していることも、たしかである。

一九八〇年代以降、ポストコロニアリズムの思想動向の中で、『テンペスト』は「植民地的状況や移動を集約的に表した象徴的な作品」として注目されてきた。[3] 前述したようなプロスペローとキャリバンの関係を、植民地における支配・被支配の権力関係として捉える解釈は、今やごく一般的な見方となっている。ポストコロニアル思想以前に、シェイクスピアの作品は、主にヨーロッパから地中海に広がるさまざまな土地を舞台にしていたり、言及していたりする。そのうちのほとんどはシェイクスピア自身が行ったことも見たこともない場所である。『十二夜』に登場するアドリア海東岸、歴史劇作品に登場するフランス、数々の喜劇に登場するイタリアの都市、『アントニーとクレオパトラ』のリビア、『ハムレット』の舞台デンマークと、ハムレットの留学先の新教国ドイツ。『マクベス』の舞台となるスコットランドのインヴァネスや、魔女によって言及されるシリア、そして、『テンペスト』の中の見知らぬ孤島。この孤島は、シェイクスピアの手のこんだ仕掛けによって、地中海にありながら新大陸のようでもある、特別に謎めいた場所に設定されている[4]。このように多様なロケーションを設定することによって、シェイクスピアは、ひとびとのさまざまな移動を描いた。その移動によって、故国と外国、生まれ故郷の文化と自ら選び取った文化、ここと あそこ、さらに別のどこかをさすらいつつ、場所と自己の間に折り合いをつけるか、もしくは軋轢を持ち込むかといったテーマが繰り返し問われる。移動することのできるひとびとのもつ自由、国境をはじめとするさまざまな境界を越境する、もしくは越境しようとする自由のあるひとびととともに、移動できずにひと所に留めつけられたり、あるいは自らの意志ではなく強制されて移動せざるを得ないひとびとも、見つめることができる。移動の自由・不自由に、「マイノリティ」として存在するひとびとのありようが重ね合わせられる時、どのような政治的な読みが可能になるだろうか。

例えば、『テンペスト』のミランダとキャリバン。『テンペスト』の登場人物はほぼ全員が移動者なのだが、ミランダの場合は、ミラノを追放された父親のプロスペローと共に、赤ん坊の頃に孤島に流されてきた。芝居の結末では、プロスペローと、「和解」を果たした他の登場人物たちと共に、ミラノへの帰還を果たすことになるであろう人物である。ミランダは年端もいかぬ少女として、プロスペローという強権的な父親の支配下にある従属的な女性である反面、孤島の支配者たる父親の権力の恩恵を無批判に享受しつつ幸福を手に入れ、本国に帰って行く一行と行動を共にする自由を有する意味においては、島の権力者側にいる人物だと言える[5]。一方、キャリバンは、孤島の先住民として登場し、プロスペローに対して「この島は俺のもんだ」（一幕二場三三四行）と主張するものの、奴隷として支配され酷使されたのち、本論考の冒頭で述べたような経緯で終わっている。が、果たしてキャリバンは、「文明の言葉」を覚えさせられ「教育」された後、「未開地」に残されることを自らの幸福と思えただろうか[6]。

このようにして、シェイクスピアの作品の中には、イギリスの植民地主義的な欲望と支配／被支配の構図が描き込まれている。また、シェイクスピア作品のテクストを「教科書」として使いながら、被植民地人達を宗主国イギリスの支配者側が「教育」してきたこともまた、歴史的事実である。(7) 二十一世紀に入り、グローバルなコミュニケーションの加速化によって、シェイクスピア作品の読まれ方は、さまざまな演出や翻案作品によってますます多様化の様相を見せている。この状況で、例えば移民や難民として国境を越えようとする人々、国境を越えることに成功した人々は、シェイクスピアの翻案作品の中にどのように描き込まれているだろうか。クィアな非規範的セクシュアリティ、ネーション、階級、人種といったテーマの配置が、同時代の多国籍産業の展開や（反）テロリズムの動き、異性愛規範、（ホモ）ナショナリズムとの接触によって、どのように再編成されるのか。

ネーションの枠組みに収まりきらない移動の仕方を見せる人物たちのありかた、その中でもとりわけクィアに読める人物たちの移動や越境を描く『この島は私のもの』（原題は *This Island's Mine* 以下、『この島』と略記する）は、一九八八年にロンドンのゲイ・スウェットショップ（Gay Sweatshop London）によって上演されたシェイクスピアの『テンペスト』の翻案作品である以上に記した問いに立ち止まりながら、今回はこの作品に注目してみたい。あらかじめ留保をつけておくが、この論考で扱う一翻案作品が、一九八〇年代の演劇文化を象徴する「代表作」であるというわけではない。また、イギリス社会における同性愛の受け止められ方に、シェイクスピア作品の受容や翻案が影響を与えていたというようなことを論じるわけでもない。けれども、『この島』が原案としての『テンペスト』をクィアに再読する姿勢を保ちながら、ポストコロニアルでポストインペリアルなネーションと人のありかたにどのような視点を向けているのか、という問いを立てることくらいは可能であろう。少なくとも、シェイクスピアを「翻案」するという行為が、同時代における性と移動のハイブリッド化のトロープでありうる風景を点描してみたい。

まずは、二〇一八年に亡くなったアラン・シンフィールドの議論をふりかえってみよう。シンフィールドは、イギリスのクィア歴史文化研究やシェイクスピアのクィア批評の先駆者であった。「私たち(同性愛者)は、離散するのではなく結集する。そして少なくとも、イギリスにおける人種的マイノリティの身に起きているように、くにかえれと命じられるわけにはいかない。むしろ反対に、私たちは秩序攪乱的な存在であって、絵に描いたような、内なる敵なのである。(中略)イギリスのサブカルチャーをハイブリッドなものにしているのは、この種の転倒したディアスポラなのだ」[8]。シンフィールドによれば、同性愛者は常に既に「内なる敵」、つまりイギリスに暮らしながら、イギリスを「安住できる故国」ではなく「異郷」とせざるを得ない「他者」である。ここで彼の言う「ハイブリッドなサブカルチャー」という言葉を念頭に置きつつ、ロンドンでゲイ・スウェットショップが『この島』を上演した時代を簡単に振り返ることにする。

一九七五年、ゲイ・スウェットショップはロンドンで設立された[9]。このグループの設立理念は、メインストリームの劇場文化における「同性愛者」のステレオタイプ的なイメージに抵抗し、当時支配的だった「同性愛」に対するネガティヴなレッテルを改め刷新することにあった。それとともに、大衆に向けてもっとリアルで実感のこもった同性愛者のイメージを、同性愛の当事者側から社会に訴えていくために、いろいろな創作活動をすすめていくことを目指していた。しかし、一九八〇年代になって、『この島』が上演された頃には、ゲイ・スウェットショップの当初の理念はやや時代遅れのものとなっていた。同じ時期に世界的に起こっていたエイズ・パニックの影響もあり、この種のアクティヴィズムの将来に対する悲観的な見方も生じていた。また同時に、ゲイ・スウェットショップは白人男性中心的なグループであって、レズビアンをはじめとする少数者としての女性や人種的民族的マイノリティの存在を軽視しているという批判も受けていた。

そんな中、一九八八年に、ゲイ・スウェットショップは『この島』を上演する。中心メンバーだったフィリップ・オズメント作・演出のこの作品は、『テンペスト』に言及しながら、イギリス国内にいる（元）難民たちや政治的な理由による亡命者たち、地域共同体の中でつまはじきにされたり周縁化されたりしている性的マイノリティを描いた。この作品に登場する人物は、それぞれが異なる意味で「他者」としてスティグマ化されており、メインストリームの社会文化から疎外され、ジェンダーや階級、人種やセクシュアリティを理由に傷つけられている、ヴァルネラブルな人たちである。『この島』は、一九七〇年代の「リブ」の時代と、一九八〇〜九〇年代の抑圧と反動とバックラッシュの時代とに挟まれた転換期に上演された。本論でまもなく紹介する登場人物のうちの一人がキャリバンを演じる『テンペスト』が、ラストに劇中劇として引用され再演される。ここだけでなく、『この島』全体を通じて、元のシェイクスピア作品の台詞が断片的に引用される形で、『テンペスト』へのアリュージョンが散発的に見られるが、引用される台詞には全て、イギリスという孤島・帝国にいまだ到来していない、未知の新しいコミュニティの希求が込められている。三十四の断片的な場面をつなぎ合わせる形のこの作品、初演では七人の役者が舞台上に出ずっぱりでナレーションをしつつ、ときに三人称で、ときにその役柄自身として一人称で、ダイレクトに観客に向かって直接話しかける形もとりながら、リーディングと演劇上演の間のような形で上演されたという。

複数の異なる声が優劣をつけられることなく並列される形でテクストの中に棲まっていることは、『テンペスト』のリベラルな翻案作品としても非常に大事な要素となる。ここでメインの登場人物を紹介する。

ルーク　ティーンエイジャーのゲイで、ロンドン近郊の抑圧的な労働者階級の家庭で居心地の悪い思いをしながら育った。ルークの父親は、サッチャー政権下の「工場閉鎖」（二五九）に伴って失業していた。[10] ある日、彼は友人や家族に対するカミングアウトのプレッシャーと恐怖心から家出し、ロンドンに住む中年のおじ・マーティンの元に逃げ込む。マーティンもゲイである。

マリアンヌ　イギリスに住むアメリカ人の白人レズビアン・ダイクで、パートナーは黒人イギリス人のデビー。デビーとデビーの息子デイヴとの三人暮らしだが、保守的で抑圧的なイギリス社会でパッシングするためにマーティンと偽装結婚している。彼女は元々「南部美人」（第六場、二六一）で、たまにロンドンに住む彼女を訪ねて来る保守的な父親スティーヴンの下に育った。彼女自身も、頻繁にアメリカとイギリスを行き来している。ただ、ヒースロー空港での出入国手続きをスムーズにくぐり抜けるためにも、マーティンの助けを必要としている。

ミス・ローゼンブラム　ナチスのホロコーストから逃げ延びてイギリスにやってきた東欧系ユダヤ人移民の老女。かつてはロンドン北部で、とある婦人の身の回りの世話をしながらこの婦人と同居していたようだが、今は細々とピアノ教師をしながら生計を立てている。ヴラディミールという名の猫を飼っていて、マーティンの家主。作品が進むにつれて、ミス・ローゼンブラムは若かりし頃、当時ロンドンにいたマリアンヌの父スティーヴンの恋人だったことが分かる。スティーヴンは第二次世界大戦後、おそらくは一九五〇年代くらいにビジネスの勝機を求めて故国アメリカへ帰国した。ミス・ローゼンブラムはその時に、アエーネイスによってカルタゴに置き捨てられた女王ダイドーのごとく、イギリスに置き捨てられたようだ。

セルウィン　ロンドンに住む黒人の若いゲイで、カリブ海のとある国から移民してきた家族の息子。小劇場で役者をしていて、劇中劇として上演される『テンペスト』でキャリバンを演じる。恋人は白人の労働者階級のマーク。マークは最近までレストランのアシスタント・シェフをしていたが、ゲイの恋人がいることが判明してから、レストランのマネージャーから解雇を通告されてしまった。そんなある日、セルウィンは警察官三人によるヘイトの暴力を受けて、偶然ミス・ローゼンブラムとマーティンに助けられる。

こうした登場人物のリストからもわかる通り、『この島』は、八〇年代イギリスの人種差別や同性愛嫌悪、失業問題、ヘイト、暴力の風景を切り取りながらも、前向きに将来を模索し続ける性的マイノリティの声を丹念に拾い上げていく。既に指摘されているように、原作の『テンペスト』と翻案『この島』をつなぐのは、抑圧する者とされる者の表象である。このことは既にいくつかの論考で論じられてきたので、本論では登場人物たちの「移動」のありかたについて考えたい[11]。マリアンヌ、ミス・ローゼンブラム、セルウィンの三人にとって、その「故国」はもはや「ふるさと」とも「故郷」とも感じられない場所になっている。彼らが「元いた場所」としての「故国」は彼らのアイデンティティを保証してくれず、また彼ら自身もそこにアイデンティファイできるものをもはや持たない（持つことのできない）場所となっている。かといって、彼らが今いる場所であるイギリスも、「安住の地」ではなさそうである。彼らのこの「根無し草性」は、移動の結果、横断的に生じたもので、たとえば国籍や肌の色などの、一つの属性では語れないさまざまなアイデンティティが分かちがたく交差するインターセクショナルなものである。彼らのインターセクショナリティは、自身を苦境に立たせるものであると同時に、当人達にとって、思わぬ出会いや連帯という実りをもたらしうるものでもある。このような『この島』のクィアな翻案のありかたを考えたい。

ここで言う「クィア」とは、単に登場人物たちのアイデンティティ（異性愛規範にはまらないセクシュアル・アイデンティティ）を指すだけではなく、この作品の「読み」の試みそのものも意味しうる。最近まで、同性愛は「治療されるべき病である」として病理化されていた。つまり、「望ましい正常な性である異性愛に向けて治るはずの病」「正常へ戻るべき者が一時的に陥っている逸脱・異常性」として、捉えられていたのである。このことと、作中でプロスペロー的な父権的権力を振りかざす者達が繰り返す「元いた場所へ戻れ・帰れ」という呼びかけは、無縁のものではない。つまり、「くにへかえれ」という命令は、「ノーマル（な異性愛）へ戻れ」という命令と重なってくる。このような命令に抵抗する人達にとって、「移動できること」や「くにへかえること」は、必ずしも特権を意味しない。また、「未知の未来」はアイデンティティも帰属への希求も先延ばしにされ宙づりにされたものとしてある。このような不確かな未来こそがひとつの生き方として、あるのだ、と提示する『この島』を分析することで、どこかで『テンペスト』と響き合う部分を探し当てたい。

二　二人のミランダ

ピネードも指摘する通り、一見すると「この翻案作品はオリジナルとの類似点がほとんどない」[12]。この指摘からもわかる通り、アダプテーションの理論の核心には、「オリジナル」と「翻案」の間にどれほどの類似点があるか（あるいは、「翻案」はどれくらい「オリジナル」にアイデンティファイできるか）といった論点が厳然として存在する。しかし、「オリジナル」と「翻案」の物語の要素や登場人物の間に、一対一の一致点や類似点を見出すことに、どれほどの重要性があるのだろうか。『この島』は、「もといた場所」も「そこへかえること」も、その優位性や特権性が疑問に付される作品として、こうした根本的な問いに、私たちを立ち止まらせる。実際、オズメントの『この島』がシェイクスピアの『テンペスト』に「類似点がほとんどない」という批評の言葉があること自体、非常に興味深い。そのことを考えるために、『この島』に登場する二人の人物、マリアンヌとミス・ローゼンブラムに焦点を当てる。二人とも、国境という境界線を越えてイギリスという孤島に移動してきたミランダ的な人物であり、尚且つイギリスというひとつのネーション内に包摂されきることなく、境界線上に留まり続ける人物である。そして何よりも、彼女たち自身が、そのポジションをポジティヴに選び取っているように見えるのである。

（一）　マリアンヌの場合

マーティンもマリアンヌも二人とも、イギリスで生き延びるためには偽装結婚をする必要があるらしい。そして、二人とも自らの親族からは隔たったところで暮らしている。ある日、ヒースロー空港で、マーティンはアメリカから帰国するマリアンヌを待っている。

マーティン　ヒースローで
マーティンは妻の帰国を迎えようと待っている
マリアンヌ　そう。彼には妻がいる
彼女は友達と家族を訪ねるために
合衆国に長期旅行をして、戻ってくるところだ。
マリアンヌは南部美人
ノース・カロライナの実家の執拗な監視の目から逃れて
ダイクになるためにイギリスに逃れて来た。
マーティンとは便宜上の結婚をした、
共通の友達のアレンジで、
彼女は二重国籍を獲得した。
時々、自分には国がないと感じることもあるし
大西洋上のどこかに足止めを食らっているように感じることも
両側の国から亡命しているような気がすることもある。

（第六場、二六一）

マリアンヌは、市民権を保持するために擬装結婚をするなど、自己保身を怠らないという意味では、すなわち主体的に動く自立心の強い成人女性という点では、ミランダとは随分異なるように見える。けれども、どんなにパッシングのための努力をしても、あるいはパッシングをしようとすればするほど、安住できる国がないために「大西洋上のどこかに足止め」されて、どちら側にも行けない気持ちになるのだと、心境を吐露する。「どちら側にも行けない」のは、「どちら側へも中途半端に移動できる」がゆえに両側の国から亡命状態になるということである。マリアンヌはアメリカにいる親族と完全に絶縁するわけでもなく、娘に対して父権的支配力をふるい続ける父親スティーヴンとも絶縁してはいない。実際には、この作品の中でプロスペローの役割を占めるスティーヴンは、頻繁にロンドンにいる娘を訪ねている。

スティーヴン　第三世界の保健問題を扱う学会があってね。
うちの会社がどのような医療機器や薬剤を提供できるかについて話すんだよ。
何しろ絶望的に不足している国もあるからね。

マリアンヌ　あの心配げに懸念する表情
マリアンヌにとってはどれだけ馴染みのある表情だったことか。
子供の頃、悪いことをした時に
母の怒る顔よりも父のあの表情の方を、彼女は恐れたのである。

（第一一場、二六七）

スティーヴンは、娘の前では虫も殺さぬ父親の顔をしていながら、実はエイズウィルスに汚染された血液を第三世界に輸出して利潤を稼ぎ、感染爆発の危険にも無自覚な、支配帝国側のアメリカ人としての側面が明らかになっていく。オズメントは、スティーヴンを通じて、「身体」と「保健」と「倫理」の問題の交錯を描く。そしてこの「保健」と「倫理」こそ、「帝国」アメリカだけでなく、当時のイギリス政府が国内の性的マイノリティ取り締まりのために振りかざしたふたつの刀でもあったのである。この点については後述する。

マリアンヌはこの父親のいる実家を、何一つ不自由なく健康で規範的な居場所として無邪気に受け入れることをやめ、父親を糾弾するに至る。このようなマリアンヌの動きを見せる事で、『この島』は性や身体の規範とそれに抵抗するマイノリティの日常を描こうとしている。マリアンヌは、父親に対する糾弾がきっかけで社会運動に入っていく。マリアンヌにアクティヴィズムを象徴する特別な缶バッジを手渡すのはデビーである。これは、たとえば移民にとって不利な住宅問題や雇用問題の改善を訴える政治キャンペーンにおいて、黒人女性がイギリスでのアクティヴィズムの主体として活躍した社会史もうかがわせる。

(二) ミス・ローゼンブラムの場合

オズメントによれば、「プロスペローとスティーヴン、ミランダとマリアンヌのダブリング（重なり合い）は大事だ」ということだが[13]、『この島』でミランダとダブリングになっているのはマリアンヌだけではない。ミス・ローゼンブラムも、支配的な立場に立つスティーヴンとの関係性から見て、過去におけるもうひとりのミランダだった、と捉えることが可能である。

スティーヴンはロンドンでのマリアンヌとのディナーの席で、戦後のロンドンでの生活を振り返りながら、ひとりの女の子とデートした思い出を語る。その子はウィーンからの移民で、観客は間もなくそれがミス・ローゼンブラムのことだとわかる。

スティーヴン　私たちは、美術と演劇に興味があったのだよ。
イギリスの文化と歴史はぶ厚いからね。
（第一一場、二六七）

スティーヴンの台詞は、彼のイギリスへの無邪気な憧憬が、その文化資本の豊かさゆえであったことを示す。けれども、スティーヴンは程なくしてミス・ローゼンブラムを置いてロンドンを後にし、アメリカに帰国する。今や、拡張・支配の動きによって新たに植民地主義的帝国の企てと密につながった文化的覇権をもつのは、大英帝国ではなくてアメリカとなった。帰国直前、「アメリカは偉大なる国さ。偉大な将来性を持つしね」、というスティーヴンの言葉に、少女だったミス・ローゼンブラムはことばを返す。「ああ、素晴らしい新世界、こういう人たちが住んでいるの」（第一一場、二七五）。これは勿論、『テンペスト』において、「故国」イタリアからの漂流者一行を初めて目にして心打たれたミランダの台詞を引用したものであるが、ここではトーンや含意には皮肉がこもっているために、まったく異なって響く。

スティーヴン　彼女は変人で
奇矯な考え方をする人だった。
なのに彼はすんでのところで彼女と結婚するところだった。
帰国して
のちに
マッカーシーとフーヴァーが魔女狩り真っ只中の頃になって
彼は運よく逃れたと思ったのだった。
（二六七）

スティーヴンにとって、ミス・ローゼンブラムは、アメリカに連れて行ったら魔女狩りに遭い、自分もとばっちりを被るだろう邪魔な存在になっていた。ミス・ローゼンブラムは、彼自身の男性性を脅かすだけでなく、彼の強固なアイデンティティの根拠をなすナショナリズムやネーションとしてのアメリカそのものに対する脅威にもなりかねなかったのである。少なくともスティーヴン自身はそう認識している。だからこそ、彼は彼女を見捨てたのだった。「奇矯な考えをする」ような彼女と一緒にアメリカに帰国することなど、考えられないことだったのだろう。

ここでスティーヴンがミス・ローゼンブラムを「魔女」と同一視することで、私たちの意識は不意に『テンペスト』の世界へ投げ返される。現代世界においてマイノリティの存在や身体が「魔女」という言葉とともにスティグマ化される過程は、ルネサンス期の魔女狩りとパラレルに捉えられるのである。[14] 四〇〇年の時を経ても、ルネサンス時代にも二十世紀にも、同じレトリックが使われる状況の中で、『この島』で「魔女」扱いされるミス・ローゼンブラムは、『テンペスト』の中でプロスペローから「魔女」と呼ばれたシコラックスも想起させずにはおかない。悪魔と交わってキャリバンを産んだとされる人物である。[15]

さらに、ここに「疫病」の隠喩が重なる。第二次世界大戦を生き延びてイギリスに亡命した過去のあるミス・ローゼンブラムは、老女になった今、マーティンに言う。「ミスター・マーティン、以前ガンとされたのは私達ユダヤ人だったけれど、いまはあなたたちゲイが疫病を撒き散らしていると見られているわ。身辺に気をつけること。覚悟をすることよ。」（第四場、二六〇）この言葉は同時に、『テンペスト』におけるキャリバンがプロスペローに対して発する罵りの名台詞「疫病でくたばりやがれ、俺に言葉を教えた罰だ！」（第一幕第二場三六四―六五行）を想起させるものでもある。『この島』には、こうしてエイズを「疫病」として言及している部分が二ヶ所ある。ここでもう一ヶ所の部分を見てみよう。マーティンの語りによって、登場人物たちが一九八〇年代以降のエイズ・パニックの時代を生きていることも示される部分である。

私の心は自己嫌悪でいっぱいだった。
それから、私は希望を見つけた。
プライドを。
私の体は私のものだと知り、
その考えに馴染むと
罪の意識は過去のものとなった。
(中略)
それから、どこからか、この病気がやって来て
彼らにこのように言う口実を与えたのだった
「言っただろ?
天罰だって。
お前の振る舞いのおかげでどんな目にあってるか、ごらんよ。」

(第二場、二五九)

この時代、ナショナルな想像力の範疇から、さまざまな他者を十把一絡げに分離・排除しようとするイギリス政府の思惑は露骨なものだった。[16] この作品には、エイズを患う者は一人も出てこないが、それでも作品が上演された当時、マーティンのようなクィアな身体がエイズの脅威の下にあったことを否応なしに感じさせる台詞である。

エイズを「天罰」と言い表す言説に触れることによって、ここでのマーティンの台詞は、当時の社会の風潮を記録するものとなっている。エイズは恥の源であり、ジュディス・バトラーによれば、「恥はエイズだけでなく、クィアであることのスティグマとして生み出される。ホモフォビックな因果律の論理によって、「病い」の原因と結果の両方として、クィア性が理解されてしまうのだ」[17]。スーザン・ソンタグはエイズについて、「『疫病』(plague) というのが、流行病 (epidemic) としてのエイズを理解する際の主要な隠喩になっている」という重要な指摘を残している[18]。同性愛の存在自体を「疫病」として語ることが、ただの無邪気な比喩であるはずはない。ナチスのレイシズムから逃れるためにドイツを去ったというミス・ローゼンブラムがマーティンに対して「疫病」という言葉を使って行った警告は、善意から発せられたことは疑いの余地のないものだが、この台詞は、ゲイのマーティンと東欧移民の彼女が同じ種類の疎外と差別の中に生きていることを示している。そこからこの二人が精神的な連帯が結ばれて行くことも、同時に踏まえておきたい部分でもある。

三　もう一人のキャリバン

『この島』が上演された一九八八年に、ロンドンで上演された『テンペスト』では、キャリバンとエアリエルが黒人俳優によって演じられた。『この島』の中で、マリアンヌのパートナーでレズビアン・マザーのデビーが黒人として表象されていることからもわかる通り、規範的な愛から外れる関係性を有する人物は、可視化のひとつの手段として黒い肌で表され、二重に差別化されている。カリブ系でゲイのセルウィンも、黒人である。彼の母親は、カリブ海から移民してロンドン郊外に住んでいるので、セルウィン自身はポストコロニアルな身体を持ちつつも、もはやその出自を「カリブ海」とは言えない二世世代に属している。

前述した通り、『この島』は、キャリバンが『テンペスト』の中で島の所有権を持つのは自分だと、プロスペローに対して主張する台詞からタイトルが取られている。島の簒奪者プロスペローに対してキャリバンが島の所有権を主張して抵抗する台詞は、『この島』においては、クィアな身体が「異郷」である旧植民地支配国内に自分の新しい居場所を求める台詞として、新たに読み直されるのだ。セルウィンを追うと、人種（黒人）表象の問題のなかに、貧富の差や移動の自由を持つものと持たない者、安全な居場所を確保できる者とできない者の差異が、同時代イギリス社会の問題と結びつき、インターセクショナルなかたちで提示されていることがわかる。

移民としてイギリスに住むこと。「それはあたかも別の国に住んでいるようなもの」、と、セルウィンの母親は息子に語る。カリブ海からの移民第一世代としての母親は、イギリスにおける他者である。その他者から「他者」としてのけものにされる性的マイノリティのセルウィンは、二重の意味で「異郷」を生きる他者であると考えられる。アメリカ人のマリアンヌのように、国と国の間を比較的自由に、自分の意思で行き来し、国境という境界に生きる人間と、セルウィンのように、ある一つの国の中で、家族のいる場所では居心地が悪く、帰還する故郷も持たずに生きる人間とは、同じ性的マイノリティでも「移動の自由」をどのように、どの程度もつかという点で差が生じている。そしてその差が、作品の中で可視化されてもいる。

ある日、ポッシュな住宅街を抜けて帰宅しようとしていたセルウィンは、三人の白人警察官に職務質問を受ける。所持品検査でゲイの労働組合に関する本を持っていることが発覚したせいで、「黒いパンジー」であると蔑まれ、激しい殴打を受けるセルウィン（二六八）。ここで言うパンジーとはゲイのことである。作品はこの凄惨なシーンを描くことで、レイシズムと異性愛規範が共犯的に作用し、性的マイノリティに対する二重の差別として機能するさまを見せる。セルウィンは路上で激しく殴打されているところを、ミス・ローゼンブラムとマーティンに助けられ、ミス・ローゼンブラムの家で介抱される。彼の姿は、ミス・ローゼンブラムにとってはナチスの迫害によって著書を焼かれ暴力を受けた父の姿を、ルークにとっては工場のストライキで傷ついた父親の姿を想起させるものとなる。こうして、一人の人間が被る暴力は、別の人間に別の暴力の記憶を連鎖的に喚起するが、同時にそれは、彼らの間に新たな連帯の契機を用意していく。

警察から暴力をふるわれるセルウィンと、ゲイであることを理由に解雇されるマーク。この二人は、性的なものとされた身体が権力によって監視され、管理される状況を体現する。しかし、黒人のセルウィンとは異なり、マークは白人である点で、人種的には支配階級側に属する。白人警官たちによる暴力事件以降、この「人種」面での差異が二人の間にきしみを生じさせ、のちにセルウィンとマークは関係を一時的に解消することになる。セルウィンが別れを切り出したとき、マークは自分が「白人優位社会」の共犯者側に属することを認識し、白人としてパッシングできることだけでも、自分がその差別構造に加担しているであろうことを語る。それを聞かされたセルウィンは、母親のいる実家に戻り、地元の黒人コミュニティにいた頃の自分自身や周囲と折り合いをつけていこうとする。その過程で、ホモフォビックな兄弟と和解しようとしていく。

セルウィンのプロットで顕著なのは、法や法の下の社会構造が、規範的な異性愛体制と抑圧的なレイシズムと手を組むことによって、「(差別を土台にして成立する社会の)秩序維持」を補強してしまう側面である。マリアンヌ、セルウィン、そして主人公のルーク。この三人の性的マイノリティ達は皆、規範の管理・維持の役割に忠実な家族を持つ。法は、「道徳的」で極めて家族的な異性愛規範の監視の目によって強化されながら、静かに機能することによって、クィアな身体を監視し教化するミッションを果たす。それと同時に、規範の中で暮らすさまざまなセクシュアリティの人間たちを序列化し、その序列構造を温存しようとする。帰るべき家には居場所がなく、「家族」が安住先ではないような、彼らの動き・移動は、同時に、彼らという存在を生み出した歴史的経緯も想起させる。すなわちアメリカ、カリブ海、イギリスを舞台とする植民地主義の歴史の中で行われて来た、奴隷貿易をはじめとする人々の交通が、宗主国・帝国を補強して来たことを、観客に思い起こさせるのである。そして、その植民地帝国主義は、「はたして過去のものなのか」という問いを、発しつづける。

四 『この島は私のもの』の社会背景

この作品の冒頭で、ルークは母親に向かってカミングアウトをしようかするまいか、逡巡しているのだが、同時に新聞の見出しも彼の耳の中でこだましている。「子供たちに同性愛を教えてはならない!」「政府は国民の健康と道徳を守るため、適切な処置をとるべき」。これらの記事の声は、「テラス・ハウスの並ぶ路地に、正常という二対の壁の間に」、そして舞台の上に、反響する言葉である(第一場、二五九)。

『この島』が舞台化された一九八八年、サッチャー政権は同性愛者を取締る法律を制定した。とりわけ地方自治体法(Local Government Act)第二八条には次のような規定があり、オズボーン自身も『この島』の解説の中で言及しているものである。

(1) 地方自治体には次のことを禁じる

(a) 同性愛を奨励したり、同性愛を奨励するものを出版・公表すること

(b) そのようなものの出版・公表によって、同性愛を擬似家族的な関係として受け入れることを推奨するような教育を、学校において推進すること

(c) 上記(a)(b)のいずれかを目的とする個人に、金銭その他の援助を行うこと

(2) (1)に挙げられたいかなる項目も、疾病の治療や予防を目的とするいかなる行いも妨げてはならない[19]

このような時代にあって、オズメントの作品が最終的に観客の心に刻むものは、マリアンヌ―マーティン、マ

リアンヌ―デビー、ミス・ローゼンブラムと下宿人たちなど、ここで禁じられている「擬似家族的な関係」である。

空港でマーティンとマリアンヌが感じる緊張が示唆するように、イギリスは、「望ましい市民でない者」、「外国人」「移民」「部外者」といったカテゴリーを「再発見」する動きを見せつつ、その人たちの移動のありかたやアイデンティティを「家」「家族」の定義から排除することで、国の外側と内側に、さまざまな境界線を引き直していた。サラ・アーメッドは言う。「移動可能であることを理想化してしまうと、移動自体をフェティッシュ化してしまうことになる。そしてそれは、移動する自由を持つことのできない立場におかれた他者の排除によって成り立つのだ」[20]。祖国であるアメリカ合衆国とイギリスを自由に行き来できるマリアンヌは、「異郷」としてのイギリス・ロンドンに「他者」として留めつけられて生きるミス・ローゼンブラムやセルウィンなどと比べると、彼らと同じ意味でクィアではあっても、特権的な「移動の自由」を持つ特権的なアメリカ人と言える。他方、たとえばこの作品で焦点が当たる「白人ホモ（ホワイト・トラッシュ）」のルークは、「いえ」という最低限の居場所にも安心して住むことができず、ゲイのおじのところに身を寄せねばならないくらい、そもそもの「家族」という安住の地や人権を奪われた存在としてあり続ける。

『この島』のラスト、『テンペスト』の上演シーンでは、全ての登場人物が役者と観客たちとして一同に集まり、その演劇性の中で、彼らの日常とマイノリティの政治が結び合わされる。ただし、ここでも、演劇の祝祭性が無条件に寿がれることはない。『テンペスト』の演出家は、保守的で旧弊な解釈をキャストに押し付けてはばからない。曰く、「主人公はプロスペローであってキャリバンじゃない」と、キャリバン役のセルウィンを怒鳴り飛ばしたりする。「野蛮な物質性と未開のセックス」（第七場、二六三）をもつとして、人種差別的偏見のステレオタイプを再生産するようなキャリバン像を提示する演出家は、イギリス生まれのブラック・カリビアンであるセルウィンに対して「西インド諸島訛り」の英語で喋ることを強要する（第二六場、二八〇）、もう一人のプロスペローである。彼は嘆く。「自分の体の使い方も知らない黒人俳優しかいないなんてひどい」と（第七場、二六三）。演出家の意図通りのキャリバンを「正しく」演じることができないことで、セルウィンは逆説的な意味で、「島の支配者」に抵抗するキャリバンに「なる」のである。この演出家の主張とは正反対の意味で、『この島』の主人公たちは、この孤島、ブリテン島という名の島に住む複数のキャリバン達である。しかもそこは、キャリバンにとっての孤島が「ふるさと」であったのとは異なり、彼らにとっては「異郷の島」なのである。彼ら・キャリバン達の姿は、労働者階級、リフラフ、性的・人種的マイノリティたちが、閉鎖された工場や、ホモフォビックな警察や家族とともにありながらも、その「異郷」としてのブリテン島＝イギリスが「私たちのものでもある」として主張し始めた時代であった。『この島』ラストシーンの劇中劇のキャリバンは、私たちを再び『テンペスト』の冒頭に立ち返らせる。

キャリバン　俺はこれから飯なんだ。
この島は俺のもんだ。お袋のシコラクスに譲られたのに
お前が横取りしやがった。ここへ来たばかりのときは
お前も俺を撫で、大事にしてくれた。木の実の入った
水をくれ、昼と夜に燃える大きい明かりと小さい明かりを
なんて言うかも教えてくれた。だから俺もお前が好きになって、
島のことは全部教えてやった。
真水の泉、塩水のたまり、荒れた土地、肥えた土地。

くそ、あんなことしなきゃよかった！シコラクスの呪いの
ありったけ、ヒキガエル、甲虫、蝙蝠に取っつかれろ！
今のあなた様の家来は、全部合わせても俺ひとり、
その俺はもともと自分の王様だった。なのに、こんな堅い岩穴に
俺を押し込め、あとは島じゅう
あなた様が独り占めだ。

（『テンペスト』第一幕第二場三三三―三四七、『この島』第三場、二八四）

『テンペスト』の孤島＝植民地が、『この島』の孤島＝イギリスに移し替えられたことで、この作品の登場人物たちが、ひとつの国の中に「異邦人」として「いる・存在している」ことが強調される。そして、そこは自分達の「いえ」でも「くに」でもないだけに、かえってその場所を、「異郷」に生きる「内部の他者」としての「私」「のもの」として主張することの果敢さが、新たに響き始める。

五　二十一世紀のキャリバンたち

今世紀に入って、国の内部をさすらう者たち、ホームレス、移住者、亡命者、難民が、大量に生み出されている。拒絶され、仕事をなくし、差別されるようになった人々、彼らはどんなに時が経っても外部から侵入して来た異邦人として、つまり不純な存在、キャリバンとして、排除され続けるかもしれない、結果として、一方では「いえ・くに」、もう一方では、移動（displacement）、不確定性などの概念が、新たな問いかけをはらみつつ、ま

た地域や個々人に関わる独自性を失うことなく、広がりを持つに至っている。『この島』が上演されてからちょうど三十年が経ち、今の時代は八〇年代よりもさらに、人の移動が多様化した。植民地時代が実質的に終焉を迎えたと公言される一方で、それとは異なる再植民地化としての侵略、占領、移転、分離が生じている。一方に古くからある愛国心、もう一方には対外強硬論、排除、威嚇、検閲がある。『テンペスト』の描いた旧時代的な領土的権力から、近現代の生権力への移行、そしてグローバル化の波は、「境界の喪失」という現象を生み出しており、ネオリベラルな経済社会の中で、軽々と境界を克服し、自由に移動できることが称揚されてすらいる。にもかかわらず、境界の再強化、新たなる壁の建設、「安全地帯」の強化、閉鎖や行動の制限は、かえって健在である。

他者としての異国人であると同時にクィアな身体を持つ、二重の亡命状態、奇妙な、異なる誰か。エキゾティックな異邦人であると同時に、常に嫌悪され排除される異分子。ただ、「いえもくにも持たない」という困難にある異邦人の多くが陥る心性とは異なり、オズボーンの『この島』の作品が顕著に見せるのは、登場人物の誰一人として、「根を下ろす」とか同化するということへの願望を、切実なものとして感じさせない、ということである。よそ者、排除される者であることが困難の源であるとしても、逆によそ者・排除される者であることをやめようとしても、さらなる困難が生まれる。「元の」いえやくにの回復は不可能であるし、その困難さは、たとえ「新しいいえやくに」を得たとしても、完全には消滅しない。移動者であるクィアな人々は、くにからくにへ、いえからいえへ、さまよわざるを得ない、真の住まいを奪われた存在として、『この島』の中に表されている。彼らと同様、古典的な文学の枠組みや既存の言語の原理を混乱させ、既知の言葉の隙間を模索し、未知の言葉を演劇空間に探求しようとする作家たちもまた、不動のものを何も持たず、あらゆる安定感や安心・安全を揺るがされ、また揺るがす存在である。シンフィールドが論じたように、このような人々や、文学にとっては、今いるいえやくにも「異国」であって、「自国」の隣人ですら、完全な他者に見えることもあるだろう。しかし、実際には、「彼ら」の国が「わたし」の国なのだ。移動の自由を持つ者も、持たない者も、そのものがクィアである限り感じる、境界を持たないこと・境界を越えること・越えねばならないのに越えられないことの苦しみは、それを拒んだり、受け入れたりすることが許されないことにある。『この島』が描いたように、いるべきとされる場所に常に存在しているとは言えず、「いえにかえる」「くににいる」ことが常に「彼方にいる」ことと同じ意味を持つ場合、言い換えれば、実際には「彼らの島」が望むと望まざるとにかかわらず「私のもの」である場合に、「オリジナルに戻る」とは、一体何を意味するのだろうか。そしてまた同時に、「この島」を「私のもの」とすることによって「私」が承認されたとき、つまり、言い換えれば多文化主義と文化的多様性が認可されたとき、その「私」の周縁性が公認されることによって逆説的に制御され封じ込まれ、「差異」が回収・脱政治化・中立化される危険が生じたら、その危険にどのように抗えるのか。三〇年を経た今も、『この島は私のもの』という作品は、『テンペスト』の謎の孤島をかりそめの原風景として参照しながら、上演された当時と同じような問いをいまだ有効なものとして、現代の私たちに投げかけ続けている。

（1） Shakespeare, William., *The Tempest.* 本論中の『テンペスト』からの引用は、松岡和子訳（ちくま文庫、二〇〇〇年刊）を使用する。原文の幕・場・行数は *The Norton Shakespeare* (Stephen Greenblatt, ed. Norton, 1997) を採用し、本論中の引用末尾に示す。

（2） この台詞は、島に「漂着」したトリンキュローが最初にキャリバンを「発見」した際に、この「バケモノ」が人間なのか魚なのか逡巡した後、彼を「イングランド」に連れ帰り「輸入」する事で得られる利益を夢想する場面のものである。「俺が今イングランドにいるとしたら、昔行ったことがあるが、でもって看板にこの魚を描かせたら、お祭り見物の阿呆どもが銀貨一枚はずむだろう。あそこならこの化け物で一山当てられる。妙な獣で男を上げて一儲けって国だもんな。足なえの乞食にゃビタ一文出そうとしないくせに、死んだインディアンを見るためなら大枚はたこうって手合いだ」（第二幕第二場二七―三二行）。「よそ者」「他者」を売り物にしたいという植民者の欲得の要素と、「商品の交換」に潜むある種の文化的で悪夢的な笑劇の要素の二つが絡み合っている。この点については主に、次の論文およびこれが所収されている文献を参照。Brookes, Kristen G., 'Inhaling the Alien: Race and Tobacco in Early Modern England.' *Global Traffic: Discourses and Practices of Trade in English Literature and Culture From 1550 to 1700.* Barbara Sebek and Stephen Deng, eds., New York: Palgrave Macmillan, 2008, pp. 157–178.

（3）これは正木恒夫『植民地幻想―イギリス文学と非ヨーロッパ』みすず書房、一九九五年、五九ページからの引用。他に、アルデン・ヴォーン、ヴァージニア・メイソン・ヴォーン『キャリバンの文化史』（本橋哲也訳、青土社、一九九九年）。『テンペスト』の孕むポストコロニアルな移動と原作自体があらかじめ持ち合わせている翻案性の関わりに関しては大橋洋一「いつシェイクスピアはシェイクスピアであることをやめるのか」（『舞台芸術』第六号二〇〇四年）二五五―九四頁を参照。

（4）キャリバンが先住していた島は、ナポリとチュニジアを結ぶ線上の何処かにあるとされる。ただ、キャリバンの母親である魔女シコラックスの神は、南米パタゴニア地方の土着神セテボスと書かれている。また、漂着後最初にキャリバンと出会うステファノーとトリンキュローは、「インディアン」という言葉を発し、キャリバン自身も、インディアン特有の川釣り方法など、新大陸アメリカへの連想をかきたてる台詞をいくつも発する。こうした『テンペスト』の孤島の地理的曖昧さについても、注（3）に挙げた文献に詳しい。

（5）この点については、Goldberg, Jonathan., *Tempest in the Caribbean.* Minneapolis: University of Minnesota Press, 2004. 主に第三章を参照。

（6）この問題に多くの示唆を与えてくれる資料としては、本橋哲也編訳『テンペスト』インスクリプト、二〇〇七年。

（7）東京・九段ののイギリス大使館で二〇一六年に開催されたシェイクスピア没後四〇〇年記念行事の冒頭挨拶において、「植民地統治下のインドで、シェイクスピア作品が理想のテキストとして英語および英国文化教育の教材に使われた」ことを誇らしい様子で語った大使館員の言葉も印象深い。

（8） Sinfield, Alan. 'Diaspora and Hybridity: Queer Identities and the Ethnicity Model,' *Textrual Practice*, 10:2, 1996, pp. 271-93. ここに訳出したのは二八〇―八一頁。

（9） ここで略述するゲイ・スウェットショップの歴史については以下のサイトを参照。Gay Sweatshop Theatre Company《https://archiveshub.jisc.ac.uk/search/archives/de1f8ea6-ade0-3d46-a020-71c14c052085 二〇一八年八月二七日閲覧》

（10） Osment, Philip. *This Island's Mine*. 引用は全て、*Adaptations of Shakespeare: A Critical Anthology of Plays*. Daniel Fischlin and Mark Fortier, eds., London: Routledge, 2000, pp. 255-284. を参照し、原文の場と頁数を本論中の引用末尾に示す。

（11） 『この島』の先行研究としては、次の論文を参照。Pinedo, Estibaliz Encarnacion. 'Osment's *This Island's Mine*: Borrowing Powerful Voices'. *Via Panoramica* 3rd Series, 2, 2013, pp. 73-88; Zabus, Chantal. *Tempests after Shakespeare*. New York and Houndmills, Basingstoke: Palgrave Macmillan, 2002.

（12） Pinedo 前掲書七四頁。

（13） Osment, Philip. *Gay Sweatshop: Four Plays and a Company*. London: Methuen Drama, 1989, p. 258.

（14） 主に次の文献を参照。シルヴィア・フェデリーチ『キャリバンと魔女』（小田原琳、五藤あゆみ訳、以文社、二〇一七年）。

（15） 「同性愛者たちの陰謀?」（*The Sunday Telegraph*, 5 June 1988）などを参照。

（16） 例えば、炭坑労働者とエイズ・パニック下の性的マイノリティに対する差別を合わせ技で醸成しようとするテレビ・コマーシャルの例を思い出してみてもいいだろう。ナショナルアーカイヴにアップされている映像は、『この島』が上演される前年、一九八七年のものである。《http://www.nationalarchives.gov.uk/films/1979to2006/filmpage_aids.htm 二〇一八年八月二七日参照》

（17） Butler, Judith. *Bodies That Matter: On the Discursive Limits of 'Sex'*. Newport and London: Routledge, 1993, p. 233.

（18） スーザン・ソンタグ『隠喩としての病い／エイズとその隠喩』（富山多佳夫訳、みすず書房、二〇一二年）一三四頁。

（19）Osment, Philip. *Gay Sweatshop* の記述も参照。

（20）Ahmed, Sara. *The Cultural Politics of Emotion.* Routledge, 2004, pp. 151-152.

第五章　「私は私ではない」とは誰に言えることなのか

――否定性批判として笙野頼子『皇帝』を読む

ヴューラー・シュテファン

はじめに

一九九四年、『批評空間』に掲載された浅田彰、上野千鶴子、柄谷行人、水田宗子の共同討議の中で、笙野頼子が「フェミニズムを超えた」とする清水良典の『レストレス・ドリーム』評[1]に違和感を示した上野千鶴子に対し、浅田彰は「笙野頼子なんて、もう積年の恨みをぶちまけるという、よくも悪くも原始的なフェミニズムじゃないの？」と笙野頼子を嘲笑って言った[2]。笙野は、このエピソードについて『笙野頼子三冠小説集』の電子書籍版（二〇一三年）の後書きでふれている。笙野はその後書きで、「浅田彰氏から……女の古臭いルサンチマンフェミニズムと言われた」と回顧し、「今もさぞかし『古臭い』フェミであろう」[3]と浅田による蔑称を奪い返して肯定してみせた。だが、笙野が再領有した後のこの「蔑称」の主語は、単に小説『レストレス・ドリーム』だけではない。笙野が浅田の評言をうけて、『レストレス・ドリーム』について「殺されても殺されても時代を越えて蘇る『女の愚痴』がゲーム小説になっているものだ」と解説を続けた上で、「今でも私の問題意識はそんなに変わっていない」と書くとき、「『古臭い』フェミ」という「蔑称」の主語は、もっと一般的に、作家・笙野頼子でもある。笙野は、「『古臭い』フェミ」としての自分の問題意識を具体的に次のように述べる。

女は女が、と言ったとき、その女ひとりひとりの顔は見えるのか、それぞれのどこが痛いのか腹は減っているのか、それともその女というのは記号の女に過ぎず、誰か偉い女が他の女の都合を全部切って捨てて纏めているのか、と気になって来る。……フェミニズムと言われた時に、誰の？　と聞きたい。……侮辱され続け、使う言葉を制限され、「文法は男のものだ、意味のある言葉は権力の側だ」と言われ続けてきた孤独なひとりが、その内面にある傷や苦しみを中心に世界をみる、そこに広義の私の夢見ているフェミニズムがある。(4)（傍線本章筆者。以下同様。）

浅田はもはや無関係である。フェミニズムをそれが誰のものなのかと複数形で捉えつつ、笙野は女が「記号の女に過ぎ〔ない〕」フェミニズムから距離をとり、自分のフェミニズム的問題意識を、「女ひとりひとり」の「内面」をその中心に据えて定義する。

このような位置取りは、「『フェミニズム』から遠く離れて」と題された、二〇一七年のインタビューの中でも確認される。インタビュー冒頭で笙野は「ウーマン・リブには期待したけど、フェミニズムという言い換えに共感できない」と既に九〇年代に表明していた。(5)七〇年代前半に高潮期を迎えたウーマン・リブ運動への近接性を再度示唆してから、「フェミニズムとか言う以前に、そんな言葉の前に、もっと大切で大きい女個人の心身や欲望があるじゃないですか」(6)（傍点笙野）と問いかけ、以前から笙野の論敵である上野千鶴子や、『早稲田文学』の女性号（二〇一七年）に「いつまで〝被害者〟でいるつもり？　――性をめぐる欲望と表現の現在」という論考を掲載した柴田英里と思われる書き手など[7]、近年のさまざまな「フェミニズム」を次々と批判していく。これらの「フェミニズム」批判に共通する点を一つ挙げるとすれば、女ひとりひとりの一人称での経験を何よりも優先させる笙野の揺るぎない姿勢だろう。すなわち、笙野は、フェミニズムを含めたより大きい理念の名の下で、「女個人の心身や欲望」を蔑ろにしたり不可視化したり軽んじたりするような言動を問題視しているのである。例えば、松浦理英子が一九九二年に発表したエッセイを具体例に取り上げ、笙野はこう言う。

> 松浦理英子さんと私のどこが違ったか？　松浦さんがお書きになった『嘲笑せよ、強姦者は女を侮辱できない』についてだと思います。『当事者』とは何か、ということです。私は当事者をなくして上から大きく正しいことを言うことがどうしてもできません。どうしてか、私はただ、自分自身が当事者であることだけを書き、それにより本来の自分にはとても予測出来ないものを予測し、マスコミより大きい世界を理解してきたからです[8]。（傍点笙野）

松浦は、笙野が問題にしているエッセイの中で、（レイプされた女性が）「強姦のむごたらしさ」を訴えても、「女性の屈辱感こそ彼らの願い」で、「強姦者は悔悟するどころかますますいい気になり〔……〕満足を噛み締めるだけだろう」から、むしろ「〈強姦如きは何でもない〉とせせら笑い」した方が「効果的」だという議論を展開している[9]。この議論は、嘲笑できるために必要な精神的余裕と距離の創出、ある種のタフネスを（レイプされた）女性に求めるのみならず、嘲笑を通じて果たされると松浦が期待する「強姦者及び潜在的強姦者」の意識改革[10]の責任まで（レイプされた）女性に負わせることを考えると、――たとえ松浦の書いたように「〈最大の侮辱〉云々の言説」こそ「男根主義社会が、幾多因習的役割とともに女に押しつけた紋切り型観念[11]」だとしても――「当事者をなくして上から大きく正しいことを言う」と批判されてもさほど理解に苦しまないだろう。というのも、このエッセイにおいて嘲笑できる程タフでない当事者（もいる現実）より（加害者の）意識改革の方が、松浦にとって優先順位が高いためである。このように「大きく正しい」理念のために女個人の経験を蔑ろにすることは、笙野のいわば書くことの倫理に反するのである。

笙野がこのように一人称での経験を重要視していることが、単なる私的領域への撤退でもなければ、個々の世界を横並びにして承認するリベラルな多文化主義でもないことは言うまでもない。それが端的にわかる例として、笙野が上述のエッセイをめぐって松浦と実際に議論を交わした『おカルトお毒味定食』に収録された一九九四年の対談の中で、一九九三年、マイケル・ジャクソンが一三歳の青年に性的虐待をした疑惑に対する、笙野の捉え方が挙げられる。松浦が「一八まで待たないで恋愛を成立させちゃっていいんじゃないですか。合意があれば……問題は大人の側が……誠実さを備えているかどうか[12]」と、一三歳の青年でも性的欲望を意識するほど精神的に成熟し、マイケルとの性的関係を自分から望む可能性があるという立場をとる。これに対し笙野は、大人と子どもの間に存在する権力の不均衡と、それが生み出す合意形成の困難さの問題にふれた上、次のように反論する。

> それはまさに文学の世界だと、こういう少年がいて、こういう大人の男がいて、それで対等な物語なんだよということが書けるんだけども、現実世界ではあらゆるケースがそれを裏切ってくるのじゃないでしょうか。……松浦さんの言っていることは純理論的にすごく正しいわけだけれども、その理論を動かそうとしたら実験室が要る。私はその時に現実に引っかかるわけです[13]。

このように、「文学の世界」において見えなくなってしまう現実の権力関係と、それが当事者にもたらしうる問題の方が、笙野にとってまさしく重要である。言い換えれば、一人称での経験を最大限優先させることは、その当事者が置かれている力関係まで鑑みて問題にすることを意味する。まさに「個人的なことは政治的なことだ」の精神を引き継いでいるようである。そう、笙野がフェミニズムについて語るこの近年の例をこうして駆け足で振り返ってみると――上述したように、笙野自身が繰り返しウーマン・リブとの近接性を示唆してきたのも相俟って――「女」の記号化を拒否する笙野の「夢見ているフェミニズム」、「女個人の心身や欲望」を何らかより「高次元な」理念あるいは「フェミニズム」の名の下で抽象化せず、徹底的に一人称での経験に立脚して書こうとするスタンスを、七〇年代の第二派フェミニズム、日本のウーマン・リブの流れを汲むものとして位置付けたくなる――浅田彰に「原始的」に思われたのも、笙野による「『古臭い』フェミ」の再領有が指し示すのも、その近接性なのかもしれない。

しかし同時に、例えばウーマン・リブを特徴づけていた異性愛中心主義とホモフォビア、即ちレズビアン女性の周縁化と排除[14]や、七〇年代にウーマン・リブと障害者（女性）の間に起きた中絶をめぐる対峙[15]の歴史を考慮に入れれば、「他の女の都合を全部切って捨てて纏める」のではなく「女ひとりひとりの顔」、すなわち当事者とその当事者を取り巻く力関係を見ようとする笙野とウーマン・リブを、性急に文脈づけることは控えるべきだろう。

そもそも、笙野文学はどうだろうか。笙野がインタビューやエッセイの中で語っているフェミニズム観と、笙野文学がいかにフェミニズム批評たりうるかは、ロラン・バルトの『作者の死』を引くまでもなく、別問題であることは論を俟たない。つまり、文学的テクストの意味作用は作者の意図や問題意識にだけ還元することはできない。だが、『レストレス・ドリーム』、『母の発達』、『水晶内制度』、「だいにっほん」シリーズ等、笙野の多くの作品に、上述の問題意識と呼応するようなフェミニズム的批評性を見出すことは決して難儀ではない。実際、このような批評性に注目した先行論も存在する。(16) しかし、笙野文学を概観する総論同様、笙野文学とフェミニズム思想の関係を扱った概論は未だに待たれる。その理由の一つとして、これまでフェミニズム的読解の対象に選ばれてきたのが、殆どの場合、九〇年代以降の作品であるということがある。

そこで本章では、八〇年代に遡り、笙野の最初の長編『皇帝』(一九八四年)を取り上げ、この作品にもフェミニズム的批評性が見出せることを示したい。具体的には、この小説のメインの作中人物である「彼」から、これまでの先行論においてほとんど注目されてこなかった「老婆」というもう一人の作中人物に視点をシフトさせる「契機」をこのテクストが用意しており、このシフトを通じて、「私は私ではない」という自己否定の反復に特徴付けられた、小説『皇帝』を支配する「彼」の観念世界が相対化され、批判的考察に拓かれていくという読解の可能性を提示する。最後に、このテクストのナラティブ的位相に注目し、一見三人称語りに見えるこの小説は実はある種の「私小説」ともとれるという仮説を立て、この仮説の含蓄について考察する。

ただし本章は、まとまった『皇帝』論を提示することが目的ではないことをここで断っておきたい。そうではなく、本章はあくまでも、『皇帝』論に向けて、この作品の新たな読解の可能性を素描するのみである。そうすることで、『皇帝』が看過される傾向にあったこれまでの笙野研究に新たな刺激を与えるのみならず、笙野文学とフェミニズム思想の関係について考察するための土台作りにも貢献できることが期待される。

一　「私は私ではない」

「人々はことごとく〝私〟を持つ。〝私〟は単位になり流通する。あらゆる幻は例外なく、ここを源として生ずるのだ。

皇帝一世」

場所は六畳と三畳、ごくありふれたアパートの一区画である。……そこには一見社会的にも性的にも死者に等しいようなひとりの青年が暮らしているのだ。青年は働かなくともよいし、誰にも干渉されていない。好きな時間に起きて好きな時間に寝てさえすれば良いのである。……彼の戸籍上の名前をここに記しておく必要はないと思う。この部屋では社会に通用する名前などはいらないのだ。もっとも彼自身は〝皇帝〟と名乗っている。だがそれは彼の役割と性質を表したもので、本人の名前だとは認め難い。[17]（一一五―一一六）

小説『皇帝』で描かれるのは、ある青年の閉じこもり生活のいつもと同じ一日である。二六歳である彼の毎日を支配するのは、「私は私ではない」という自己否定の果てしない反復である。彼は、自分を「外の私」と「内の私」にわけ、社会生活の中での対他的な「外の私」を、小説冒頭のエピグラフにも示唆されるように、幻として、「魂」とも言い換えられる「内の私」を殺そうとする力として捉え、「内の私」としてのみ存在しうる空間を確保すべく部屋に籠った。[18]彼にとって「外の私」とそれへの同一化は、一貫性の果てしない見せかけとして「管理社会」において強要されるまやかし、統御装置でしかない。[19]そのため彼は、「人が見ていないところでも見ている」（二〇九）という、常に見られている状態のもとで、一貫した「私」を演じなければならない「社会そのものを切り捨てるような精神構造を獲得しようとする」（一八四）。「皇帝」とは、その「精神構造」に与えられた呼称である。つまり、彼がもはや「外の私」から脱皮した（という幻想を抱く）密室において、その対立項としての「内の私」も意味をもたなくなったあとの自称、「私は私ではない」という、いわば非‐アイデンティティを指し示すものである。

敢えて精神分析的に言えば、言語活動の領域としての象徴界に参入することにより、誰もが被る自己疎外をフェティシスティックに――つまり、どのシニフィアンをもっても自分を十全に表象しきれない「欠如」の事実、分割された主体であることを知りつつ自己同一性を装うことで――否認するように機能する象徴的アイデンティティのパフォーマンスを彼は否定する。そうだとすれば、「皇帝」という非 - アイデンティティへの彼の同一化は、象徴界の構成的外部というアブジェクトの位置、主体でない主体という不可能性を志向することを意味すると言える。

「皇帝」という非 - アイデンティティを中心とした彼の観念世界は、誰もが「内の私」のみとして存在する「カプセル」に入って暮らし、人間同士の関わり合いを一切やめた「自閉都市」を妄想するまでに発展する[20]が、小説『皇帝』の最初の三分の一を占めるこの妄想世界は、「私は私ではない」と唱える彼に対して「嘘だ」「おまえはおまえだ」と反論する「声」に邪魔され、突き崩されようとする。その声が、「彼が社会に抱くイメージ」、「彼の捨ててきた現実だ」(一一九)、あるいは「〝意志の力や理性でコントロールできない深層からの欲望〟と呼ぶべきなのか」(一二一)と説明されるように、イメージ、記憶、欲望、それとも社会規範を表すものなのかは判然としない。いずれにせよ、声は彼に異議を唱え観念世界の構築を邪魔するからこそ、「皇帝」という非 - アイデンティティの正当性を疑う脅威として、「私は私ではない」という自己否定の更なる反復を余儀なくさせ、部屋に引き籠もった後の彼の、「皇帝」という非 - アイデンティティ、ある種の自己形成を可能にする[21]。

声との戦いが続く中、『皇帝』の残り三分の二は、塾の学生証らしきものの発見[22]をきっかけに、彼が記憶の断片を、密室生活の必然性を訴える解説になるように繋ぎ合わせる描写が中心となる。「〝階級〟からこぼれ落ちないよう」子供を育てて「自分たちが追い詰められた分だけ」(一九三)彼に圧力をかける親のもとで、家庭は「放心も夢想も自己主張も罰せられ〔る〕」（一八七）抑圧的な空間であったと回想される。学校で彼は「歩き方、声の出し方」など、「他の生徒は何もかもが違う」（一八五）と気づき、環境に適応しようと一貫した「私」を演じてみるが、うまくいかず、家の外でも疎外感を覚えさせられ孤立する。そして、母の希望で医学部受験をしようと二浪までした彼は、結局私立大学の文系学部に入学するが、大学でもまたうまく環境に馴染めず、「演技の上の自分と本当の自分」（二〇九）の間の落差をより強く意識させられ、「本当の自分」を出せず演技を強いられる社会に対し、「他人ほど毒になるものはなかった」（二一二）と、他者に対する敵対心や、中学生の頃から抱いていた密室生活への渇望を募らせる。

このように、彼は密室に引き籠もる現在を「本当の自分」が育まれ認められることのなかった過去に還元し、自分の半生の解釈を行う。しかし、この過去の再現に対しても、声はまた異議を唱え、「あの事件の当事者は今どこにいるのだ」と、彼の紡ぎだそうとするナラティブとぶつかる記憶を彼に思い出させ、彼のナラティブを別方向へとずらす。記憶の断片の解釈と意味付けをめぐる彼と声のこのような鬩ぎ合いから、読者には徐々にもう一つの可能性がみえてくる。[23]それは、彼が実はある老婆を殺害した犯人であり、この殺人こそ、彼が二年前に密室に引き籠もった「契機」[24]であったという可能性である。

二　笙野の「分身」としての彼?

老婆の殺害は、彼が密室に引き籠もる「契機」だったのではないかという問いこそ、『皇帝』のフェミニズム的批評性を考える上で一つのカギとなるが、この問いについて考察する前に、その前提として、まず『皇帝』がこれまでどう読まれてきたかについて確認したい。清水良典は、『極楽』『大祭』『皇帝』という笙野の最初期の三作品についてまとめて論じ、「笙野文学の生い立ちの記録というにとどまらず……笙野頼子の受容前史を追体験しうる資料なのである」[25]と、笙野が一人前の作家になるまでの、いわば修業時代の記録として位置付けている。また、「笙野の孤高の〝暗黒時代〟が純粋無垢な状態で刻印された作品」であり、「笙野が悶々と戦い続けた孤独と絶望の、そして呪詛と憤怒のボルテージのすさまじさに初めて接した読者は……戸惑いや抵抗を覚えるかもしれない」[26]と、これらの小説に登場する作中人物が笙野の分身であるかのように、作中人物たちによる「世界への激烈な異議申し立て」[27]を笙野自身による異議申し立てとして解釈している。この議論は、あまりに伝記主義的すぎるという点とは別に、次の二つの問題を孕んでいる。

（一）少なくとも『皇帝』に関しては、清水自身も認識している通り[28]、「皇帝」という概念を中心とした小説前半の観念世界のみならず、後半での過去の再現——彼が社会に馴染めない原因と、その経験ゆえ彼が社会に対して覚えている怒りの内実——も具体的に示されていない。即ち、「絶えず……辻褄を合わせようとし一貫した特徴」を持ち続けさせようとする「外界」にうまく適応できないことと、彼のいう「本当の自分」と「演技の上の自分」の間に乖離があることは描かれつつも、「本当の自分」とは具体的にどのような自分なのか、それが「演技の上の自分」、さらに「外界」でのどのような規範とどのように異なるのかは明らかにされない。その結果、彼は類型のような性質を強く帯びている。作中人物の彼が笙野の分身なら、この類型性はどう説明すればいいだろうか。清水が、笙野の九〇年代以降の作品を引き合いに出し、『皇帝』のような初期作品を「原型」として位置づけているのは、この具象性の欠如にも由来すると思われるが[29]、抽象度の高い描写は、それ自体が意味をもつ特徴として捉えられないだろうか。

（二）『皇帝』のメインの作中人物には、三人称の「彼」が設定されている。だが、清水のように自伝的な習作として読んだ場合、なぜ敢えて男性ジェンダーが選択されたのかという問いが浮上する。清水は、「笙野が自身に近い、女性である『私』を小説で用いるのは……九一年の『イセ市ハルチ』に至ってのこと」であり、それまでは「笙野が真実の一人称を克ち取るための戦いだった」[30]とする。清水は、女性としての「私」を笙野にとっての「真実の一人称」とみているのみならず、それが笙野の辿り着くべきゴールであることを示唆する。そのため、なぜ『皇帝』の主人公に「彼」が設定されたのかという問いに対しては、笙野が「自分の性を拒んで」いたため、三人称の彼を「ジェンダーの一項としての男性というよりも作者が自らのジェンダーを否認する、もしくは留保するための、すなわち非‐女性としての性」[31]として、「男に仮装していた」[32]と捉えている。さらに清水は、『皇帝』の「彼」が唱える「私は私ではない」という言葉に、性差と結びつけられたアイデンティティが社会的に強要されることに対する笙野の拒否が託されている一方、彼が外出するとき女装するという場面を「笙野頼子の小説が……女性への〝復帰〟を目指している兆し」であるという[33]。

　笙野は、松浦理英子との対談の中で、主人公を女にすることで社会的・文学的な制限から逃れることができ、抽象的・観念的なことは男性の主人公を使った方が描きやすいという見解を以前持っていたことを明かしている[34]。また、笙野は同対談をはじめ、いくつかのインタビューやエッセイの中で、幼少時代は暫く男だと思っていた時期があったことを語っている[35]。これらの発言を背景に考えたとき、『皇帝』における三人称「彼」が笙野のある種の異性装であるという読みの可能性は無視されるべきではないだろう。だが、ここでは、彼が異性装した笙野の分身であるという、『イセ市ハルチ』を到達点として事後的にしか成り立たない読解の妥当性を疑わせる、『皇帝』作品内の二つの要素に注目しつつ、別の読みの可能性を示したい。

三　二つの「契機」

注目すべき一つ目の要素は、老婆の殺人である。確かに、『皇帝』の最後まで、彼が老婆を実際に殺した確証を読者は与えられない。しかしだからといって、その可能性について考えなくてよいということにはならない。清水は老婆の殺人に詳しく言及せず、先述したように彼が外出するとき女装して出かけることについてのみ触れる。だが、彼は外出するとき単に女装するのではない。彼は殺したかもしれない老婆と同様に、紫色の服をきて出かけるのである。(36)この「模倣」が示唆する老婆とのある種の同一化は、他にも繰り返し暗示される。

全世界を拒否した最初の行者だった。だからこそ外界が彼女に与えた名前、その現身などどうでも良く、彼が彼女に見出した〝意味〟だけが大事だった。いや、外界から憎まれる程のその経歴が〝意味〟を支えた事も確かだった——白い大きな自分の城をかまえて、彼女もひとりきりで暮らしていたのだった。（二四四）

黒い運河、板塀、ひときわ目立つ白い墓のような否定の家。その家の中の彼の分身。（二四九）

最初のうち、老婆は「好奇心から憧憬、そして奇妙な、同志愛」（一八九）の漠然とした対象として彼に思い出されていくが、「憧憬の対象は今どうしているのだ……思い出せ」（一九九）などと声に脅かされつつ、彼はいつも通学路でみていた(37)「あの女」を「女帝」と名付け、(38)自分と同じように疎外された、社会に対して「否」を唱える証存在として捉える。殺害と同一化の間をたゆたうような老婆に対するアンビバレンスに、清水の読解を支える証左となるような、笙野の「女性性」をめぐるアンビバレンスを見出すことはできるかもしれない。

しかしながら、作品内で示唆される殺人の動機を合わせて考えると、笙野の分身として彼を見なすことがやや短略的であることがわかる。なぜならその動機とは、何よりもまず彼が「カルタ」と呼んでいる金銭的事情だと考えられるからである。

> このカルタは彼の肉体や大切な密室を守ってくれ、彼に独裁者の権力をくれるのである。部屋代だけならあと四百年以上もここ住める。……私はずいぶんうまくやった。もう一生決して社会とかかわりあわずにくらせるのだ。……幸福を保証されているので急に今までの苦しい記憶を思い出して了ったらしいのである。(一五三―一五四)

苦しい記憶とは、「管理社会」の中で生活しなければならなかった、「評価」や「命令」に満ちていた密室以前の頃の記憶であるが、[39]彼にはもはや心配する事はない。彼は密室＝幸福を保証されているからである。『皇帝』の冒頭の引用を思い出してみよう――「青年は働かなくともよいし、誰にも干渉されていない」。そう、「彼」が働かなくてもいい唯一具体的な理由としてテクスト内で示されるのは、この大量のカルタ、老婆を殺して奪ったお金である。殺人を否認しようと必死な彼に対して声はいう。

> 記憶になかったとしてもカルタのことはおそらくはどこかで聞いて知っていたのだ。そのうち思い出すだろう。おまえの行動にはただそれだけの意味しかないのだから。(二五四)

彼の密室生活はこうして、老婆が大量の「カルタ」を所持していることを彼が知っており、老婆を殺しその「カルタ」を奪い取った可能性が導入されるこの叙述を通じて裏切られる。しかしそれは、切実で「崇高な」否定的観念世界が、彼が実は殺人犯であったという「散文的」事実に裏切られるという意味においてだけではない。先ほど触れた「契機」という表現が重要になるのはここである。引用しておこう。

私は私ではないとあのでき事とは何の関係もない。確かに契機にはなったかもしれない。だが皇帝がずっと昔から〝外の私〟に苦しんできたのは確かなのだ。（一六二）

老婆の殺人（「あのでき事」）と、彼の反社会性が互いに因果関係にあることはここで示唆されるが、どちらがどのように「契機」だったのか。一方では、声が彼を非難して言うように、「皇帝という名も女帝というたとえも、何もかもあの事件のあとからのでっち上げ」（一六二）なのかもしれない。つまり老婆の殺人が先にあり、彼の社会否定、「私」の拒絶と「皇帝」としての自分の構築が、警察から隠れるため立て籠もった部屋の中での、（置かれた環境への）責任転嫁と自己正当化、あるいは現実否認に過ぎない、とこの小説を読むことができよう。しかし、ドストエフスキーの『罪と罰』を彷彿とさせるこの読解に加え、もう一つの読解が可能である。即ち、彼が上の引用の中で主張するように、「ずっと昔から」「皇帝」になれる密室での生活への渇望があり、老婆の殺人によって初めてそれが金銭的に保証されたという読解である。つまり、密室生活を実現させるために彼が老婆を殺害し、「カルタ」を奪い取ったという可能性がこのテクストに書き込まれている。もしもそうだとすれば、この後者の読解をも可能にする点において、『皇帝』のフェミニズム的批評性が見出せる。なぜなら、この読解をも可能にすることで、男による象徴的アイデンティティの拒否を通じた既存の社会への異議申し立てが、（一）捨てる事のできる「私」を与えられてきた男としての「既得権」のみならず、(二)女からの資源の簒奪と、(三)女を死の領域へと追いやる棄却という、既存のジェンダー秩序の再生産と表裏一体になっていることを意識させるためである。

四 「私は私ではない」とは誰に言えること?

『皇帝』の最後の場面で、彼は声と戦いつつ老婆の殺害を再現した後、再び「私」とそれをもとに創られてきた社会だけでなく、文明の否定までも祈るように表明する。

深夜、何度も彼は目を覚ますしかない。その度に彼は祈るのである。——何もかもが、嘘で、幻だ、ヒトはヒトである事はすでに失敗している。〝私〟などというものはどこにもない。そんなものの上に文明を創り上げてはいけないのだ。(二五七)

この祈りを取り上げて清水良典はこう述べている。

この祈りを、文学青年的な現実否定のニヒリスティックな表現と受け取ったら、笙野文学はまったく理解不能になってしまう。なぜなら文学青年的な否定の観念とは、あくまで自惚れたっぷりな「私」に依拠した上で、満たされない欲望の葛藤をニヒリズムに転じているにすぎないからだ。「皇帝」の祈りは、「私」という与えられた宿命の贈り物を絶望的に拒絶しようとするところから出発している。[40]

だから、これは、密室の外で「私であること」に「失敗」した、「一見社会的にも性的にも死者に等しい」彼による、「『死者』になりきる一歩手前の、ぎりぎりの爆発的な痛切さを帯びている」祈りであると清水はいう。

なんという贅沢な話だろう、老婆の視点からすれば。というのも、まず彼は、清水のいうように、「宿命の贈り物」としての「私」を与えられているのである。『皇帝』の舞台が、彼の父親が「第一位（ちちおや）」（一九二）と呼ばれる場面から類推できるように、家父長制的日本社会だとすれば、老婆が彼と同じように「宿命の贈り物」としての「私」、また社会参画の機会を与えられているとは限らない。つまり、彼には「分身」や「同志」に見えても、老婆とはそもそもの前提として社会的地位、それぞれの出発点がジェンダーを理由に異なるのではないか。

その上、彼は「私であること」に失敗し、「私」と社会を突き放す。だが、彼は失敗しても、失敗した「私」としていられる空間を確保できている。なぜなら、老婆のお金があるからである。「私である」ことに失敗し、社会あるいは既存の象徴的秩序から距離をとるには、「自分だけの部屋」とその空間を確保するための金という物質的資源が必要なのである。「契機」の二つ目の解釈が間接的に示すのは、「崇高な」観念世界のこの現実的条件、またその特権性である。しかし、彼の場合、この物質的資源の確保は、老婆の殺害と表裏一体になっている。老婆の殺害なしに（社会と関わらないで）「自分だけの部屋」を確保するのは、彼には不可能だったのである。

しかも、老婆の殺害を通じて彼に保証されるのは、物質的資源だけではなく、象徴的資源でもある。それは、「私である」ことに失敗して社会から脱却し、「私は私ではない」と唱えざるを得なくても――清水に言わせれば「一見社会的に……死者に等しい」存在になっていても――死者ではないという、まさに清水の書いたように「『死者』になりきる一歩手前の、ぎりぎり」の主体性である。

彼女が他者である事に耐えきれなかった。自分と似た他人を使って社会の中の自己の位置を測ろうとした。

声のこの告発が示唆するように、老婆の殺害は、彼にとって自己確立の契機でもあった可能性がある。換言すれば、殺人はある種の棄却(アブジェクション)としても捉えられるのである。というのも、彼女を死の世界へと消失させることで、死者となる彼女に対し、そうでない自分、生者としての自分が差異化され、自他関係がはっきりするからである。彼は老婆に「憧憬」や「同志愛」を抱き、「全世界を拒否した」彼女の否定性において「皇帝」の対を成す「女帝」として同一化しつつ、彼女との距離の近さ――社会に対する「否」を体現する立場において彼女と重なり合うこと――に結局「耐えきれなかった」ゆえ、老婆と自分の間に（絶対的）距離を作り出し、老婆を排斥する行為として殺人が機能するといえよう。況してや、密室に引き籠もった後、「皇帝」という非‐アイデンティティの反復的パフォーマンスが、この殺人を繰り返し再現する場面と重なることを考えれば、「皇帝」としての彼の存在が、老婆の殺害、すなわち老婆の棄却に決定的に依拠する印象がいっそう強まる。したがって、彼が「皇帝」として社会に「否」を唱えても、それは、棄却という既存の象徴的秩序の追認と再生産――女の（絶対的）他者化を通じての男の自己確立――の上での「否」なのである。彼が「理想郷」としての密室へとどんなに脱却したつもりでいても、彼の批判の矛先が向かっている社会はそのままにされるばかりか、既存の秩序を再生産し、まさにその再生産を通じて「理想郷」、そして社会的上位としての男性性が維持される。だから、声は次のようにいうのではないか。

虚弱な生徒に鼻血を出させたのと同じように、おまえは両親や社会に向けるはずのエネルギーで彼女を攻撃した。保護されぬもの、それらにのみ向けられるエネルギー、その攻撃のありようこそお前だ。（二五三）

（二五二）[41]

それでもなお、彼が最後のシーンで、「私である」ことに失敗したことを文明の失敗として大仰に悲嘆するのもやはり、老婆の視点からすれば、「自惚れ」でなければ、果たしてなんなのだろう。

「契機」の二つ目の解釈が可能にするのは、この老婆への視点の転換と、彼の立場の特権性に対する批判である。『皇帝』というテクストは、まさに笙野が松浦理英子に対して言ったように、「純理論的にすごく正しい」（かもしれない）彼の否定的な観念世界を、その観念世界が老婆の殺害に依拠するという現実によって突き崩し、そうすることで、笙野が自分の「広義のフェミニズム」の真髄として掲げたように、孤独なひとりの女を中心にこの小説の描く世界を読み直させるのである。

そして、彼をさらに男一般へと捨象すれば――そう、彼の類型性とこの小説の抽象度の高さが関係してくるのはここだろう――この小説は、「私」を捨てること、即ち象徴的アイデンティティを否定し、象徴界から脱却することの必要性を訴え、そのような否定性に何らかの攪乱性を見出し賞賛することが、そもそも「私」を、象徴界への参与あるいは社会参画の機会を与えられた特権的な存在に――つまり誰よりもまず男に――とって可能な自惚れで、他者のもつ資源の簒奪と棄却の上で成り立つ、既存の象徴的秩序の再生産でしかないと異議を唱えている。

この批評性において、小説『皇帝』は、戦後日本のフェミニズム運動史上、重要な議論の一つを連想させる。それは、六〇年代の新左翼の男性中心主義に対するウーマン・リブの批判である。

東大前の通りで出会う、それとわかる東大生の顔が、お世辞にも生々しているとはいえぬ感じで、理屈の上ではわかる彼らの「自己否定」も、実感としては、なにかとてつもなくシンドそうなばかりで、とにもかくにも、わからないことだらけであった。……日常のあたしは、自分の無価値な女なのだ、という強迫観念に脅えて、女から逃げようとし、また引きこもらざるをえないという、その間を、右往左往していた訳であったから、これ以上一体何を否定すりゃいいというのだ！という開き直りこそ、あたしの本音であったのだ。[42]

これは、ウーマン・リブを牽引した田中美津の言葉である。ウーマン・リブは、北田暁大が『嗤う日本の「ナショナリズム」』の中で述べるように、「高らかに世界革命を叫びながら女性を銃後のハウスキーパーとしてしかみなしてない新左翼の欺瞞、男女の権力の非対称性を二次的な問題としてしか認識することのできない自称ラディカルたちの能天気ぶり」――田中曰く「新左翼の極まった現実の中で、女は殺されてゆくのだ。どの党派も、その本質には変わりないこと」――を暴露し、この「新左翼への絶望と、女性であることの肯定から……立ち上がった」[43]。そして、新左翼のセクシズムを徹底的に暴く「リブ的思考空間のなかから」、田中は上の引用の議論をもってさらに、一九七二年の浅間山荘事件に帰結する、学生運動をはじめとする六〇年代左翼を特徴づけていた「総括」、「『自己否定の論理』が隠しもつマスキュリニズム（男性中心主義）を問題化した」と北田は評価する。[44]
田中によれば、この自己否定の論理は東大生の場合、「東大生であろうとすることが、結局企業の側、権力の側に立って人々を管理抑圧する道に通じてしまうというその社会のからくりとまっこうから対峙していこうとするその意気込みをもの語るものであった」[45]が、『皇帝』の彼の社会否定同様、六〇年代左翼における自己否定、総括の反復的実践は、浅間山荘事件で明るみになったような暴力性を内包するのみならず、彼らが男性であり、東大生であるというエリートとして否定しうるポジションを与えられていたという特権を前提とする。

ああ、東大生というのは、自己肯定しえるものをもっていたから、あんなにラディカルに「自己否定の論理」を打ち出せたのだな、と今さらながらに思い当たった。[46]

田中美津の言葉をこうして『皇帝』というテクストと並べると、「契機」にまつわる二つ目の解釈が拓く――男としての「既得権」と、老婆の資源の簒奪と棄却に依拠した特権的な自惚れであるという――彼の否定的観念世界に対する批判を、六〇年代左翼男性が、女の家事労働に依存しつつ、女と性差別の問題を二の次として排斥し、総括を繰り返し「世界革命」の夢をみていた歴史のアレゴリーとして読みたくなる。

だが、仮にそう読めるとしても、このようなアレゴリーは、『皇帝』発表当時を背景にどう理解できるのか。この問いへの答えに近づくために、本節でみてきた老婆の殺害という一つ目の要素に加え、最終節では清水良典による「分身」説の妥当性を疑わせる、『皇帝』作品内の二つ目の要素について簡単に考察したい。

五　メタの「彼」、過去の女

清水良典による「分身」説を疑わせる二つ目の要素は、この小説における少なくとも二つのナラティブ的位相の複雑な混合である。冒頭からの引用を振り返れば明らかなように、この小説には、作中人物としての彼に加え、彼を描写するもう一つのナラティブ的位相が設定されているようである。

> 彼の戸籍上の名前をここに記しておく必要はないと思う。この部屋では社会に通用する名前などはいらないのだ。（一一六）

動詞「記す」と「思う」の主語は、彼とは別の作品内の存在である。それは、次の引用でもまた顕現する「書き手」である。

いや、声はもしかしたら彼が心底望んでいる事なのだろうか。――もっとも、書き手がいくら考えたところで本当はどうにもならないのだ。なにしろ声たちを〝社会が彼に押し付けたもの〟と呼ぶべきなのか、それとも本当は〝意志の力や理性でコントロールできない深層からの欲望〟と呼ぶべきなのかは彼自身にも判らないのだから。（一二一）

書き手は、彼以上に知識を持っていないことを認めつつ、持っている情報を出したり出さなかったりし、読者がどこまで彼にアクセスできるか意識的に操作する。しかし、清水均が論じたように、書き手は必ずしも彼の意識に好意的に寄り添うのではなく、「〈悪意〉すら垣間見せながら……アイロニカルで時に嗜虐的でさえある」(47)形で彼の言動を対象化し批判する。

彼の生活はさまざまな独りよがりの約束事やそのままでは通じない言葉を操作する事によって埋められていた。例えば〝皇帝〟などという名乗り方もその一つである。（一二二）

彼はあらゆるものを対立し相反するふたつの要素と考え、それらを対にしなくては気が済まなかった。（一四五）

極めて独りよがりにだったが、彼は「集団の全否定」という結論を出した。（一一二）

清水良典は、初期の三作は、「人生が茫洋とした可能性や未知に富んだ世界ではなくて、マニュアル化された難解なシステムでしかなく……傷しかないような感受性が、これほど生々しく激しく主張されたことはなかった」

と評価し、上述したようにこの否定的な感受性を笙野自身に還元する。だが、清水均も反論したように、書き手の存在をも視野に入れたとき、そうは読めなくなる。というのも、『皇帝』の場合、そのような感受性が彼に主張されていても、読者と彼（の主張）の間に、批判的な距離が創出されているためである。書き手は、彼の二項対立的思考パターンへの偏向と、否定性そのものの独善性を指摘する上の叙述に加え、彼のいう「自閉都市」を「まったく幼稚なからくり」(48)と揶揄したり、「密室に至るまでの過程を宿命なのだと納得して貰えるように勤めている」(49)（傍点笙野）と、彼による記憶の操作の恣意性も意識させたりすることで、繰り返し彼を突き放し、その効果として彼の発言より、彼を挑発し彼に徹底的に対抗する声に正当性を持たせる。『皇帝』は、したがって、特定の感受性を主張する彼を中心として描かれる小説より、特定の感受性を主張する彼を描きながら、批判する書き手が影武者として描かれる小説と言った方が的確かもしれない。

　しかしよくみてみると、『皇帝』の構造はもっと複雑である。なぜなら、次の箇所で、書き手と作中人物の彼の間の境界線がまた崩れてしまうからである。

　考えの中で、いつものように彼は〝外の私〟を彼と呼んだ。（一八二）

この箇所に辿り着いた読者にとっては、それ以降の、そして遡及的にそれ以前の、「彼は〜」という三人称での叙述は、それが書き手による作中人物の彼の描写なのか、それとも彼自身による自分の描写なのか、区別がつかなくなる。作中人物の彼も「彼は〜」と、三人称で自分について語るからである。

　言い換えれば、この箇所をもってテクストに導入されるのは——書き手による叙述と彼による叙述の区別が事実上つかなくなる以上——作中人物の彼が書き手でもあるという可能性である。書き手による声の由来をめぐる叙述を思い出してみよう――「書き手がいくら考えたところで本当はどうにもならないのだ……彼自身にも判らないのだから」。彼に判らないことは書き手も判らないことを読者に知らせるこの叙述において、書き手の認識と彼の認識は既に混在している。そして、再び小説冒頭を振り返れば、「彼の戸籍上の名前をここに記しておく必要はないと思う。この部屋では社会に通用する名前などはいらないのだ。」という叙述も同様である。この叙述では、彼の生活空間である「この部屋」と、「ここ」という指示詞が指す小説『皇帝』の原稿が――後者に彼の名前を記さなくてもよい理由として前者の特質が挙げられていて――重なる。それだけではない。「その部屋」若くは「あの部屋」ではなく「この部屋」になっていることから明らかなように、彼の生活空間である「この部屋」は――小説『皇帝』の原稿（「ここに」）と同じく――書き手のいる領域に属する。即ち、この叙述における指示詞が示唆するのは、「書き手」が「この部屋」の中にいるということである。「この部屋」で彼が「誰にも干渉され」ないで、つまりずっとひとりでいるとすれば、「この部屋」と記す「書き手」とは、「彼」であると結論づけざるを得ない。したがって、『皇帝』という小説は、ある種の「私小説」であると言える。それは、彼が三人称をもって「アイロニカルで時に嗜虐的でさえある」形で自分から距離をとりつつ、自分を語る小説である。

このアイロニカルな距離化は、この小説に歴史的時間を呼び込むのではないか。北田暁大はアイロニーを「世界の構造……を変えることによって自己の価値を貫徹するのではなく、世界における自己の位置をズラすことによって差異化を実現する、それがアイロニーである」[50]と定義するが、北田によれば、このようなアイロニーは、六〇年代左翼における過剰な反省＝総括という自己否定の論理と、その論理が最終的にもたらした暴力に対する「抵抗としての無反省」として、七〇年代後半から八〇年代半ばまでの、いわゆる「シラケ世代」と日本の消費社会を特徴づけていたという[51]。

アイロニストはベタな価値意識が持つ暴力性を回避……する。それは……「六〇年代的なるもの」――自己の位置と「思想」との距離を最小化し、世界の構造の「変革」を目指す――に対するリアクションでもあった。消費社会的アイロニズムは、――少なくとも七〇年代においては――、「六〇年代的なるもの」と対峙しつつ、「左翼的」感覚を延命させるための方法論だった。(52)

「『左翼的』感覚」の延命がここで指すのは、北田が糸井重里の広告のキャッチコピーに見出す、「自分の立場など考えるな、なんでもありでいけ」という、上から目線のアイロニズムの命法化を回避する姿勢である。(53) しかし、北田が述べるように、「抵抗としての無反省」としてのアイロニーは、八〇年代に入ると、――アイロニカルに距離をとることが、距離をとられる対象に対し距離がとれる存在として「超越したメタの位置に自らを置〔く〕」(54)ことと、この「メタの水準を『わかりあえる』他者との共同性」を前提するという、「エリティズム」に転倒しかねないアイロニーの構造的特徴も相俟って――やがて転態してくる。即ち、八〇年代に入ると、アイロニーにおいて――例えば田中康夫のベストセラー『なんとなく、クリスタル』（一九八〇年）の脚注における、書き手による本文の登場人物たちに対する「ほとんど悪意に近い批評性」が例証するように――対象を上から笑うメタな位置が志向されるようになる。(55)

『皇帝』の書き手＝彼は、「皇帝」という非‐アイデンティティを構築しようとし、「私は私ではない」と自己否定を繰り返すもう一人の自分――「記す」ことの事後性を考えれば過去の自分というべきだろう――に対してアイロニカルに距離をとり、その独善性を指摘する。それは、一方では、この独善性、あるいは老婆の殺害に対する反省の姿勢として捉えられる。だが、それと同時に、アイロニカルに距離をとり、事後的に自分を語ることは、記す現在において、記される対象＝過去に対して、「超越したメタの位置に自らを置〔く〕」ことでもある。

言い換えれば、アイロニカルに距離をとることを通じて、書き手＝彼は、——『なんとなく、クリスタル』の書き手同様——世界を上から俯瞰する審級として自分を演出する。前節の最後で素描した老婆の殺害のアレゴリカルな読解の可能性が意味をもつようになるのは、ここなのではないか。というのも、田中美津の描いた、総括に夢中の左翼男性に「殺されてゆく」女のアレゴリーとして老婆の殺害を読んだとき、書き手である彼が一方では反省しつつ、——八〇年代風に——超越したメタの位置に自分を置きながら距離をとる（自分の）過去（の身振り）が、（新左翼における）殺人的な性差別という具体的な歴史性を帯びるようになるからである。

ポイントは、それが彼のメタ的自己演出の中で、過去になっているということである。八〇年代は、浅田彰や柄谷行人が『現代思想』の紙面上で世界を俯瞰するメタの王座を競い合い、「ニューアカ」ブームを巻き起こした。それと呼応するように、日本のフェミニズムも敢えていうなればメタを志向するようになる。斎藤美奈子の述べるように、八〇年代は、メディアの主役、「スポットライトを浴びる係」が、草の根運動としてのウーマン・リブから——笙野が「共感できない」——上野千鶴子率いる「研究としてのフェミニズム（女性学）」に変わり、「『研究としてのフェミニズム（女性学）』があまりに華々しかったために、『運動としてのフェミニズム』が主役の影に隠れてしまった、あるいは『ダサい』とみなされてしまった」[56]。したがって、第四節で示したように、老婆の殺害を六〇年代左翼における性差別のアレゴリーとしてみなすのなら、それが書き手＝彼によるメタ的自己演出において過去となっていることに、ウーマン・リブ運動が八〇年代のメタ志向を背景に「ダサい」と歴史の影へと追いやられつつあった同時代的現状を読み込めるのではないか。本章の冒頭で述べたように、ウーマン・リブには「期待したけど」、浅田彰、柄谷行人、上野千鶴子——八〇年代日本の「現代思想」を代表するこの三人を、九〇年代以降論敵にして批判していった笙野頼子だからこそ、検討するに値する視座だろう。

（1）正確には、『レストレス・ドリーム』は「フェミニズム思潮を、きわめてラジカルなレベルでくぐり抜けた（ひょっとしたら追い抜いた）」と清水は書いた。清水良典「言語国家と『私』の戦争」（『レストレス・ドリーム』文芸文庫、一九九六）二四七頁を参照。

（2）浅田彰、上野千鶴子、柄谷行人、水田宗子「共同討議　日本文化とジェンダー」（『批評空間』第二巻第三号）、四三頁。

（3）笙野頼子「電子版後書き　さらなまら、これならば、百年残ります?」（『笙野頼子三冠小説集』河出書房新社、二〇一三年）キンドル版三二一四―三二二〇。

（4）笙野　前掲書、三二四〇―三二四七。

（5）笙野頼子、松浦理英子『おカルト毒味定食』河出文庫、一九九七年、一七八頁。笙野頼子、「『フェミニズム入門』大越愛子」（『ドン・キホーテの『論争』』講談社、一九九九年）二六〇―二六一頁。

（6）笙野頼子「『フェミニズム』から遠く離れて」（『日本のフェミニズム　since 1886 性の戦い編』河出書房新社、二〇一七年）一〇八頁下段。

（7）前掲書、一一二頁を参照。

（8）前掲書、一〇九頁下段。

（9）松浦理英子「嘲笑せよ、強姦者は女を侮辱できない」（『新編日本のフェミニズム』第六巻、岩波書店、二〇〇九年）一四五―一四七頁。

（10）前掲書、一四七頁。

（11）前掲書、一四七頁。

（12）笙野、松浦　前掲書、一八六―一八七頁。

（13）前掲書、一八六頁。

（14）Welker, James. "From Women's Liberation to Lesbian Feminism in Japan", *Rethinking Japanese Feminisms*, Honolulu : Univ. of Hawai'i Press, 2018, pp. 50-67を参照。

（15）荻野美穂『女のからだ　フェミニズム以後』岩波新書、二〇一四年、一一六―一二二頁。

（16）このような批評性に注目した論考としては以下を参照。Bouterey, Susan「笙野頼子『脳内の戦い』―『イセ市ハルチ』から『太陽の巫女』」（『成城文藝』第一五五号、一九九六年）一―一一頁。アマン、カトリン「万華鏡としての記号―笙野頼子『母の発達』」（『歪む身体　現代女性作家の変身譚』専修大学出版局、二〇〇〇年）一六一―一九六頁。浅野麗「〈女〉と〈女〉の世の中の教義―笙野頼子『水晶内制度』における反権力の論理」（『藝文研究』慶応義塾大学芸文学会編、第九二号、二〇〇七年）二八―五三頁。新田啓子「ウラミズモが国家であることの教訓　ネオリベとフェミの接触を断ち切る」（『現代思想』第三五巻第四号、二〇〇七年）一六九―一八三頁。

（17）『皇帝』の引用元は、以下の文庫版である。笙野頼子「皇帝」『極楽―大祭―皇帝―笙野頼子初期作品集』講談社文芸文庫、二〇〇一年、一一三―二六三頁。直接引用は便宜上、文中に頁番号のみ示す。

（18）『皇帝』、一三三―一三四頁。

（19）前掲書、一五四、一五七、一六二、二〇八―二一〇頁。

（20）『皇帝』、一三一―一四七頁を参照。

（21）この点は、小西由里にも指摘されている。以下を参照。「笙野頼子論―テクストの構造と言語の交換をめぐって」（『クリティシズム』近畿大学文芸学部日本文学専攻紀要第一号、一九九七年）一四四―二〇七頁。

（22）『皇帝』、一六六―一六七頁。

（23）前掲書、一一五頁。

（24）前掲書、一六二頁。

（25）清水良典「『地獄』を疾走する巫女」（『極楽―大祭―皇帝―笙野頼子初期作品集』講談社文芸文庫、二〇〇一年）、二六八頁。

（26）『皇帝』、二六九頁。

（27）前掲書、二七二頁。

（28）清水　前掲書（二〇〇一年）、二六八頁。

(29) 前掲書、二七二を参照。
(30) 清水良典『笙野頼子虚空の戦士』河出書房新社、二〇〇二年、七〇頁。
(31) 前掲書、六九頁。
(32) 前掲書、一〇頁。
(33) 前掲書、七〇頁。
(34) 笙野、松浦　前掲書、一二五頁。
(35) 前掲書　一七七頁。その他には、例えば以下の白石嘉治とのインタビューが挙げられる。笙野頼子、白石嘉治「極私から大きく振り返って読む『だいにっほん』三部作」(『論座』通巻一五七号、二〇〇八年)一九一頁。
(36) 『皇帝』、二二二、二四〇、二五六頁を参照。
(37) 前掲書、二一四頁。
(38) 前掲書、二〇一頁。
(39) 前掲書、一五四頁。
(40) 清水　前掲書(二〇〇二年)、三一頁。
(41) 『皇帝』、一六二頁。
(42) 田中美津『いのちの女たちへ—とり乱しウーマン・リブ論』パンドラ、二〇一〇年、三四—三五頁。
(43) 北田暁大『嗤う日本の「ナショナリズム」』NHK出版、二〇一一年、六二頁。
(44) 前掲書、六二頁。
(45) 前掲書、三九頁。
(46) 田中　前掲書、五一頁。北田　前掲書、六三頁を参照。
(47) 清水均「甘やかされる主人公たち—「極楽」「大祭」「皇帝」における語り手の批評意識」(『現代女性作家読本』鼎書房、二〇〇六年)二二—二四頁。
(48) 『皇帝』、一四三頁。

(49)　前掲書、一五七頁。傍点笙野。
(50)　北田　前掲書、一一五頁。
(51)　前掲書、七六頁。
(52)　前掲書、一一五頁。
(53)　前掲書、七三頁―七六頁。
(54)　前掲書、一一二頁。
(55)　前掲書、一三四―一三五頁。
(56)　斎藤美奈子「フェミニズムが獲得したもの／獲得しそこなったもの」(『戦後日本スタディーズ3―80・90年代』紀伊國屋書店、二〇〇八年)一八四―一八五頁。

参考文献

浅田彰、上野千鶴子、柄谷行人、水田宗子「共同討議　日本文化とジェンダー」(『批評空間』第二巻第三号)、四―四三頁。

浅野麗「〈女〉と〈女〉の世の中の教義―笙野頼子『水晶内制度』における反権力の論理」(『藝文研究』慶応義塾大学芸文学会編、第九二号、二〇〇七年)二八―五三頁。

アマン、カトリン「万華鏡としての記号―笙野頼子『母の発達』」(『歪む身体　現代女性作家の返信譚』専修大学出版局、二〇〇〇年)一六一―一九六頁。

荻野美穂『女のからだフェミニズム以後』岩波新書、二〇一四年。

小西百合「笙野頼子論―テクストの構造と言語の交換をめぐって」(『クリティシズム』近畿大学文芸学部日本文学専攻紀要第1号、一九九七年)一四四―二〇七頁。

北田暁大『嗤う日本の「ナショナリズム」』NHKブックス[1024]、二〇一二年。

斎藤美奈子「フェミニズムが獲得したもの／獲得しそこなったもの」(『戦後日本スタディーズ3　80・90年代』紀伊国屋書店、二〇〇八年)一六九―一八八頁。

清水均「甘やかされる主人公たち――「極楽」「大祭」「皇帝」における語り手の批評意識」（『現代女性作家読本』鼎書房、二〇〇六年）二二一―二二五頁。

清水良典「言語国家と『私』の戦争」（『レストレス・ドリーム』文芸文庫、一九九六）二四五―二五三頁。

清水良典「『地獄』を疾走する巫女」（『極楽―大祭―皇帝―笙野頼子初期作品集』講談社文芸文庫、二〇〇一年）二六四―二七七頁。

清水良典『笙野頼子虚空の戦士』河出書房新社、二〇〇二年。

清水良典「闘う文／夢みる文　笙野頼子遊撃転戦史記」（『論座』通巻一五七号、二〇〇八年）一九六―一九九頁。

笙野頼子「皇帝」『極楽―大祭―皇帝―笙野頼子初期作品集』講談社文芸文庫、二〇〇一年、一一三―二六三頁。

笙野頼子「『フェミニズム入門』大越愛子」（『ドン・キホーテの『論争』講談社、一九九九年』二六〇―二六一頁。

笙野頼子「電子版後書き　さらなまら、これならば、百年残ります?」（『笙野頼子三冠小説集』河出書房新社、二〇一三年）キンドル版三〇五一―三三七一。

笙野頼子、松浦理英子『おカルト毒味定食』河出文庫、一九九七年。

笙野頼子、北原みのり（聴き手）「『フェミニズム』から遠く離れて」（『日本のフェミニズム　since 1886 性の戦い編』河出書房新社、二〇一七年）一〇六―一一三頁。

笙野頼子、白石嘉治「極私から大きく振り返って読む『だいにっほん』三部作」（『論座』通巻一五七号、二〇〇八年）一八四―一九一頁。

田中美津『いのちの女たちへ―とり乱しウーマン・リブ論』パンドラ、二〇一〇年。

新田啓子「ウラミズモが国家であることの教訓　ネオリベとフェミの接触を断ち切る」（『現代思想』第三五巻第四号、二〇〇七年）一六九―一八三頁。

松浦理英子「嘲笑せよ、強姦者は女を侮辱できない」（『新編日本のフェミニズム』第六巻、岩波書店、二〇〇九年）一四四―一四八頁。

Bouterey, Susan「笙野頼子『脳内の戦い』――『イセ市ハルチ』から『太陽の巫女』」（『成城文藝』第一五五号、一九九六年）

一—一一頁。

Welker, James. "From Women's Liberation to Lesbian Feminism in Japan", *Rethinking Japanese Feminisms*, Honolulu: Univ. of Hawai'i Press, 2018, pp. 50–67.

第六章　エマ・ドナヒュー『フード』(*Hood*) の饒舌なクローゼット

長島　佐恵子

はじめに

エマ・ドナヒュー（Emma Donoghue）（一九六九）はアイルランド出身の作家である。日本ではあまり紹介されてこなかったが、二〇一五年に公開されアカデミー賞主演女優賞を受賞した映画『ルーム ROOM』の原作となった小説『部屋』（*Room*）（二〇一〇）の作者として一部では知られているかもしれない。[1] ドナヒューはダブリンで生まれ育ち、ユニバーシティ・カレッジ・ダブリンを卒業後、イングランドに移りケンブリッジ大学の博士課程に進学、英文学を専攻した。一九九八年よりカナダに移住し、現在はカナダを拠点に執筆活動を続けている。自ら作家として「節操がない」（promiscuous）と説明するように、手がけるジャンルは多岐に渡っている。最初に出版した著作 *Passions Between Women*（一九九三）は、フィクションではなく、一七世紀から一八世紀の英国における女性同性愛の系譜をたどる歴史研究書であった。その後も、短編・長編小説、戯曲、伝記、児童文学等、幅広く出版しており、またレズビアン短編小説集の編纂も手がけている。文学と歴史学の素養を生かした作風はサラ・ウォーターズ（Sarah Waters）とも共通点が多い。

さらにドナヒューを特徴づけるのは、こうした多彩な作家活動に一貫したアイデンティティを与える充実した公式ホームページの存在であろう。歴史研究家らしく自作にまつわるさまざまな情報を網羅し自身でコメントを付した、いわばエマ・ドナヒュー自作アーカイブとも呼べる情報量の多いサイトで、SNSも含めた総体としてのエマ・ドナヒューという作家像がセルフプロデュースされていて興味深い。

アイルランド文学の批評家であるエイヴァー・ウォルシュ（Eibhear Walshe）は、ドナヒューがオープンリー・レズビアンの作家であることのアイルランド文学の文脈での重要性を指摘している。アイルランドで同性間の性行為が脱犯罪化されたのは一九九三年、カトリック圏で文化的な抑圧も強い風土において、作家が同性愛という指向を明らかにするのは長く困難であった。ドナヒュー以前のレズビアンの作家としてはケイト・オブライエン（Kate O'Brien）がいるが、執筆活動において自身のセクシュアリティをオープンにはしておらず、ドナヒューのような作家が登場したのは画期的なことであったとウォルシュは論じる（二七五）。

一方で、ドナヒュー自身は公式サイトのQ＆Aのセクションで、レズビアン作家というアイデンティティを引き受けることについてこう述べている。

原則として、私は「アイルランド作家」や「女性作家」というレッテルに異議を唱えないのと同様に、「レズビアン作家」というレッテルにも異議はありません。このどれもが等しく私を説明する言葉ですし、私の出自を示す言葉でもあるからです。同時に、当然のことですが、こうしたレッテルが私を何かに縛り付けることもありません。私の書く本が全てアイルランドや女性やレズビアンに関するものということはありませんし、そうあらねばならないこともないのです。(2)

こうした作家の立場と姿勢も踏まえながら、本章では同時代のダブリンを舞台にした長編小説『フード』(*Hood*)(一九九五)を紹介し、そこに描かれるクローゼットについて考えてみたい。

一　小説『フード』の概要

『フード』はドナヒューの二作目の長編小説である。この小説を含む彼女の一九九〇年代の著作は、どれにおいても、女性同性愛の表象と歴史の問題系が強く前景化されている。前述の歴史研究書に続く小説第一作の *Stir Fry*(一九九四)は、ユニバーシティ・カレッジ・ダブリンと思しき大学に入学した主人公が、年上のレズビアンカップルとハウスシェアをする中で自分も同性に惹かれることに気がつく物語であった。また、『フード』の後で出版された作品群では、女領主アン・リスターや男装のボードヴィル芸人アニー・ヒンドルといった女性と〈結婚〉した実在の女性たちを描いた戯曲、男性の筆名で活動した女性二人組の詩人マイケル・フィールドの伝記、おとぎ話の異性愛主義を問い直す書き直しと、レズビアン女性や女性同士の親密性が不可視化されてきたことを問題とする当時のフェミニズムやレズビアン研究とも深くつながりながら、さまざまに従来と異なる形で女性同性愛を読み直し、書き直していく試みが行われている。

二〇〇〇年代以降のドナヒューの小説作品は、史実を題材にとるなどより仕掛けが多くなっていく傾向にあるようだ。それに比較すると、最初の二つの小説は、現代のダブリンに暮らす等身大の女性たちを主人公としており、一見読者との距離が近い作品といえる。また、特に『フード』は、作品に登場する七〇年代のカトリックの女子校における思春期の描写や、九〇年代のラディカル・フェミニストたちの共同体など、もっとも自伝的な要素の多い作品であると作者が解説しており、前述の「アイルランド作家」「女性作家」「レズビアン作家」という属性がそれぞれ明示的に見てとれる形で反映されたテクストでもある。[3] ちなみにウォルシュは『フード』を、ケイト・オブライエンの作品と並んでアイルランドのレズビアン文学の中でもっとも重要なテクストと呼んでいる（二七九）。

『フード』の舞台は一九九二年の夏の終わりのダブリン、主人公は、自身の出身校でもある女子修道院の附属学校で教師として働く三〇歳のペネロピ・オグレイディ（Penelope O'Grady）、通称ペン（Pen）である。[4] 物語は、同居する恋人のカラ・ウォール（Cara Wall）が突然交通事故で亡くなったという知らせを受けたペンの一週間を、時節外れの暑さが続く日曜から次の土曜まで一日ごとに詳細に、ペンの一人称で辿っていく。物語が始まる前日、土曜の夜にギリシャ旅行から戻ったカラは、真夜中に空港から電話で到着を知らせたのちに、タクシーで自宅に向かう途中追突事故にあったのだった。

ペンとカラは、現在ペンが勤める女子校に二人が在学中に親密になり、一三年後の現在、ペンはカラとカラの父親ウォール氏の家に同居している。しかし、ウォール氏も含め周囲の人間にはほとんど二人の関係について知らせずにただのルームメイトを装っていたため、ペンの一週間は甚だしく辛く困難な時間となる。日曜の早朝、病院からの電話でカラの死を知らされて以降、世事に疎いウォール氏に代わってカラの葬儀等一切を手配しつつ、密かにカラの死に向き合い、二人の関係と自身の人生を振り返らなければならないのだ。

この息がつまるような過酷な喪失の物語を、しかしドナヒューは奇妙なユーモアも交えながら描いていく。感傷的なメロドラマにもなりかねないプロットに反して、『フード』はその枠組みから想定されるような読者の感傷や安易な共感・同情を裏切るテクストであり、また、ドナヒューが当時のフェミニズム、レズビアン・アクティビズムや研究の動向を、あえてアイルランドを舞台に、フィクションの形で昇華することに挑んだ作品だと捉えられる。以降、クローゼットという問題系を中心に置いて、『フード』の複雑さを見ていきたい。

二　レズビアン・クローゼットの問題系

ドナヒューは『フード』を、喪という主題を「非常に個別具体的な状況として、かつ普遍的なテーマとして」探求した作品だと述べ、また、作中では「クローゼットとカトリックの信仰についてできる限りのノスタルジアと怒りを込めて取り扱った」という[5]。この、逆のベクトルに向かう二つの要素をどちらも手放さずに描こうとする姿勢は、クローゼットの力学について、またレズビアンの「不可視性」についての議論とつなげて考えることができるだろう。

隠喩としてのクローゼットは、イヴ・コゾフスキー・セジウィック（Eve Kosofsky Sedgwick）が論じるとおり、異性愛社会の中で同性愛の境界を確定しようという力学に動かされ、かつその境界に決して一貫性がないという矛盾を抱えている。そして現在に至るまで、多くの場合において、異性愛から外れる性的指向を持つ者は、自身のセクシュアリティを明かさなければ秘密を抱えることになり、明かせば偏見や差別にさらされるという風に、「クローゼットに生活を形作られ」ることになる（九八）。さらに、堀江有里は、日本で一九九〇年代にレズビアンとしてのアイデンティティを表明して執筆活動をした掛札悠子を引きながら、異性愛中心の社会でレズビアンが置かれてきたダブルバインドについて論じている。まず、レズビアン女性は「マイノリティ」としてすら認識されない状況があり、しかし同時に、レズビアンが「不可視である」と言うことは実際に声を上げてきたレズビアンたちを抹消してしまう危険性と隣り合わせとなる。したがって、ただレズビアンが不可視であると訴えるのではなく、「レズビアンを不可視化する社会構造」を観察する必要があるのだ、と堀江は説く。

レズビアンを不可視化する社会構造とは、つぎのようなプロセスを、レズビアン自身に強いる。「レズビアン」という名づけを引き受け、それを表明するとき、ひとりのレズビアンとしての発話は、すべてのレズビアンの声として代表させられていく。その結果「唯一理解できる焼印」が、レズビアンに対して、あらたに付与されていくのである。つまり、不可視化されて抹消されるのみならず、その不可視性を克服しようと表明したとたん、〝生きた〟レズビアンも抹消されてしまうという、二重の抹消プロセスが、一人ひとりのレズビアンに強いられるわけである。（三七―三八）

『フード』が執筆・出版された当時は、そもそもレズビアン研究において女性同性愛の不可視性が盛んに論じられた時期であり、前述のドナヒューの歴史研究書もそのテーマに向き合った著作であった。今度はその不可視性の問題をフィクションの形で示すにあたり、ドナヒューは、ペンとカラに異なる性格づけをすることで単純なレズビアンの類型化を避ける仕掛けを用いている。ペンは経済的にあまり豊かでない家庭の出身で、社交的でなく、家族にも職場の同僚にも自身の性的指向は打ち明けず少し距離を置いて暮らす、いわばほぼ完全にクローゼットに身を置きながら、堅い仕事を地味に続ける内向的な女性である。「生まれながらのレズビアン」（cradle dyke）で（一一四）、かつカラ以外の女性とは付き合ったことがない。一方でカラは、精神的な不安定さを抱え定職を持たず、両親が離婚して母と姉がアメリカに渡った後、経済的に余裕がある浮世離れした父と同居しながらさまざまな社会・政治活動に関わる人物で、地元のラディカル・フェミニスト・コミューン「アティック」（The Attic）の一員でもある。(6) ポリアモラスで一三年の間に何度もペン以外の相手（男性を含む）と性的な関係を持ち、ペンと衝突を繰り返してきた。

ペンはクローゼットにいながら、カラを通じてセクシュアリティやフェミニズムに関わる時代の趨勢、政治的な問題設定の先鋭的な情報を共有してきている。また、カラを媒介にアティックのフェミニストたちともつながりがある。（ただしペンは彼女たちと直接交流することには消極的であり、さらにカラがアティックの誰かと性的関係を持っていたことを知ってショックを受ける。）カラの死を受けて、こうした問題について語っていくペンの語りは、自覚的で巧みに言語化された饒舌なものとなる。

カラがイングランドやアメリカから持ち帰った本はだいたい、トレンチコートを着た都会的なレズビアンが資本主義的謎解きをしているか、田園で胸も露わなレズビアンが怪我をした鹿を介抱しているようなものだった。でも私が実生活で出会ってきたレズビアンのほとんどは、静かに抵抗を示している郊外の産物で、食事会で女性らしいブラウスの上にベストを着ているような人たちだ。（中略）昨今は「不可視性」が大きな問題とされているようだけれども、私の見方によれば、何より重要なのは自分自身に自分が見えていることだ。とにかく、テレビをつけても私に少しでも似たような人が映ることはない。チャンネル4のドキュメンタリーで、誇らしげな、レザーを着たフェミニンなレズビアンを見つけるのも楽しいけれど、もっと私の心を躍らせるのは、三人子供がいる母親が生まれて初めて別の女性の胸に手を伸ばして触ろうとするのを想像するようなことだ。（六〇）

ペンは、レズビアンがメディアに登場する形での可視性の獲得を否定はしないが、それが自身の存在や欲望、自分を含め「イングランドやアメリカ」ではない周縁のレズビアンの状況の可視化とは一致しないことを認識している。(7) そもそも、クローゼットとは、マイノリティが自分で設置して閉じこもる場ではなく、異性愛社会の中で一方的に、かつ恣意的に境界が設定され、マイノリティをそこに追いやり閉じ込めて見えないことにするメタフォリカルな空間である。そこに生じる不可視性を打破する一つの方策として、文化的にも地理的にも限定されたステレオタイプに沿う存在だけを見えるようにする動きがあり、ペンはその価値を認めた上で、冗談交じりに内部から留保をつけるのだ。

村山敏勝は、クローゼットについて考える際の「困難な二ケ条」として、「同性愛を視界に浮上させ、なおかつそれをマイノリティだけの問題とはしないこと」を挙げている（三五）。この作品で描かれるペンのクローゼットは、そうした困難に向き合い、堀江の指摘する二重の抹消プロセスに抗う場として設定されていると考えられる。そして、その意味で、このテクストはクローゼットについての物語であっても、いわゆるカミングアウト・ストーリーではない。

ビディ・マーティン（Biddy Martin）は、レズビアンによる自伝を論じる中で、類型的な自伝作品がある種の可視化を実現することは認めつつも、それによってレズビアンが他の女性たちから分離されて特定のあり方に押し込められる危険性を指摘している。型にはまったカミングアウトのナラティブは「すでに著者が真実であると同定しているものが常に真実であったのだと気がつく」という点でトートロジーを免れず、また「混乱と嘘に覆われた過去から解放される現在と未来」という直線的な進行として描かれてしまうとマーティンは説明する（三八七）。それに対して、『フード』は、そうした過去からの決別としてのカミングアウトに重点を置かない。後述するようにカミングアウトも作品の重要なモチーフとしては登場するが、作品全体としてはクローゼットから「出る」カミングアウトによってレズビアンが可視化されるのではなく、クローゼットの中にいるままペンが経験するさまざまな感情や葛藤が読者に提示されるのだ。タミ・クルウェル（Tammy Clewell）は、このペンの語りはクローゼットが孕む矛盾を巧みに利用したものだという。文化的に強制される「沈黙」がかえってペンに社会規範から逃れることを可能にするというのだ。

ドナヒューの人物設計においては、ペンの話すことへの消極性と可視性の回避をただ単に外的な規範による抑圧の徴候と診断するわけにはいかない。実際のところ、語り手ペンは、彼女のレズビアン・アイデンティティと同性への愛を追求する戦略として、沈黙を稼働させ不可視性を利用している。（一三七―一三八）

クルウェルの読解は洞察に富んでおり、『フード』の批評としては最も優れたものの一つである。しかし、ここから考えてみたいのは、このクローゼットを取り巻く沈黙と、クローゼットの中から語るペンの過剰なまでの饒舌の対照である。実際、他の登場人物に対してはペンは口が重く沈黙しがちだが、語り手としてのペンはとても言葉数が多いのだ。私たち読者は、沈黙と不可視性を活用しながら饒舌に語りかけてくるペンの「戦略」にどのように立ち会ったらよいのだろうか。

三　衣服と身体

作品の語りの戦略を考える前に、ここで、作中でクローゼットの概念と深く関連する重要なモチーフであり、作品タイトルとも密接に関連する、衣服と身体の描写について少し見ておきたい。

ジェニファー・ジェファーズ（Jennifer M. Jeffers）が指摘するように、ドナヒューの小説の中では、登場人物の身体とそこに纏う衣服がしばしば克明に描写され、大きな役割を果たしている（一〇〇）。『フード』では、語り手のペンが、自身の身体と衣服、そして他人の装いに注意を払いコメントを付け続ける。まず、ペンは自分が「太って」（fat）いることを強く意識していて、繰り返し自分の体型に言及する。アティックのメンバーには反発する中で、ジョー（Jo）だけには親しみを抱くのも、ジョーが「私と同じように太っているから」だと説明される（六二）。このペンのいわゆる女性らしさの規範からはみ出す身体は、彼女のジェンダー／セクシュアリティの規範からの逸脱と重ねられ、さらにペンが経験する身体と衣服と社会との関わり合いは、ペンのクローゼットの両義性とも重なってくる。

ペンは、誰が何を着ているか、それが身体に合っているか、アイデンティティ表明としてどう機能するかに非常に敏感である。そして、自分が身につける衣服がどのように見られるかについても常に考えを巡らせる。カラの葬儀の日に黒いシルクのボタンダウンのシャツと黒のリネンのパンツを身につけ、「誰からもわざわざスカートを買いに行かされたりするものか」と嘯くペンは、しかし「非の打ち所のない」チャコールグレーのスーツに身を包んだウォール氏に対して自分は「牙を振り回して群れを統括する巨大な黒いセイウチだ」と考える。また、アメリカから葬儀のために駆けつけたカラの姉のケイトが「こぎれいに薄いグレーのビジネススーツとクリーム色のシャツを身につけている」のに、車を洗ったせいでさらにみすぼらしくなってしまった自分の装いを対照させる。

私は実にみっともなかった。シャツは胸のスロープに張り付いてしまっているので、ズボンのウエストから引っ張り出して、蒸し暑い空気を通してから、裾は出しておくことにした。真面目そうな紐靴も、気がついてみると、いかにもレズビアンという感じだし、水に濡れてしまっている。ウォール家のおばさんたちや友人たちが、あの随分大柄な女性は誰なの、と聞くだろう。いや、もっと悪いことに、かれらは装いと悲しみのシグナルを読み解いて、軽蔑すべき結論に至ってしまうかもしれない。そうしたら私はカラの一族に対してカラの死後に彼女をアウトしてしまうことになる。こんなことだったらカラの墓前に突っ立って「ラベンダー・ジェインは女を愛す」を歌ってもいいくらいだ。（一三〇）

次の瞬間に、ペンは「墓前」という言葉を頭の中で反芻し、改めてカラの死のショックに向かい合うのだが、このように自虐的なユーモアと喪失の痛みが繰り返されて緊張を生む語りの中で、ペンの体型や装いは彼女のセクシュアリティと両義的に重ねられる。一方では、ペンは、女子生徒たちにとって自分は「自信ありげな太った独身女性」に過ぎず、もしも生徒たちの中で同性に惹かれる子がいたとしても何のロールモデルにもなれない、と考える(二二六―二二七)。他方で、彼女のカラ以外の女性とのロマンティックな出会いもまた、衣服を通じて生じる(九二)。書店で、見知らぬ女性が、ペンの着ているベストが素敵だと声をかけてきたのだ。堂々と「BY THE WAY, I'M A DYKE」というバッジを付けた彼女にペンは圧倒され、自分が着ているのは「全然ラドクリフ・ホール的ではない花柄のベスト」なのになぜ声をかけられたのかと訝しむが、問われるままに、大柄な体型では既製品はサイズが見つからず服は自分で作ること、着ているベストもカーテンのリメイクであることなどを語る。さらに、このイングランド北部から来たデイと名乗る女性から、緑色のベストを作って欲しいと請われて引き受ける。結局連絡先をなくしてしまってデイと再び出会うことはないのだが、この出来事はペンにとっては貴重な思い出となる。

この他にも、移住先のアメリカにうまく適応してキャリアを築いているケイトは常に隙のない服装をしており、職場ではクローゼットのジョーは「ドラァグ」としてスーツを身に着けているなど、装いとアイデンティティの象徴的な関係はペンの視点を通じて読者に示される。その中で、興味深いことに、亡くなったカラは決して衣服と一致しなかった人物として描かれる。ペンと異なり「マネキンのような体型」だったカラは、山のように洋服を持っていたにもかかわらず、いつも出かける間際になってどの服も嫌だと大騒ぎをするのだった(一八五)。作品の終盤でペンはカラが遺した服の整理を始める。

オペラの衣装から黒のデニムのダンガリー、短い赤いボヘミアン風のシャツから自分で染めたコンバット・ジャケットまで、ワードローブの布地の数々が虹色となり、カラの好みや自己評価が落ち着かない変遷を経たことを映し出していた。（しかも、八〇年代初めのカラが性的対象化に反対していた時期には、誰かが彼女のズボンをほめようものなら、それを脱ぎ捨ててもっとつまらないズボンに履き替えていたのだ。）Tシャツのロゴの種類の多さも壮観だった。私が理解出来ないドイツ語のものを抜かして、一番奇抜なのは、手書きの「もしも真実が語れるとしたら……」（IF THE TRUTH COULD BE TOLD）であった。（二七二）

これだけの衣装持ちであっても、カラは「何を着ても借り物のよう」に見え、「裸でいるときが一番彼女らしかった」とペンは思い出す。その際の裸とは「何を着るか決める必要がないときに、芝生の上に足を組んで座って、自分のことを忘れて新聞を読んでいる」様子であった（二三九）。最終的にカラの遺した色とりどりの衣装はペンによってアティックに運ばれ、そこに集まる女性たちに分けられていく。

私にはカラがニヤニヤしながら見ているのが想像出来た。自分の服が手渡され、ダブリン中に広まり、コークにいる元彼女たちにも共有され、アメリカに移住する友達に与えられ、もぞもぞと少しずつレズビアンのネットワークに広がっていくのを見ているのが。（二九〇）

クローゼットにいるペンと、作品のはじまりにはすでにこの世にいないカラの代わりに、カラの服たちがアティックのフェミニストやレズビアンたちを媒介に広くひそやかに継承されていく。この描写は、分かりやすい可視性とは異なる形での、経験やアイデンティティの共有のひとつの可能性を示唆しているようにも思われる。そもそも、この小説のタイトル『フード』も一義的には衣服のモチーフなのであった。ペンとカラが着ていた学校の制服の、取り外しもできるフードが象徴するように、フードはときにレズビアン女性の存在を押し隠す、しかし閉鎖空間であるクローゼットとは異なる柔らかい覆いである。さらにフードという語は、カラとの性行為を思い出すペンの夢想の中でクリトリスの包皮も意味し、女性同士の親密なつながりを包み込む襞のイメージとなっていく[8]（二五七）。

関連して、この作品のもうひとつ重要な要素である、繰り返される性描写についても少しだけ触れておきたい。ペンがカラを回想し続ける物語の中で、特に克明に描写されるのが二人の数々の性行為の思い出である。眠りの中で、そして目覚めての白昼夢の中で、ただの夢なのか回想なのかファンタジーなのかも判別しがたい挿話が繰り返され、ペンはカラとのセックスの詳細を辿り続ける。作者自身はこの点について「死に抵抗するためには、恋人の失われた身体を出来る限り鮮明に呼び起こす必要があり、また生き残った者にとっては生が、すべての筋肉、細胞のレベルで、続くのだということを示す必要があった」からだと書いている[9]。しかし、掛札や堀江が論じる通り、この異性愛社会において、レズビアンの性愛の表現は常に、異性愛のポルノグラフィーとして対象化されてしまう危険に曝されている（堀江、一二八—一三四）。ドナヒューがこの作品で試みているのは、ペンとカラの関係を描く上で性愛を避けず、ただしそれを徹底的に個別化して描くことで、異性愛ポルノ化されることのない描写を生み出すことだと考えられる[10]。

カラの葬儀の後、疲れて寝込んだペンはふたたびエロティックな夢を見る。夢の中でカラはペンをオーガズムに導いたのちに「他の人の方が好きになることもあるけれど、あなたとだともっと遠くまでいける」と告げる。目覚めたペンは改めてカラの不在の意味を痛感する。

もう一つ失ったものがあったと私は気がついた。何年もかけてカラの身体を愛するために磨き上げた技術の数々がもはや余剰となってしまったのだ。もちろん基本的な技術は他の誰かにも使えるだろうけれど、細かいニュアンスや、カラの好みの一つ一つについての知識はそうはいかない。まるで一三年間かけて一つの言語を学び続けたのに、その言語の話者が全員散り散りになって自分たちの言語を使うことを放棄してしまったかのようだ。いや、もっと悪い。使われなくなった言語でも少なくとも研究することはできる。これはまるで、一生をかけて世界に一つしかない楽器を練習してきて、その楽器が粉々に破壊されてしまったようなものだ。（一五四）

失われた言語、破壊された楽器という比喩によって、ペンがカラと繰り返した性行為が、見世物として一般化され消費され得るポルノグラフィーとは遠く離れ、二人の人間のみを結びつける個別の文化として示される。さらに作中の性描写の中で特に鮮烈に印象に残るのは、物語の終盤で登場する、経血にまつわる挿話であろう（二五六）。カラがペンの経血を飲むことを好み、特に菜食主義にはまっていたときには鉄分の主な補給源といえるほどだった、感染症のリスクを理解してからは互いに経血を飲むことを禁止したけれども、カラは飢えた吸血鬼のように不機嫌になったという、不穏なユーモアを含んで描かれるエピソードは、ドラキュラやカーミラを生んだアイルランド・ゴシックの文脈をもほのめかしながら、異性愛ポルノグラフィーとはかけ離れた明らかにアブジェクト的な女性性を、限りなく親密な二人の間のエロティシズムとして示している。このように、ペンとカラの性的な描写は、二人の親密なつながりを凝縮して表しつつ、読者の性的関心をそそるというより読者との距離を保ち、その意味を再考させるものだと言えよう。

四　語り手ペン

ここから、改めて読者がこのテクストにどう向き合うべきなのかを考えるために、語り手としてのペンに視点を戻したい。緊張に満ちた七日間を最初から最後までペンの饒舌な意識の流れとして語るテクストは、ユーモアによって緩和されているものの、やはりポーリーナ・パーマー（Paulina Palmer）が言うように息がつまるような閉塞感をもたらすものだ（八五）。これについて、アントワネット・クイン（Antoinette Quinn）は、読者を強制的にレズビアンの立場に置き、クローゼットにいる状況を疑似体験させる仕掛けだとする（一五五）。この指摘は確かに正しいのだが、同時に確認しなければならないのは、作品全体がペンの視点で語られているからといって、ペンが信頼できる語り手だと言えるわけではない、ということだ。意識の流れの手法で語られることからも当然ながら、ペンはまったく客観的な語り手ではなく、しかも自意識が強く思い込みが激しく、決して共感しやすい人物ではない。ケイトのスーツケースが配達されたのをカラのものだと思い込み、中身を開けて避妊用ピルを見つけ、カラが男性と関係を持っていたのかと激怒する挿話をはじめ、作中ではペンの思い違いや勘違いがたびたび示される。おそらく読者は、このような起伏の激しく混乱を誘うペンの視点に寄り添うことを求められる際に、共感と違和を共に抱きながら作品を読み進めることになるだろう。

さらに読者とペンとの同一化を阻むのが、語りにおける回想と夢の多用である。[11] そもそも『フード』は回想シーンから始まる。まだ少女であるペンとカラがダブリンの街を歩き回る作品の冒頭には一九八〇年の五月とはっきりと記されるのだが、数ページを読み進むまで読者にはそれが回想であることがわからない。その後も作品を通して、一九九二年の現在カラの死に翻弄されるペンの意識は何度も繰り返し過去へとフラッシュバックし、作中の現在が別の時空間とほぼ説明なしに重ねられ続ける。さらに、明らかに過去の回想であるエピソードとペンの夢が混じり合い、ペンにとってもコントロール不可能な時間の混沌が生じてくる。このような複雑に重なる時間に向き合って、ペンが自分とカラの物語を繰り返し読み解き直し語り直す過程に立ち会う読者は、戸惑いながらもペンの語りから客観的な距離をとって、それを解読することが求められる。

たとえば、クインは、ペンの語る内容がすなわち作品の意見であると解釈し、『フード』においてはカラのような政治的にアクティブなレズビアンやラディカル・フェミニストのコミューンが否定されており、レズビアニズムは個別化されて異性愛社会との融和を目指すとする。だが、ドナヒューはペンの思考をそのように一般化し得る特権的立場に置いてはいないと思われる。そうではなく、多くの混乱や怒り、悲しみを抱えた一人のレズビアンであるペンが、現在の行動と記憶と夢を言語化し意味づけていく。その中で、ペンの価値観からは否定的に意味づけられる事象も含め、カラを筆頭にペンの生に関わるすべての人、場所、物事がペンのクローゼットに内包されていく。物語の七日間の中で、ペンは現在と記憶の中でダブリンの街のさまざまな場所を訪れ、ダブリンの地理的な広がりと、ペンがレズビアンとして生きてきた時間の連なり、ペンが出会う人たちの全てが、ペンが語っているクローゼットに書き込まれていく。ペンの言葉を通して、読者が見ることを求められているのは、クローゼットが閉ざされ隔離された限られた空間ではなく、ペンの語りの中で遍く作り出され、ペンの生に遍く影響しているということだろう。

五　クローゼットとカミングアウト

ここで、可視・不可視とクローゼットおよびカミングアウトの問題設定についてもう一度考えてみたい。すでに見てきたとおり、この作品はクローゼットの内側を描いており、いわゆる典型的なカミングアウトの物語ではない。しかし、それでもやはり、ペンが周囲の人間に対して自分のセクシュアリティを開示するかどうかは作品の重要な要素となっている。その中でも特に、母へのカミングアウトをめぐる逡巡は、テクストを貫く中心的なプロットとして機能している。また、母以外の身近な周囲の人間にペンがどう自分のセクシュアリティを伝えるか、または伝えないかの葛藤も重要である。

先に母以外の人間との関係について見ていこう。実のところ、作中でペンが自主的にカミングアウトをする相手は、職場の同僚で異性愛男性のロディ (Roddie) 一人だけだ。そして、ロディに対するカミングアウトは、打ち明ける際の話の伝わらなさ (ロディは当初、ペンがカラの父親と恋愛関係にあるのだと誤解する) やその後のぎごちなく友情を深めていくやり取りも含め、ほとんど教科書的な、上首尾に終わるカミングアウトとなる。これに対して、カラの家族であるケイトとウォール氏は、ペンが二人に打ち明けないにもかかわらず、二人の方がペンとカラの関係を読み解く。ケイトは、葬儀が終わった夜に、ペンとカラはカップルだったのかと率直に尋ね、ペンはケイトが読み解いたことを当然のように受け止めて肯定で返す。ケイトは、二人の関係について推測はしており、葬儀の場でのペンを見て「悲しみにくれる寡婦」の様子だったから確信をもった、と説明するのだった。ウォール氏に関しては、事情が異なり、ペンは同居していながらもカラとの関係は決して明かさないつもりでいるのだが、実はウォール氏の方では以前から二人の関係を理解していたということが、物語の一つのクライマックスとなる。

それに対して、ペンと母との関係は、社会階層の複雑さをも含み、困難である。カラが経済的に裕福で文化資本も豊かな中産階級の家庭で育ったのに比して、ペンは経済的に豊かでない労働者階級の出自であり、そのことに複雑な思いを抱いている。すでに実家を出て自活しているペンにとって、カラに招かれて豊かなカラの父親の家に寄宿することは階級上昇の意味も強い。ペンにとって母親は、社会的には抜け出してきた過去であり、自分を受け入れてくれないかもしれない存在、しかし感傷と愛を込めて思い出す拠り所である。母を失いたくないから母にはカラのことを打ち明けないと言うペンに対して、ジョーは自分が母にカミングアウトできずに母を亡くした悔恨を語り、カミングアウトすることを促す。物語の最末尾で、ペンは母を訪ね、ついにこれまでのすべてを打ち明けようと一歩を踏み出す。

つまり、この物語はペンが自分の出自から離れて新しい家族を作り、その上で母親との関係の再構築に取り掛かろうとする話でもある。そして、ペンの新しい家族・家庭となるウォール家は、密やかな形でクィアな要素を多く含んでいる。そもそもの設定として、同居しているのにウォール氏がカラとペンの関係にまったく気がつかないというのはやや不自然とも思われるのだが、図書館勤務でまったく世事に疎い浮世離れした人物という造形がその点を補うのだと読者は誘導される。しかし、ウォール氏についてペンとカラの関係の障害になるに違いない古い世代の家父長、というイメージを読者に植え付けるのは、実はペンの視点であり、ウォール氏が二人の関係を知っていたというところから振り返ると、彼もまた、クィアな〈同士〉となりうる、異性愛制度からこぼれる独身男性であった。カトリック文化の中に生まれ育ち、結婚することになっているから結婚し、互いに間違った相手だと思っても別れることができずに二人の娘をもうけ、結局妻がアメリカに去ってからは静かに同性の友人たちとの交友を楽しんで暮らしているウォール氏が、ペンにカラの亡き後もペンが希望するなら同居を続けて欲しいと告げ、遠慮を示すペンに対して「君は娘の友だちだから」と告げるとき、「友だち」という言葉に込められた特別な意味は確実にペンに届く(二八二)。カラとの関係をオープンにしていないにもかかわらずカラと父親と同居しているといういわば特殊な状況にペンを置くことで、テクストは最初から異性愛家族の周縁に曖昧な領域を作っており、そこから最後には、アティックのフェミニスト共同体とはまた異なる形での、クィアな共同体の可能性が示されている。

なお、ペンはウォール一家が住む家を「（小文字の）ビッグ・ハウス」（the big house）と呼んでいる（一〇八）。アングロ・アイリッシュの支配階級の邸宅であった大文字のビッグ・ハウス（the Big House）とは、アイルランドの植民地支配の象徴であり、アイルランド社会の抑圧を体現する場であった。『フード』においてその空間が小文字で書き換えられ、いわばクィア家族の拠点となることにも幾重にも象徴的な意味が読み込めるだろう。

六　自分自身に出会うこと

これらすべてを語るペンは、繰り返しになるが、読者に対しては非常に饒舌な語り手であり、かつ他の登場人物に対しては積極的に自己を開示しない登場人物である。加えて、これまで見てきたように、ペンが読者に明かす内面とは、読者の窃視的な好奇心を満足させるポルノグラフィーにはなり難く、むしろその過剰さと混沌で読者を遠ざけるようなものである。村山はシャーロット・ブロンテの『ヴィレット』論において、「女性一人称の自伝的語りが、自らのプライバシーを形成しつつそれをポルノグラフィー化しないことに成功するとしたら、どのようなものになるだろうか」という問いを立てて探求している（一〇五）。ペンの語りはルーシーの抑圧・抑制された語りとは全く異なるが、しかしペンの語りもまた、村山がルーシーの語りについて可能性を提起する、「社会関係を再構築する」ためにプライヴァシーと公的領域を問い直す実践として読めるのではないだろうか（一〇七）。

作品の末尾でペンは、アティックでのカラを弔う集まりに参加した後に、ジョーに促されて母の住む家を訪れる。母にカミングアウトする覚悟で訪問したものの、ペンはどう話を始めていいのかわからない。母には、同居するカラが亡くなったことさえも告げられていないのだ。

私は迷っていた。その話を論理的に、時系列に沿って話す、つまり本当の自分に気がついたところから始めて（生まれつきという説明を使う）、それからカラとの関係について触れて、それから母の怒りを事故の話を持ち出すことで同情に変えようか。それともまずハウスメイトを喪ったところから始めて、母を味方につけてから、実は恋人だったということを明かして、そんな時に母が私を拒絶することなんてないだろうと望みをかけるか。それともまずカラの死だけを知らせて、一三年間人生を共にしたことは別の機会に回す？　それともその逆の方がいいだろうか？　それとも、学校と天気とスーパーのお買い得品の話だけで他のことは一切話さないでおこうか。どれを選んでも母は私からどんどん遠くに、白いトンネルを滑り降りていってしまうだろう。（三〇八）

疲れ切ったペンは、秘密が額の刻印として目に見えてほしいとさえ考えながら、カラの交際一周年記念の贈り物であった金の船がついたネックレスを手繰る。それに目を留めた母がふとネックレスのことを尋ね、そこでついにペンの口から言葉が零れ始める。「とても長い話になるから、お茶が入ったら話すね。」お茶の準備をする母を待つ間に、突然この七日間どうしても零すことができなかった涙がペンの眼からあふれ出し、一週間待ち望んでいた雨のように肌に触れるところで物語は閉じられる。

文学テクストの技法として考えると、この後にペンが母に語ったのがこの作品なのだ、ときれいに帳尻を合わせたくなる結末である。しかし、ペンの饒舌な語りが紡いだ混沌を辿ってきた読者に求められているのは、そのような予定調和に収まることではないだろう。ペンが母に何をどのように語り、その後母とどのような関係を構築し（またはしそびれ）、どのように生きていくのか、テクストは答えを告げてはくれないのだ。

　実は作中では、ペンの記憶と夢のモチーフとして、田園風景の中、ペンが走り去るカラを追いかけるが追いつけないというパターンが繰り返されていた。母を訪問する前、アティックでの浅い眠りの中で、またカラを追いかけていたペンは、生垣の迷路を走るカラについに追いついた。その時カラの顔を隠していた薄いフードが外れて見えたのは、カラではなくペン自身の顔であった（三〇二）。同様に、ペンを追いかけ続けた読者に求められるのは、ペンの涙がもたらすカタルシスに一緒に押し流されることではなく、クローゼットとカミングアウトの力学を構築する社会の中で、自分自身を見ることではないか。

　思えば、ドナヒューを一躍有名にした『部屋』も、理不尽な理由で狭く閉ざされた空間に閉じ込められた存在が示す思いがけない強さ、その空間の圧力と内部の思いがけない広がり、そしてそこから外に出ること自体を解決とせず、その後の人生を生きる困難までを描く物語であった。『フード』は、そうした観点からドナヒューののちの作品と重ねることもでき、またこれまで辿ってきたように作品が執筆された一九九〇年代の状況を振り返って現代と重ねることもできる点で、今改めて読む価値のある小説である。

〈追記〉　本論文の執筆のきっかけとなったのは二〇一六年一〇月に国際基督教大学で開催されたIASIL Japan の第二シンポジウム "Autobiographies, Life Writings and Memoirs" での筆者の報告 "Retrospection and Queer Narrative Space in the Works of Emma Donoghue" である。報告の際に貴重なコメントをいただいたことに感謝する。

（1）　ドナヒューは映画の脚本も執筆し、アカデミー賞脚本賞にノミネートされた。
（2）　公式ウェブサイトのＦＡＱページ参照。《https://www.emmadonoghue.com/faq.html　二〇一八年九月一日閲覧》

（3）公式ウェブサイトの作者による『フード』紹介ページ参照。《https://www.emmadonoghue.com/books/novels/hood.html　二〇一八年九月一日参照》

（4）この小説にはいくつもの文学作品との間テクスト性を読み込むこともできるが、もっともあからさまなのはジェイムズ・ジョイス（James Joyce）の『ユリシーズ』との関係だろう。『フード』ではブルームの代わりに恋人を失ったペネロペがダブリンを彷徨うことになる。また、本論考では触れないが、本作品ではカトリックの女子校という場が女性同士の親密性を促しながら禁止する複雑な空間として描かれていることも指摘しておきたい。

（5）前掲の『フード』紹介ページ参照。

（6）アティックは、一九八四年からコーク大学出版に吸収される一九九七年まで活動していたフェミニスト出版社のAttic Pressをモデルにしていると指摘されている。

（7）スタシア・ベンシル（Stacia Bensyl）によるインタビューの中でドナヒューは「アイリッシュ・レズビアン」という撞着語法に聞こえると言っている。ドナヒュー曰く、アイルランドといえば泥炭とロバ、レズビアンといえば魅惑的で都会的でグリニッチビレッジに住んでいる人のイメージで、この二つを組み合わせる利点としては、そのどちらもがそのように想像されるものとは異なると示せることである。

（8）あわせて、ペンは英語の「-hood」は、何らかの状態であることを示す接尾辞であることに思いを馳せ、lesbianhoodという語が存在しないことをレズビアンの不可視性とつなげて考える（一一三）。

（9）前掲の『フード』紹介ページ参照。

（10）同様にレズビアンの身体をポルノグラフィーとは全く異なる形で描いた作品にジャネット・ウィンターソン（Jeanette Winterson）の『恋をする躰』（Written on the Body）（一九九二）があり、しばしば『フード』とあわせて論じられている。

（11）『フード』と同時期にドナヒューが手がけた戯曲に*Ladies and Gentlemen*という一九世紀後半に実在したボードヴィル役者アニー・ヒンドルを主人公とした作品があり、この中でもドナヒューはフラッシュバックを多用している。ただし戯曲はト書きもあるため、文字で読む分には『フード』よりは混乱が少ない。

参考文献

ウィンターソン、ジャネット『恋をする躰』野中柊（訳）講談社、一九九七年。

掛札悠子『「レズビアン」である、ということ』河出書房新社、一九九二年。

セジウィック、イヴ・コゾフスキー『クローゼットの認識論―セクシュアリティの二〇世紀』外岡尚美（訳）青土社、一九九九年。

ドナヒュー、エマ『部屋』土屋京子（訳）講談社、二〇一一年。

堀江有里『レズビアン・アイデンティティーズ』洛北出版、二〇一五年。

村山敏勝『（見えない）欲望へ向けて―クィア批評との対話』人文書院、二〇〇五年。

Bensyl, Stacia. “Swings and Roundabouts: An Interview with Emma Donoghue.” in *Irish Studies Review*. vol. 8, no. 1, 2000. 73–81.

Clewell, Tammy. *Mourning, Modernism, Postmodernism*. Basingstoke: Palgrave Macmillan, 2009.

Donoghue, Emma. *Passions Between Women: British Lesbian Culture 1668–1801*. London: Scarlet Press, 1993.

——. *Stir Fry*. (1994) London: Penguin Books, 1996.

——. *Hood*. (1995) London: Penguin Books, 1996.

——. “Ladies and Gentlemen” in *Selected Plays*. London: Oberon Books, 2015.

Jeffers, Jennifer M. *The Irish Novel at the End of the Twentieth Century: Gender, Bodies and Power*. New York: Palgrave, 2002.

Martin, Biddy. “Lesbian Identity and Autobiographical Difference(s).” (1988) in Smith, Sidonie and Watson, Julia. (eds.) *Women, Autobiography, Theory: A Reader.* Wisconsin: The University of Wisconsin Press, 1998. 380–392.

Palmer, Paulina. *Lesbian Gothic*. London and New York: Cassell, 1999.

Quinn, Antoinette. “New Noises from the Woodshed: the Novels of Emma Donoghue.” in Liam Harte and Michael Parker, eds. *Contemporary Irish Fiction: Themes, Tropes, Theories.* Basingstoke: Palgrave Macmillan, 2000. 145–167.

Walshe, Eibhear. 'Emma Donoghue, b. 1969', in Anthony Roche, ed. *The UCD Aesthetic: Celebrating 150 Years of UCD Writers*. Dublin: New Island, 2005. 274–84.

第七章　松浦理英子『裏ヴァージョン』と女子プロレス

黒岩裕市

はじめに

松浦理英子が女子プロレスの熱心なファンであったことはよく知られている。女子プロレスラーのブル中野を「性器に基づくセックス・アピールやパワーをはかないものと思い知らせるアナーキックで過激に魅力的な存在」ととらえ、性器中心主義を脱した「セックス・ギャング・チャイルド」の系譜に置く「性器からの解放を」（一九八七年）や、一九八〇年代の女子プロレスブームを牽引したベビーフェイスの長与千種とヒールのダンプ松本の「抗争」に「社会が女性に着せかける〈女らしさ〉という拘束衣をどこまで引き裂けるかをテーマにした文字通り血みどろの実験」を指摘し、二人の間に「秘められた連帯性」を見出した「反逆児たちの和解」（一九八八年）など印象深いエッセイを発表している[1]。とはいえ、松浦の小説に女子プロレスが登場するケースは少ない。本章は女子プロレスの描写を含む松浦の小説『裏ヴァージョン』を取り上げ、女子プロレスを切り口としてこの作品を考察するものである。

まずは『裏ヴァージョン』について簡単に説明しよう。この作品は筑摩書房が刊行する月刊誌『ちくま』の一九九九年二月号から二〇〇〇年七月号まで連載され、二〇〇〇年一〇月に単行本として出版された。松浦理英子にとっては『親指Pの修業時代』以来、七年ぶりの小説となる。作品を構成する一八の章のうち一五の章が作中の登場人物が書いた短編小説で（ただし、最終章の〈昌子〉のみ「小説」としては書かれていない）、残り三つの章が〈質問状〉〈詰問状〉〈果たし状〉と題され、二人の登場人物のやり取りになっている。最後の二つの章を除く作中の短編小説の末尾には書き手とは別の何者かのコメントが付けられており、しだいに小説に入る前に書き手がそのコメントに応じるようになっていくのだが、読み進めていくと、小説の中の物語とも関連する、小説をやり取りしている二人の人物の物語が見えてくる仕掛けになっている。

その二人の人物――小説の書き手と読み手――は女性で高校時代の同級生、四〇歳（一人は途中で四一歳になる）で独身である。書き手の女性は二〇歳の頃、新人賞を受賞して作家としてデビューした経歴をもつのだが成功はせず、勤めていた会社も解雇されてしまう。そこでもう一人の女性が、親が残した家に書き手の女性を住まわせ、家賃代わりに毎月二〇頁ほどの短編小説を書いて渡してもらうことにしている。小説の書き手である女性が「昌子」、読み手である女性が「鈴子」という名前であることが作品の後半で明らかになるのだが、名前がなかなか一つに定まらないという点も『裏ヴァージョン』の特徴である。

さて、本章では第一節で松浦のインタビューでの女子プロレスへの言及を確認し、『裏ヴァージョン』の第七話〈ワカコ〉の冒頭で語られる「女子プロレス史上稀に見る私怨遺恨試合」をそのモデルとなった試合とともにたどる。続く第二節ではその試合が〈ワカコ〉のテーマとして設定されている「異性愛」にどのような効果を及ぼすのかについて検討する。第三節では松浦がプロレスについて語った短いエッセイに目を向け、そこで示されるプロレスと〈真実〉との関わり方を参考に、『裏ヴァージョン』の「性」をめぐる語りに光を当てる。

一　「女子プロレス史上稀に見る私怨遺恨試合」

松浦理英子は『裏ヴァージョン』の刊行に際して行われたインタビューの中で『裏ヴァージョン』のテーマと関連づけて、女子プロレスに三度言及している。一度目はインタビュアーから作中人物が行う「ごっこ」の魅力について尋ねられた際に、「女子プロレスもそうですが、虚実皮膜の間が私は好きなんです」と述べている。二度目は第十話の〈トキコ〉に出てくるポケモンに話が及んだ際に、ポケモンと並べる形で「現代日本を象徴する文化はカラオケ、女子プロレス、少女漫画などだろうと私は思う」と続けている。本章では三度目の言及に注目したい。『裏ヴァージョン』の主題である「友情」について語る過程で、作中の「友情」が「闘い」の形態をとることを踏まえ、松浦は「闘い」は一般的には「肉体的な暴力」や「権力争い」を想起させるかもしれないが、そうではない、「勝ち負けもないような闘い、根底に愛情や信頼があって成り立つ闘い」への嗜好を述べ、「それは私の好きな女子プロレスにも通ずるものです」と付け加えている[2]。

それでは『裏ヴァージョン』ではどのような「闘い」が描かれるのだろうか。第一話の〈オコジョ〉では、強引な手段によって家の中に閉じ込められた猫のオコジョとアーネストという人間の男性との間の「闘い」が繰り広げられるが、それは根底に愛情や信頼がない「闘い」と言えるだろう。第二話〈マグノリア〉と第三話〈メイベル〉では「共犯者[3]」（二六頁）や「共演者」（三七頁）という関係性に光が当てられると同時に、SMのテーマが浮上してくる。SMのテーマは第四話から第六話までの〈トリスティーン〉シリーズに受け継がれることになる。トリスティーンとグラディスの女性同士のカップルのSMのプレイは、少し見方を変えれば「根底に愛情や信頼があって成り立つ闘い」に近づくものなのだが、その「スラップスティック・コメディ」のような「官能の交わり」（六二頁）のために二人はつねに「即興の台本」を作り、その成り行きや変化を「絶えず考えていた」（七一頁）という。

「闘い」は小説をやり取りしている二人の登場人物の間にもうかがえるものである。第六話〈トリスティーン（PART3）〉の後で、読み手の鈴子が書き手の昌子に送った〈質問状〉は、鈴子からの質問に昌子が答えるという体裁をとっているため、売り言葉に買い言葉というような「闘い」の様相を呈する。同時に、昌子は鈴子の問いかけが「根底に愛情や信頼があって成り立つ」ものかどうかを探っているようでもある。そしてその〈質問状〉に続くのが第七話の〈ワカコ〉であり、その冒頭におそらくこの作品の中で「根底に愛情や信頼があって成り立つ闘い」にもっともよく当てはまるバトルが描かれる。それが「女子プロレス史上稀に見る私怨遺恨試合」である。長くなるが該当箇所を引用しよう。

一九九九年五月五日、神奈川県川崎市体育館において、女子プロレス史上稀に見る私怨遺恨試合が二人のワカコによって闘われた。／熊本県出身の江ノ本若子と千葉県出身の灘谷和佳子はともに一九八八年同じ女子プロレス団体に入門、江ノ本は体格と運動神経に恵まれた正統派ストロング・スタイル、灘谷は美貌と向こうっ気の強いキャラクターで見せる、とプロレスラーとしてのタイプは全く違う二人だが、同期でもあるためいっときは〈ダブルワカコ〉と呼ばれるタッグ・チームを組み、タッグのベルトを二人で保持したこともあった。その当時は、テレビや雑誌で見る限り、二人のワカコはお互いに気を遣い過ぎるほど遣い合い仲よさそうにふるまっていたものである。／それが十年目の一九九八年、江ノ本の方のワカコが何名かの後輩を引き連れて別団体を旗揚げし、二人の属する団体が別れてからというもの、江ノ本はもう一人のワカコへの嫌悪を露わにし、インタビュー等で「もともと灘谷は嫌いだった」と公言、一方の灘谷は「今でも江ノ本を尊敬している」と決して江ノ本を悪く言いはしなかったが、決裂の原因が二人の口から明かされることはなく、おそらくは団体が分裂する前後に江ノ本が灘谷に信頼を裏切られたと感じるような出来事があったのだろう、と推測されるばかりであった。／しかし、翌年に入って突然江ノ本が「灘谷と試合がしたい」と声明を発表、理由は「ファンがそれを望んでいるから」ということ、当初は戸惑っていた灘谷も最終的にこれを受諾、実現した試合の結果はといえば、数十秒で倒されかけた灘谷がかねてからの「反則を使ってでも勝つ」という宣言通り、前代未聞の凶器スタンガンを持ち出して江ノ本の動きを止め、この日のために格闘技ジムで習い憶えたキックやパンチを駆使して追い込み、最後こそ女性離れした体力を誇る江ノ本に逆転勝利されたものの実にあっぱれな闘いぶりで、試合後には江ノ本が灘谷を抱き起こし、どうやら二人のワカコのわだかまりは激闘を通じて一部なりとも解消されたようであった。（九〇―九一頁）

女子プロレスの知識が多少なりともある読者であれば、この二人のワカコによる「女子プロレス史上稀に見る私怨遺恨試合」が実際に一九九九年五月五日に川崎市体育館で行われた井上京子と井上貴子の〈ダブル井上〉の対決をモデルにしていることは容易に分かるだろう。「体格と運動神経に恵まれた正統派ストロング・スタイル」である江ノ本若子は井上京子を、「美貌と向こうっ気の強いキャラクターで見せる」灘谷和佳子は井上貴子を髣髴させる。

ここで当時のプロレス雑誌を参照してみると、(4)〈ダブル井上〉対決は「女子プロレスの歴史においても、これほどまでにドロドロした関係はなかったといえるほど、憎しみ合っていた」二人による「あまりに大きな遺恨が渦巻く因縁の対決」と紹介されている。試合後には「倒れていた貴子を抱き起こした京子。この一戦ですべてが清算されたとは思えない。それでも、わだかまりは少しは緩和された。同じ空気を吸うのもイヤだった同士が健闘を称え合ったのだから」、「友情を取り戻したかはわからないが、京子にとって貴子に対するしこりもなくなったのではないか」と、両選手の歩み寄りにも目が向けられており、〈ワカコ〉の語りと重なるところが多い。松浦はインタビューで「虚実皮膜の間」の例として女子プロレスを引き合いに出していたが、興味深いことに、現実の試合と合致するような女子プロレスへの言及の仕方そのものが『裏ヴァージョン』に「虚実皮膜の間」といった状態を生じさせているのである。

松浦はこの試合を会場で観戦していたようで、〈ダブルワカコ〉対決が〈ダブル井上〉のそれをモデルにしたものであることを明かしつつ、当日の試合の様子を次のように述べている。

井上京子選手と井上貴子選手は小説中に書いた通り、険悪な時期の後、試合を通して仲が修復されたのですが、その試合で貴子選手が掟破りの凶器スタンガンを持ち出して、〈私の気持ちを受け止めろ!〉と言わんばかりに京子選手に押し当てて、あれほど貴子選手を悪しざまに語っていた京子選手も、その気持ちをきっちり受け止めて仲直りしたんですからね。私は生で観戦して大感動しましたよ。一見荒々しい闘いを通して優しい繊細な感情が通い合うこともあるんですよね。(5)

松浦は「掟破りの凶器スタンガンを持ち出し」たことに井上貴子の井上京子に対する「気持ち」を読み込み、一方の井上京子がそれを「きっちり受け止め」たことに着目し、「一見荒々しい闘いを通して優しい繊細な感情が通い合うこと」を感じ取っているのである。そして、「友情」と「闘い」が必ずしも結びつくわけではないと留保しつつも、「闘わずにはいられないほどお互いのずれを意識していて、それでも完全に相手を切り棄てることはできない、というようなかたちの友情を今回は描きたかった」と続けている。(6) そこから、『裏ヴァージョン』

かとも推察できる。

において模索される「根底に愛情や信頼があって成り立つ闘い」を通した濃密な関係性の一つの理想形が〈ダブル井上〉対決であり、それゆえに書き手の昌子の小説の一部として『裏ヴァージョン』に取り込んだのではないかとも推察できる。

ちなみに、松浦が述べる「一見荒々しい闘いを通して優しい繊細な感情が通い合う」ということは〈ダブル井上〉対決後の両選手のコメントからも読み取れるものである。井上京子は「貴子選手はレスラーのはしくれじゃなく、ちゃんとした立派なレスラーでした。いろいろあったけど。レスラーはリングの上でお話ができるという か……」と述べ、一方の井上貴子はそれに応じる形で「京子が「レスラーだった」って言ってくれたそうだけど、心が通じ合ったんだと思います」とコメントし、二人がリング上で言葉を用いずに会話をしていたことがうかがえる。さらに、試合から二週間後の取材でも井上貴子は「やっぱり京子以上のパートナーは、これからも出てこないだろうということを、改めて実感しましたね」と語り、実際に数か月後にはタッグチームとしての〈ダブル井上〉が復活することになる。また、井上京子は試合で持ち出されたスタンガンについても「やっぱりプロレスって、ある意味、お互いに認め合っていなければできないことってあるじゃない?」とむしろ信頼関係の再発見の契機としてとらえている。これは第四話〈トリスティーン〉で「世間の恋人たち」とは「別の信頼関係」があるとトリスティーンがグラディスとの関係を語る一節（五一頁）にも通じる見解である。

このように語られる「女子プロレス史上稀に見る私怨遺恨試合」であるのだが、第七話の〈ワカコ〉ではどのような効果をもつのだろうか。次節で検討しよう。

二 〈ワカコ〉における「異性愛」

そもそも〈ワカコ〉とは、〈質問状〉で、それまでアメリカを舞台に「レズビアンとサド＝マゾヒズムを描くことにこだわっている」(八一頁)ように見えた昌子に対して、鈴子が出した「日本人が主人公で異性愛の、SMではない恋愛小説、性愛小説を書いてほしい」(八二頁)という要望に、昌子がひとまずは応じた、あるいは応じたように見せた小説である。本章でも〈ワカコ〉における「異性愛」に注目しよう。

〈ワカコ〉では、一九九九年五月五日の夜、川崎市のホテルのカクテル・ラウンジで〈ダブルワカコ〉の対決を観戦した三〇歳前後の一組の男女が見せた情景が綴られる。二人はかつて交際していたらしいのだが、別々の相手と結婚し、それぞれに離婚をしたところである。

二人は観戦したばかりの〈ダブルワカコ〉の試合について語り合う。二人ともその試合に惹きつけられているが、両者の反応には違いがある。「観て来た試合を思い起こしているのか、ペパーミント・グリーンのカクテルの味わいに魅せられているのか、うっとりした様子」の「女」が灘谷の持ち出した凶器であるスタンガンを称賛すると、「男」は「あのスタンガンは精神分析でいう男根を表わす物じゃないんだな。だから、あんなとんでもない凶器が出て来ても殺伐とした雰囲気にならないわけだ」と「考え深げな表情」で「分析」してみせる。しかし、一方の「女」は、否定するためであっても「精神分析でいう男根」を持ち出すような「男」の「分析」には乗らない(九二―九三頁)。

続けて「男」が「ぼくも今日は惚れ直したな、ワカコに」と言うと、今度は「女」が「どっちのワカコ？」と〈ダブルワカコ〉のどちらかについて「男」が述べているかのように答える。実はこの「女」も二人のレスラーと同じ「ワカコ」という名前であることが〈ワカコ〉の章の最後で明らかにされるのだが、そのことを考慮に入れると、ここでの「女」の切り返しは、自身に欲望を向ける「男」を牽制するためのものであると考えられる。この段階では「男」は「照れ笑いを浮かべながら」、「灘谷」と返答する（九三頁）。

話は女子プロレスを離れ、「女」と「男」それぞれの結婚生活が破綻した理由に向かう。「女」の元夫はトシヒロという男性で、「男」とも学生時代からの友人であった。トシヒロは経営していた塾が潰れ、現在はスナックで働いている。「急に十だか二十だか年上のスナックの女客とつき合い」（九六頁）出し、その一方で「男性向け週刊誌からちぎった女のグラビア写真」を収集しているトシヒロに対して、「男」は「トシヒロはセクシュアリティが混乱してるな」と述べる。そしてその「きっかけ」に話が及びそうになると、「女」は「男」の「分析」を「煩わしげに遮」る（九九頁）。

一方、「男」が離婚に至った原因は、赴任先のニューヨークで妻が「ノイローゼになっ」たためだという。慣れない海外暮らしで、困難に立ち向かおうとしない妻に「男」は嫌気がさしたのだった。「男」は「ぼくは強い女が好きで、弱い女は苦手だからな」と言い、〈ダブルワカコ〉の試合に言及しつつ「ああ、ワカコとつき合いたいな、灘谷の方の。一緒に暮らして、毎日些細なことで喧嘩して、仲直りして。楽しいだろうな」とここでも灘谷のことを言う体裁で「女」に向けて語る。この箇所だけを見ると、「男」も「喧嘩」という「闘い」を通した親密な関係の深まりを求めていると言えそうだが、ニューヨークで孤立した状況に置かれた妻への配慮もなく、理想的な「喧嘩」という「空想」に勝手に浸る「男」に、「女」は「あなたも冷たいのよ」、「［妻が］かわいそう」とむしろ「男」の元妻に対して共感的な態度を見せる（九七—九八頁）。この「男」がもしも「ワカコ」と「毎日些細なことで喧嘩して、仲直りして」といった生活を送ったとしても、それは「根底に愛情や信頼があって成り立つ闘い」ではなく、「男」の側の独りよがりに過ぎないものになるのではないか、ということを予想させる仕掛けになっていると言えよう。なお、「男」と妻とのエピソードは、〈トリスティーン〉シリーズでニューヨークに来た「トリスティーンが明るくなった」（六四頁）という一節とは対照的なものだが、トリスティーンにはグラディスとの間に「世間の恋人たち」とは「別の信頼関係」があった。

「男」はこのようにして離婚の経緯を語るのだが、しだいに明示的に「女」との復縁へと話を向ける。「きみとぼくはしょっちゅうどつき合いをしてたよね」と過去を思い出させるかのように語り、「トシヒロなんかは軟弱な色男だから、きみみたいな女とは対等に渡り合えないんだ」と、「女」とトシヒロ、あるいは「男」と元妻との間では不可能だった「対等」な「どつき合い」、言うなれば〈ダブルワカコ〉対決のような「闘い」が「女」と「男」との間では実現可能だということをほのめかす。だが、一方の「女」は顔を強張らせながら、「あなたは灘谷和佳子と一緒になるんでしょ?」と話を逸らす。もっとも、自信たっぷりに語る「男」ではあるのだが、「女」とつき合っていた時期が曖昧になり、「ごめん。おれも混乱してる」と言う（一〇〇―一〇一頁）。「女」の名字についても、旧姓の「トミシマ」と「マスノ」の間で分からなくなってしまう（一〇二頁）。

この二人のやり取りがカクテル・ラウンジで行われていることが示唆するように、こうした混乱の背景には酒に酔っているということがあるだろう。「男」の混乱に対しては、「女」も「酔ってるわね。そろそろ帰らない?」と話を切り上げようとする。そうすると、「男」は「帰ってワカコに求婚するぞ」と「ワカコ」＝「女」に向けて述べ、「女」のほうは「不意に口元を押さえると足元から崩れるように床に座り込んだ」というオチがつく（一〇一頁）。もちろんこれは飲んでいた酒に悪酔いしたということなのだが、「女」が酒を註文する場面に目を向けてみると、そこでは次のようなやり取りがなされていた。

男が頷いてからウェイターに手を挙げ水割りを二人分頼むと、女は「ストレートにしない?」と提案し

た。（九六頁）

言い終わると女はウェイターを呼び止め、さらに追加の酒を註文した。男はちらりと女を窺ったが何も言わなかった。沈黙は女がストレートのウイスキーを半分ほど飲み下すまで続いた。（一〇〇頁）

〈ワカコ〉の中盤で「女」が注文するのは「ストレート」である。「ストレートにしない？」とは、灘谷にかこつけて「女」とよりを戻そうとする「男」にもっと単刀直入に話をすることを提案するという意味にも取れる。しかし同時に、〈ワカコ〉が鈴子からの「異性愛」小説をという要請を受けて書かれたものであることを想起すると、〈ワカコ〉における「ストレート」には「異性愛」の意味を読み込むこともできるのではないか。

さらにここで注目したいのは「男」と「女」の反応の違いである。「男」は混乱しているわけだが、「異性愛」を疑う気配はない。トシヒロという男性のセクシュアリティの混乱にしても「異性愛」の枠組みをはみ出すことはない。それに対して、自分と同じ名前である二人の「ワカコ」の「根底に愛情や信頼があって成り立つ闘い」に「うっとり」と魅せられた「女」は、「ストレート」＝「異性愛」に「ぐったり」（一〇二頁）と悪酔いしたという段階にまで至る。ということは、「男」が当然視し、「女」も話の中盤では自ら提案する「ストレート」＝「異性愛」に最終的には悪酔いという生理的な嫌悪感を露呈することで、「女」は「異性愛」そのものと距離をとる顚末に至るとも言えるのではないか。そうした「女」の反応にも気づかず、「女」との「異性愛」に独善的に突き進もうとする「男」はますます滑稽なものとなる。そしてそれは「日本です。異性愛です。ＳＭでもありません。これでいい？」（一〇二頁）という昌子の締めくくりの言葉が示すように、鈴子の要請に従い、わざわざ「異性愛」を書くという体裁をとりつつも、その「異性愛」を不安定化させることで、「異性愛」の自明性を問いなおすことにもなるのではないか[7]。さらに言えば、そうすることで昌子は鈴子が本当に「異性愛」小説を求めているのかどうかを探っているようにも思われるのだが、いずれにしても、その発端に〈ダブルワカコ〉による「女子プロレス史上稀に見る私怨遺恨試合」が置かれているのである。つまり、〈ワカコ〉では「異性愛」の自明性を問いなおすクィアな効力が女子プロレスに託されているのではないか。

とはいえ、そうした効力は少なくとも表面上は鈴子には伝わっていないようである。鈴子は女子プロレスの話題には触れず「ふうん、そこそこ器用に何でも書けるって言いたいがための作品じゃない、今回のは？　悪いけど、もう一度挑戦してみてください」（二〇二頁）というコメントを付け、再び「異性愛」小説を書くことをリクエストする。ただし、作品を最後まで読むと、このような鈴子の反応は、あえてそうした役割を演じることで昌子に「闘いのゲーム」（二〇九、二一三頁）を仕掛けているようにも読める。

鈴子のリクエストを受けた第八話の〈ジュンタカ〉は「異性愛」小説第二弾となるのだが、そこでは「ヘテロセクシュアル・サマー」（二〇三頁）なる架空の曲が白々しく持ち出され、「異性愛」を語る最中に「同性愛」の話（〈やおい〉的な空想）がいつの間にか入り込み、「異性愛」と「同性愛」の境界が揺らがされることになる。続く第九話の〈千代子〉は鈴子の「ホモセクシュアル・ドリーム」（二一五頁）のエピソードを用いたもので、現在は同性愛にもSMにも関心がないかのように振る舞う鈴子を、小説を通して昌子は挑発するかのようである。さらにその次の〈詰問状〉では二人のやり取りは再び「闘い」の様相を強め、それ以降の昌子の小説は書き手の昌子や読み手の鈴子をモデルとした内容になっていく。そして、昌子から鈴子に出した〈果たし状〉を経て、「闘い」は激化し、リビングでの直接対決に至り（第十四話〈鈴子〉）、互いに「快い闘志と情熱」（二〇二頁）を抱くような瞬間がありつつも「闘いのゲーム」の範疇を越えてしまう。鈴子が書き手になった最後の第十五話〈昌子〉では昌子が出て行ったことが明かされ、再開を読者に強く予感させながらも、二人の「闘い」はいったん終わることになる。

このような昌子と鈴子の応酬は「根底に愛情や信頼があって成り立つ闘い」の実現可能性を探り合っているようにも見えるし、慣用句的な用法でのプロレス的なやり取りだとも言える。それに加えて、本章では少し違った観点から、次節で昌子と鈴子の応酬をプロレスと関連づけて考えてみたい。

三　秘められたものを暴き出すのではなく

松浦は『現代思想』二〇〇二年二月臨時増刊号のプロレスの特集号に「〈真実〉もまた消費されるのならば」という短いエッセイを寄稿している。このエッセイは一九九八年七月の神取忍と豊田真奈美による「忘れがたいリングの上の光景」から始まる。両者はその翌月、WWWAシングルのベルトを賭けて、豊田が所属する全日本女子プロレスの川崎市体育館での興行で対戦することが決まっており（神取がチャンピオン、豊田が挑戦者）、両団体を代表する、しかもファイトスタイルのまったく異なる二人の初対決には注目が集まっていた。その対戦の前に神取が所属するLLPWの試合を豊田が観戦しに来たのであった。「プロレスのストーリー作法」に従えば、川崎大会を盛り上げるために、試合後に神取と豊田の舌戦や乱闘が繰り広げられることが期待されるわけだが、その日の二人はそうはならず、旧友同士であるかのようにリング上で「立ち話」を始めた。松浦はその光景に引き寄せられ、話の内容よりも、「今私たちが眼にしている二人は、他人の割り込む余地のない特別な関係にあり、そういう関係をまざまざと伝えるこの光景はそれだけで貴重なものである」と述べる。[8] そして、この場面を念頭に置きつつ、プロレスの魅力について次のように語る。

> プロレスの魅力は〈真実〉の魅力とは関係がない。〈真実〉の魅力というのは、〈真実〉そのものの魅力というよりも秘められたものを暴いて獲得することの魅力であるが、厳正さや整合性を好む人からすれば破綻が多くいかがわしさの極みであるプロレスは、秘められたものを追い求めるのではなく直接的に眼に映るものを見よ、と告げる。[……]プロレスといえども〈真実〉をめぐる物語にすり寄り、呑まれそうになっては身をかわし、また〈真実〉との距離を測るという試みが絶えず繰り返されているようだが、そのなりふりかまわなさもまた愛すべきものではないか。〈真実〉を売り物にしたやすく消費させてしまうことは、もしかすると重大な過誤を招く悪質な犯罪かも知れず、それよりは、決して〈真実〉になるまいと決意し、世に信じられている〈真実〉の価値を揺さぶり撹乱する、プロレス的な行き方の方がまっとうである可能性がある。／この一文は、小説家である私とプロレスとの共作のつもりである。私はプロレスに鼓舞され続けている。[9]

プロレスとは「〈真実〉の魅力」、すなわち、「秘められたものを暴いて獲得することの魅力」とは異なり、「直接的に眼に映るものを見よ、と告げる」ものだというのである。ここで〈ワカコ〉の一節を振り返ってみると、〈ダブルワカコ〉の試合を「分析」しようとする「男」が「秘められたものを暴いて獲得することの魅力」にとらわれているとすれば、二人のワカコのリングの上の光景に「うっとり」と引き込まれる「女」は「直接的に眼に映るもの」を追っているということになる。この点を踏まえると、「異性愛」が問いなおされる契機として、秘められたものを暴き出すのではない見方が機能していると言えるだろう。

　同時に注目したいのは、〈真実〉、あるいは秘められたものを暴くことは容易に売り物となり消費されるため、「〈真実〉をめぐる物語にすり寄り、呑まれそうになっては身をかわし、また〈真実〉との距離を測るという試みが絶えず繰り返されているようだ」というプロレスと〈真実〉とのある種の攻防に触れながら、松浦が「そのなりふりかまわなさもまた愛すべきものではないか」とそうした攻防を肯定していることである。それは松浦の好む「虚実皮膜の間」といった状態を作り出すものでもあるが、松浦はプロレスの「決して〈真実〉になるまいと決意し、世に信じられている〈真実〉の価値を揺さぶり撹乱する」点を評価するのである。なお、こうした観点は「女子プロレス」には限定されないものであるため、本章では以下「プロレス」と表記するが、松浦はあくまでも神取と豊田による「女子プロレス」の光景から着想を得ていたことをここでもう一度確認しておきたい。

興味深いことに、このような〈真実〉のとらえ方は、松浦が「性」について語る場面でも指摘できるものである。『裏ヴァージョン』刊行後に『アニース』に収録されたインタビューで松浦はタイトルの「裏」について、「「表」には表われていない何かが「裏」にはひそんでいるんじゃないかというよう」に思われるかもしれないが、「そういう「隠された真実」を暴き出したいという欲望を、裏切り、批判して、「裏」も「表」もないんだという考え方を表わそうとした」と述べ、カミングアウトの話題と関連づけて、『裏ヴァージョン』を「カミングアウトにも通じる「真実を告白するという制度」を茶化し」、「ひとつの納得のいく答え、真実や説明を求めるという生き方に対する批判の小説」と位置づける。このインタビューでは松浦はカミングアウトの必要性や有効性についても慎重に認めているのだが、カミングアウトとは一線を画す戦略が提示されるのである。その背景には、「マジョリティの望むような形の答を返して、彼等の好奇心や「理解」といえば聞こえのいい支配欲を満足させるよりも、彼等にもっと頭を使わせた方がいいのではないか」、「性の自由と平等のために、マイノリティばかりが犠牲を払わなければならないというのは、おかしい」という思いがあることもうかがえる。[10] それでは、『裏ヴァージョン』では「性」をめぐる「隠された真実」とのいかなる攻防が見られるだろうか。具体的にたどってみよう。

第六話の〈トリスティーン（PART3）〉まで昌子はたびたび女性同性愛とSMを小説の題材とする。そのことに対して、鈴子は〈質問状〉の最後で「単刀直入にお尋ねしますが、あなたはレズビアンでマゾヒストなのですか?」（八八頁）と昌子に問う[11]。一方の昌子は「はーい、そうです、わたしはレズビアンでマゾヒストで、相手の足の指の間に溜まる垢の匂いを嗅ぐとうっとりしちゃって、さらにウンコを食べるのが好きで、頭の一部を円形脱毛症みたいに直径三センチくらい剃られたことがあって、普段は髪の毛に隠れてるんだけど、その人だけがわたしの人工ハゲを知ってて、会ってる時は髪をめくって禿げた部分を見るのがその人の楽しみで、その人は日本人じゃなくてユダヤ系アメリカ人で、実に愉快なつき合いでした。はい、これであなたはわたしのことを完璧に知ったわけです」（八八頁）と鈴子の問いを徹底的に茶化すかのように返答する。特に「はい、これであなたはわたしのことを完璧に知ったわけです」という一文からは、「理解」ということを懐疑するスタンスが確認できる。

なお、「理解」については、〈果たし状〉で昌子のことを「まるで理解されるのを怖がってるみたい」（一九三頁）と述べる鈴子に、「理解されることなんか、わたし、怖がってなーい。〈理解〉ってなあに?」（一九六頁）と昌子は問い返しており、第十四話〈鈴子〉でも「実際のあなたの言動を見てると他人の理解を拒んでるとしか思えない」と言う鈴子に、「〈理解〉と言えば聞こえはいいものの、相手が進んで知らせてくれるもの、自然に見えて来るもの以上のものを知りたがるのは、支配欲に過ぎないわよ」と昌子が答える場面がある（二〇七頁）。「理解」そのものが昌子と鈴子の応酬のテーマの一つになっており、そこにも「理解」とは「支配欲」へと容易に転化するものだという見解が見出せる。

先ほど触れた「あなたはレズビアンでマゾヒストなのですか?」という問いからは、鈴子が昌子に一つの〈真実〉を求めているかのように見えるかもしれない。だがそうした役割を鈴子がわざと演じているとも読めるわけで、〈果たし状〉では昌子が鈴子のことを「「こいつにもうちょっと性的魅力があれば」と思いながらわたしを見ているうちに、理不尽にも「わたしの生活が面白くないのはこいつに性的魅力がないせいだ」と感じられて来て、だんだん憎しみさえ覚えるようになった」と「勝手に想像」したことに対して、鈴子は「「私はレズビアンでもバイセクシュアルでもない！」って言うような反動的な人間じゃないの」と返し、「私がヘテロであろうがレズビアンであろうが、あなたに性的魅力を感じないのは不動の事実だしね」と続ける（一九四—一九五頁）。「自然に見えて来るもの」ではない性的指向は「闘いのゲーム」の一環として話題に出されながらも、その答えは見えないままにされるのである。

　こうした展開は昌子と鈴子二人の関係性に関わることだけではない。たとえば、第十一話〈マサコ〉は鈴子によって（昌子の）「本格的な私小説、さもなきゃ自伝小説」（一六二頁）と称されるものだが、そこでは二〇代半ばの頃が回顧され、「お互いに深い興味も抱かず」に性行為を行っていた「会社員」の「男」のことが語られる（一五五頁）。その一方で、気力のない日々の中で性行為の可能性があった——しかし実現することはなかった——「ろくに話さなくても憂鬱な気分を共有してくれる友達」（一五八頁）の存在についても言及されている。だが「会社員」の「男」とは対照的に、その「友達」の性別は不明瞭にされている（「友達」の言葉遣いは女性を類推させるものではあるが）。また、第十二話〈マサコ（ＰＡＲＴ２）〉では、マサコはイソコ（鈴子をモデルとした人物）とともに高校時代の同級生とカラオケに行くのだが、「ねえ、あんたたちの中の誰か、レズビアンの経験した？」「っていうかさ、高校の時、わたしたちの間で全然そういうことが起こらなかったのが不思議じゃない？」と問うかつての同級生のフサエに対し、イソコは「それは不思議でも何でもなくて、お互いに好みじゃなかったっていうだけでしょ？」とここでも性的指向ではなく「好み」の問題として答える（一六九—一七〇頁）。「私はレズビアンでもバイセクシュアルでもない！」というある種の〈真実〉の明言は徹底的に避けられているのである。[12]

ここまで述べてきたように、『裏ヴァージョン』の昌子と鈴子の「性」に関する語りは、あえてその性的指向を話題に出しつつ回避することで「〈真実〉をめぐる物語にすり寄り、呑まれそうになっては身をかわし、また〈真実〉との距離を測る」といった様態を提示している。具体的な女子プロレスの描写だけではなく、このような語りにも『裏ヴァージョン』と（女子）プロレスとの接点が見出せるのである。

おわりに

以上、本章では女子プロレスを切り口として『裏ヴァージョン』を考察してきた。エッセイやインタビューでの松浦の見解を手がかりにしつつ、また、女子プロレスに鼓舞されながら、特に第二節では、『裏ヴァージョン』の女子プロレスに「異性愛」の自明性を問いなおすクィアな効力が託されているという読みを示した。しかしだからといって、女子プロレスそのものがクィアである、ということにはならないし、また、そのようにとらえることになれば、見落としてしまうことも多く出てくるだろう。

改めて言うまでもないことかもしれないが、興行としての女子プロレスが成立する過程には男性中心主義や異性愛中心主義は否定しがたく存在していた。たとえば、かつて全日本女子プロレス（二〇〇五年に解散）には〈二五歳定年制〉という慣習が存在していたと言われるが（もちろん、男子プロレスには同様の慣習はない）、そこには異性愛男性の欲望に応じる形で女性の若さに商品価値を付与する、あるいは、キャリアを積みギャラの高くなったベテランの女子レスラーを敬遠するという会社側の事情がうかがえる。しかも、〈二五歳定年制〉が正当化された背景には、プロレスを引退した後、女子レスラーには結婚や出産というヘテロノーマティヴなライフコースが想定されていたということもあるだろう（もちろん、すべての女子レスラーがそのようなライフコースをたどったわけではないのだが）。つまり、女子プロレスを行う時空間にクィアな何かが見出されるとしても、異性愛規範と無関係であったというわけではまったくないのである。なお、選手生活が長くなり、また、一度引退したレスラーの復帰が相継いだ九〇年代に〈二五歳定年制〉は実質的に消滅した。

女子プロレスにクィアな何かを読み込むのは魅力的で可能性に富むことである。だからこそ、クィアという面から女子プロレスをいたずらにことほぐということにならないためにも、女子プロレスがつねにさまざまな規範との交渉や折衝の中にあった、そして現在でもあり続けているということを忘れてはならないだろう。本章の最後にこの点を述べたい。

（1）松浦理英子『優しい去勢のために』（「性器からの解放を」七七―八一頁、「反逆児たちの和解」八九―九一頁）筑摩書房、一九九四年。

（2）松浦理英子「性愛から友愛へ――『裏ヴァージョン』をめぐって」（『文學界』二〇〇〇年一一月号）二五四、二五六、二五七頁。

（3）『裏ヴァージョン』からの引用は多くなるため本文中に頁数のみを記す。引用は単行本（筑摩書房、二〇〇〇年）による。

（4）本章で参照したプロレス雑誌は以下の各誌である。『週刊プロレス』一九九九年五月二五日（第九一五号）一〇〇―一〇一頁。『週刊ゴング』一九九九年五月二七日（第七六六号）一二〇―一二一頁。『レディース・ゴング』一九九九年、第三九号、八頁、一〇頁、五〇頁。

（5）松浦理英子「闘う友情」（『ちくま』二〇〇〇年一二月号）一七頁。

（6）同前、一七頁。

（7）松浦は「ヘテロセクシュアルのような世の中で規範になっているものを扱う時には、ちょっとからかうようなところを入れるべきなんですよ」というスタンスをとっている（「松浦理英子　インタビュー」『アニース』二〇〇一年夏号、二三頁）。

（8）松浦理英子「〈真実〉もまた消費されるのならば」（『現代思想』二〇〇二年二月臨時増刊号）一八一―一八二頁。

（9）同前、一八二―一八三頁。

（10）「松浦理英子　インタビュー」（『アニース』二〇〇一年夏号）二二、二五、二六頁。ＬＧＢＴへの理解増進が唱えられつつある二〇一〇年代後半から振り返ると、「理解」を「支配欲」ととらえ、結果的にマジョリティ／マイノリティの力関係を温存してしまうことに警鐘を鳴らす松浦の発言に再注目する意義があるだろう。ちなみに、二〇一〇年代の講演録でも松浦は「私は「何かを理解する」ということを信じていない」と述べ、「他者を理解したつもりになるということは、他者を知的に属領化することなのではないか。相互理解は決して人間同士の最良の状態ではなくて、むしろ理解し合えないまま親しみ合うことの方が国と国の場合でも共存に繋がるのではないか」という見解を示している（松浦理英子「文学とマイノリティ」『すばる』二〇一四年一一月号、二四八頁）。

（11）トリスティーンとグラディスの関係の始まりの場面でも、「あなたレズビアン？」と尋ねるトリスティーンに対してグラディスが「あなたは？」と質問で返すと、トリスティーンは「「セックスなんか興味ない」とせせら笑って大嘘をつく」というやり取りがある（七〇頁）。カミングアウトそれ自体を二人の「即興の台本」に組み込むような展開である。

（12）『アニース』のインタビューで松浦は「レズビアンか」と聞かれて、「はい」と答えることにも「いいえ」と答えることにも慎重な姿勢を示しているのだが、異性愛規範のもとでの前者と後者の意味の違いも見逃さない。後者の場合には同性愛差別を助長する結果になるため、「レズビアンか」と聞かれたら「ヘテロであっても完全否定すべきではない」という戦略が提示されることになる（二六頁）。

第八章　動物たちのナイトクラブ
――ビエイト演出《妖精の女王》におけるセクシュアリティ表象について

森岡実穂

はじめに

オペラというジャンルでも、「クィア」というキーワードでの批評にはそれなりの蓄積はある。作曲家の性的アイデンティティと作品・受容との関係、作品内容のオルタナティヴな解釈、多様な歌手という存在の分析など、その内容は多岐にわたる。[1]本論を始めるひとつの手掛かりとして、まずは「クィア」という語が指す内容を確認しておきたい。世界のあちこちで圧倒的な力を誇るヘテロセクシズムの自明性に対して、批評行為を通して、小さいながらも自分の視点から相対化を進めていくことと理解してよいだろうか。

原則的には、これは異性愛の特権を否定し尋問にかけ、正常性や適切なふるまいについての一般的な考えに公然と異議を唱える立場である。…（中略）…「クィア」という位置を採用することは、自分自身の「無法者」の身分を称揚して、性的アイデンティティに付与された意味を積極的に拒絶することである。これは、

「同性愛」の文化を「異性愛」の文化に同化させたいという訴えではなく、周縁性の継続を称揚しつつ「中心」(異性愛)を精査にかけるものである。[2]

本稿では、イギリスの作曲家ヘンリー・パーセルのセミ・オペラ《妖精の女王》を、カタルーニャ出身の演出家カリスト・ビエイトが二〇一六年にシュトゥットガルト歌劇場で演出した舞台について考えてみたい。[3]もともと《妖精の女王》は、シェイクスピアの『夏の夜の夢』をベースに作られたオペラであり、そこには多様なカップルや愛の形が描かれている。今回はその中に登場する、異性愛主義からはみだしたいくつかの存在について、とくに年長格のカップル、妖精の王オーベロンと女王タイターニアの関係が、いかに規範的な異性愛文化の影の部分をあぶり出しうるかについて検討してみたい。

特に検討してみたいのは、年をとるごとに着実に「異性愛」の文化の中での周縁に置かれていく「もう若くない女性」から「老女」の表象である。異性愛者の女性であっても、「子どもを産む機械」としての側面が重要視されるような家父長制下にあっては、その年齢の女性の性的欲望自体が否定され、嘲笑されてしまう。また同時に、男性にしてみても加齢とともにその能力の「維持」が「男らしさ」の証明という重荷となってくる状況もあるわけである。彼らもまた、「男らしさ」を十分示すことができない場合、その存在を否定され、嘲笑される立場に置かれる。[4]

こうした状況と照らし合わせて芸術作品を読む試みとして、例えば、女性の老いを扱った批評として、倉田容子は『語る老女　語られる老女――日本近現代文学にみる女の老い』の中で「ジェンダー/エイジング批評」として以下のような試みを提案している。「日本近現代文学における老いとそのジェンダーの非対称性を前景化し、正典化された文学作品における老女像に対して新たな読みを提示するとともに、老女を視座として日本近現代文学がこれまで暗黙裡に孕んできた権力・差別構造を明るみに出すことを試みる。[5]」同書の第一章では海外のエイジズムに関する批評についてもまとめられており、社会学方面および表象・文学研究方面ともに高齢女性のネガティブなステレオタイプの存在とその批評的分析が進みつつあることがわかる。

シェイクスピアの世界でもエイジズムによる見直しは進んでいるようだ。モーリス・チャーニーの『時を経て皺は深まり――シェイクスピアにおけるエイジング』（二〇〇九年）では、シェイクスピア作品に登場する「高齢old」とされるキャラクターの人物像の代表例を分析している。男女それぞれについて、どのくらいから「高齢」とみなされるのか、その年齢に適用されている規範――とくに性的規範――はどういうものなのか、また加齢によりもたらされる「衰え」と「成熟」などが、リアやファルスタッフ、ガードルードやヴォルムニア、クレオパトラやポーリーナほかを例に論じられている。[6]

イヴォンヌ・オラム『老いて、ずぶとく、耳を貸さず――シェイクスピアの素晴らしき高齢女性たち』（二〇一三年）では、さらに老年女性にその焦点を絞っている。エリザベス一世からジェイムズ一世の時代の劇作における――そして現代においてもさほど変わらず維持されている――高齢女性を揶揄するミソジニックなステレオタイプと、それに対するシェイクスピアの挑戦が論じられている。[7]

本演出は、公演パンフレットでも大量に引用されていることに明らかなように、ヤン・コットの『シェイクスピアはわれらの同時代人』（一九六四年）[8]の影響を非常に大きく受けていると思われる。同書で示された『夏の夜の夢』に潜む性的な深淵に分け入る解釈は、出版以来、ピーター・ブルックほか多くの演出家に多大な影響を与え続けてきた。[9]二〇一七年に出た新しいアーデン版『夏の夜の夢』の序文でも「本書はもう広く読まれてはいないかもしれないが、シェイクスピアの上演や各種批評に継続的に影響を与えてきた」と、もう半世紀以上前の研究書ながら現代の舞台につながる大きなインパクトを残してきた一冊として紹介されている。[10]ビエイトは、自らが舞台上に造りだした一夜の「動物たちのナイトクラブ」[11]で、登場人物たちに、この本に影響を受けた諸上演の先人たちに負けないくらい自由な「獣」として夜を徘徊させる。オーベロンとタイターニアという初老の夫婦が、本来は「正しい枠」に収まる「結婚」を寿いでいたはずの物語の中で、通常の昼の世界で期待される年相応の「枯れ」という性的な規範もおかまいなしに自らの望みに正直に突き進む姿は、それ自体で彼らのいる世界に対する批評になるだろう。まずはシェイクスピアの原作とパーセルのオペラ台本の段階での変更点を確認し、その上で登場したシュトゥットガルト版のビエイト演出の独自性を分析したい。

なお、オーベロンとタイターニアの年齢層の表現については「初老」とした。舞台上での役者ふたりの姿について、三〇~四〇代の「中年」と見るのは厳しいが、白髪や曲がった腰などの具体的な「老人」の記号をもっている訳でもなかったからである。また、シェイクスピア作品における「高齢者」の判断については後述する。いずれにせよ、若い二組のカップルとは明確に異なる問題を抱える世代に属し「もう若くない」故のネガティブな評価にさらされる対象としてのカテゴリーに入れられているという認識で話をすすめたい。

一　パーセルのセミ・オペラ《妖精の女王》の成立と現代における上演について

《妖精の女王》は、イギリスの作曲家ヘンリー・パーセルが、シェイクスピアの『夏の夜の夢』(一五九五年)を改編した台本をもとに作曲し、一六九二年、ロンドンのドーセット・ガーデンズ劇場で初演された作品である。既に《ディドとエネアス》(一六八九年)、そしてドライデンの台本による《アーサー王》(一六九一年)の成功によって名声と人気を手に入れつつあったパーセルが満を持して上演した大作であり傑作である。台本作家については正確な作者は最終的に分かっておらず、旧来エルカナー・セトルの作品ではと言われてきたが、さらに前述の《アーサー王》で既に成功を収めている詩人のドライデン、劇場監督のトーマス・ベタートン、これらの三人が、作曲家パーセルと同等に作品に関わっていたという指摘もある。[12]

《妖精の女王》は、現在私たちが親しんでいる「歌劇」とは少し異なった、この時代のイギリス独特の「セミ・オペラ」と言われる形式による音楽劇であった。「幕の最後に物語のまとめとして音楽が演奏され、劇中の登場人物とは別の歌手や踊り手たちによって歌われ踊られる」[13]ことになるのが本来の姿である。音楽は「マスク」と呼ばれるこの部分だけで、演劇を担当する役者は基本的には歌を歌わない。

但し、この「セミ・オペラ」については、芝居部分が長いこともあり――『夏の夜の夢』自体が上演に正味で二時間から二時間半を要する――上演時間が大変長くなる。二〇〇九年にグラインドボーン歌劇場で上演されたジョナサン・ケント演出が、最近の演出ではもっともセミ・オペラとはどういうものかを伝えてくれる上演のひとつと思われるが、この時の上演時間は全体で四時間近くを要した。[14]これを現代にそのまま上演すると若干冗長に感じられるかもしれない。

そうした事情と、演出家が台本そのものを別時代・別設定に再解釈することも珍しくない現代の演出事情が重なり、こうしたオペラ作品では大胆な読み替え、事実上翻案に近い上演が行われることも多い。《妖精の女王》にしても、現在入手可能な販売映像のひとつである、ロンドンのイングリッシュ・ナショナル・オペラでのデイヴィッド・パウントニー演出（一九九五年）[15]では、セリフ劇の部分は存在せず、演劇的な流れは、音楽が上演されるのに合わせ黙劇で演じられる。しかもオーベロンはマイケル・ジャクソンを思わせる風貌で、ダンスを大いに取り入れた「人ならぬもの」の世界の長として色々な連想をかきたてる。また同時にこの舞台では、たくさんのダンサーを投入しており美しい肉体を持った人々が多数登場する。オーベロンと、紫のドレスをまとったセクシーなタイターニアとが、腰巻ひとつのギリシア彫刻のような美青年「インド人の小姓」を争うという、かなりエロティックな風景が展開していた。[16]

本章で取り扱うカリスト・ビエイト演出のシュトゥットガルト歌劇場公演は、現在の上演の基本とされている一九六三年の改訂版に基づき、若干のカットはありつつも演奏される曲の順番はそのままとなっている。歌の部分は原語の英語のまま、『夏の夜の夢』からのセリフはユルゲン・ゴッシュ、アンゲラ・シャネレック、ヴォルフガング・ヴィエンスによるドイツ語訳であり、そこにミヒャエル・メルテスによるドイツ語訳の「ソネット一二番、一四七番」が加えられている。全体の物語の編成は演出家とドラマトゥルクのパトリック・ハーンとベルント・イーゼレ、指揮者のクリスティアン・カーニンの合議によるものである。[17]

この《妖精の女王》は、この二〇年ほどで初めて、シュトゥットガルト州立劇場のオペラ部門と演劇部門の共同制作作品として上演された。双方から実力者を得たおかげで、役者も歌い、オペラ歌手も演技し踊りに参加した、現代的な形での見事な「セミ・オペラ」が実現できたと言えるだろう。本来の『夏の夜の夢』からの芝居部分とマスクの部分が別々に存在するのではなく、演劇部分の台本を相当削った上で、音楽と混然一体とさせた形での上演としたのである。指揮者カーニンは、歌とセリフとダンスが混然一体となった今回のようなセミ・オペラは、現代におけるミュージカルにあたるだろうと指摘している。[18] 音楽的な充実は、数多くの批評が絶賛する通りである。[19] 但し、もはやこれは《妖精の女王》ではないという人もいるだろうと予想できる程度には大胆な翻案となっていることも確かである。次節では、その変更点を確認していきたい。

二　『夏の夜の夢』から《妖精の女王》への翻案、シュトゥットガルト歌劇場版へ

物語の「内容」という点では、《妖精の女王》一九六三年改訂版から今回の上演版へは、かなり大きな変更が

施されている。まずは原作『夏の夜の夢』から、《妖精の女王》への翻案箇所を確認してみたい。[20]
《妖精の女王》第一幕では、アテネでシーシュアスの前に若い恋人たちが連行されるところから、アセンズの森への逃避行、職人たちの芝居の打ち合わせ、妖精の王と女王の対立というように話は進んでいく。大公シーシュアスの名は「侯爵」とより一般化され、ヒポリタは存在自体消えてしまっており、この二人の婚姻をめぐるエピソードも省略されてしまっているが、それは三組のカップルの存在により焦点を絞るためであろう。また、パーセルが、この物語を、名誉革命で即位し共同統治にあたった当時の国王夫妻、ウィリアム三世とメアリ二世の結婚生活の調和のアレゴリーとして書いており、それゆえに「アテネ」という地名ごとギリシア要素は消され、「英国化」が進められているのだという説もある。[21]また、一六九三年の改訂で酔っ払いの詩人のエピソードが追加されている。

第二幕から五幕の各後半部分には、音楽劇が「マスク」として挿入されている。二幕では、タイターニアとの直接対決を経て怒ったオーベロンが、惚れ薬になる花の露を使って、四人の若者たちおよびタイターニアに魔法をかけることを妖精パックに命ずるところまで芝居が進んだのち、「夜」「神秘」「秘密」「眠り」の四人の精が登場し、タイターニアの眠りを用意する宴が開催される。

三幕では目を覚ました恋人たちのすれ違いと、職人芝居の練習場面のあとに、パックがそのうちの一人ボトムを連れて行き、薬を使ってタイターニアに一目ぼれさせるように誘導する。この幕のマスクはタイターニアがボトムにみせる余興の部分にあたり、「愛をめぐる困惑」[22]を中心に展開していく。愛の苦しみを歌う「愛がもし甘いものならなぜこんなにも苦しいのか」、そして農民男女（だが演ずるのは二人とも男）のコリドンとモプサによるコミカルなデュエットなどが歌われる。

第四幕では、森で四つ巴のケンカを展開した恋人たちをパックが迷わせ眠らせる一方で、タイターニアは目を覚まして正気に戻り、オーベロンと和解する。ここからのマスクは、『夏の夜の夢』へのストーリー上の大きな追加部分となる。人間に戻されたボトムと四人の若者たちが眠っている間に、妖精たちは新しい日の夜明けを祝う。タイターニアが太陽神フィーバスを呼び出すと、春夏秋冬の四季がめぐり、ふたたび春と生命をもたらしてくれる太陽讃歌となる。第五幕は、目を覚まし和解した二組の恋人たち、そして戻ってきたボトムを含めた職人たちが婚礼のためにアテネへと向かう芝居ののちに、最後のマスクになる。ギリシア神話の神々の女王ユーノーが恋人たちの結婚を祝福するべく登場する。夫を失った女の嘆きの歌が挟まれたのちに（これも九三年の追加部分である）オーベロンが「理想の世界」への場面転換を命じると、「中国人」の歌と踊りの場面となる。この場面の「中国」は、現実の中国など誰も知らない時代に、どこか現実から離れた遠いユートピア、恋人たちにとっての一種の「エデンの園」として描かれている。[23] この理想郷の住人たちが、すっかり懐疑的になっている婚礼の神ハイメンを呼び出し、ふたたびやる気にさせてこの日の婚礼を祝福させる。このマスクの代わりに、結婚式と余興の芝居上演がカットされたことも原作との大きな違いなのだが、確かにもはやここに職人芝居の入り込む隙はまったくない。

シュトゥットガルトでの上演ヴァージョンでは、ここからの大きな改変が更に二点ある。まず、ハーミアとライサンダーの結婚式から物語が始まるという、大前提からの変更を行っている。芝居の観客は、劇場に到着するといきなり、劇場ホワイエ全体を使っての大々的な結婚式に「参列」することになる。喜劇の基本は「結婚」をゴールに置くので、『夏の夜の夢』も三組のカップルの結婚式——の余興——で終わっているが、シュトゥットガルト版では「結婚」がスタートに置かれているのだ。なお、シーシュアスはもはや侯爵としても存在せず、よりこの三組の物語への集中が図られている。

この後、役者は舞台に登り観客は客席に座って、オペラ本篇が「ウェディング・パーティー」として始まる。

本来なら前夜祭であるはずのバチュラー・パーティに相応しい内容が、花嫁側の女性たちも含め、婚礼の宴の延長線上で行われるのである。そしてそのカオスの扉を開けたのが、若い夫婦の未来のありうる姿、自らのセクシュアリティのあり方に悩む高齢カップルの一例としてのタイターニアとオーベロン夫婦である。ビエイトはこの設定についてこう語っている。「われわれは一種のアニマル・ナイトクラブに入っていくのだ。そこは正反対なものでいっぱいな場所で、そこではどんなことでもアリなのだ。[24]」人々は人間の深層心理を開放する場としての「森」に入り込んでいくのである。

もうひとつの大改変は、職人芝居のエピソードを完全にカットし、ボトムたちを登場させないことにした点である。既に《妖精の女王》台本の時点で半分消えていたものではあるが、これもやはり三組のカップルの問題に集中するための決断と言えるだろう。そしてある意味、「ボトムの代わり」は登場する。この点については、詳しいことは後述する。

シュトゥットガルト版が施した変更は、確かに作品の根幹にかかわるレベルのことであろう。特にこの作品のメタフィクション性を大切に思う読者や観客に、職人芝居の部分をカットしたことは大問題と思われるかもしれない。だが、ビエイトはそれを犠牲にしても、そしてわかりやすい直線的な物語を語ることよりも、彼が考えるところの「物語の本質」を伝えることを優先したのだろう。すなわち「パーセルとシェイクスピアの作品の中にある愛の物語を語ること[25]」だ。

三　「森」の中に見つかる多様な性的指向

夜の森に迷い込んだ人々は、さまざまな形で、自分の心の底に潜んでいた愛の喜びや苦しみ、哀しみの感情、そして多様な欲望に向かい合う。もちろんハーミアとライサンダー、ディミトリアスとヘレナの四人に関する描写も重要なのだが、ここでは二十一世紀の上演だからこそ織り込まれる、セクシュアル・マイノリティに関する描写について取り上げておきたい。

「同性婚」も現実的な選択肢になりつつあるいまの時代に相応しく、大々的に同性カップルが登場する場面もある。第三幕終盤の「楽しく時を過ごすさまざまな方法を見つけよう」という曲では、舞台いっぱいに同性カップルが赤ん坊の人形をはさんで「親子三人」手をつなぎ並び立っている。なるほど結婚においても「さまざまな方法」が見つけられ実現されつつある姿が示されるのである。

《妖精の女王》において、個別の歌のレベルで同性カップルの可能性が読み込まれうるものとしてまず挙げられるのは、もちろん三幕の「コリドンとモプサ」の二重唱である。これは男性歌手二人の歌なのだが、モプサは女性という設定なので女装してコリドンに口説かれることになっている。今回の演出では二人ともが女性のドレスを身に着けながら上半身をむき出しにしており、最終的にもともと「女」であるモプサがコリドンの背後から抱きついて腰を動かしはじめるのだが、そこにも「逆転」というよりはより自由な関係のあり方が感じられる。この二人は、ほかにもたくさんのカップルが共に四季の移り変わりを経験していく様を描く四幕の小劇の中でも、夏には海辺でサンオイルを塗り合い、秋冬には抱き合って木枯らしをしのぐというように、共に年月を過ごす存在として再登場している。

今回の上演では、モプサを二幕のマスクで「秘密」役を歌ったテノールのマーク・ミルホーファー、コリドンをディミトリアス役の俳優ヨハン・ユルゲンスが演じている。あくまでこれは便宜的に「ディミトリアス」と違う人が歌っていると考える方が一般的ではあろうが、ヘレナと結婚する以外に「ディミトリアス」の送り得た人生の可能性が、夜の森の中の夢で示唆されているのだとも考えられる配役とも言えるだろう。原作のディミトリアスにゲイとしての人物像を読みこめる部分があるというよりは、男性二人の恋の二重唱があることからの逆算であろうとは推察するが、この二重唱がとても魅力的なものであることは、結果的にこの「可能性」を非常にポジティブに提示することになっている。

ダニエル・オルブライトは『シェイクスピアを音楽化する』（二〇〇七年）の中で、この三幕のマスクで、タイターニアとボトムが、色々な意味で過剰さを削られたものとはいえ、「おおいばりのカマトトからシニカルな快楽主義まで」実に多様な愛の形を目撃することになっていることを指摘する[26]。まさにその中にならば、女王とろばの愛もありうるのではないかというバラエティが示されるのである、と。この場面は、王政復古期という時代の制約を抱えながらもこのセミ・オペラ自体が持つ多様性への指向を、肯定的にとらえ直すためのよい足掛かりとなる場面だと言えるだろう。

オーベロンもまた夜の森の中で、そのセクシュアリティにおける主流からはずれた側面をあきらかにしていく。原作でのタイターニアやパックに対する振舞いから強権的な家父長のイメージもあるかもしれないが[27]、ビエイト演出でのオーベロンは、まず一幕で全員にいたぶられる「詩人」の役を担うように、絶対的な権威とは程遠い、むしろ弱さの目立つ初老男性である。面白いのは、そんなオーベロンが「性を装う」人であるという設定である。三幕後半で、タイターニアに惚れ薬を仕掛ける場面の少し前に登場しておもむろに着替え始めたとき、彼はごく普通のワイシャツとズボンの下に、ピンクのブリーフとブラジャーを付けていた。彼が持っていた大きなズタ袋には、フェイクの女性の胸もあれば、ベルトつきのペニスの模造品も入っていた。彼には女性の下着をつけて女装をすることも、あえてより大きい性器の模型をつけて男性性を誇示するように「装う」こともあるのだろう。彼は、自分の好きなようにその時々の自らの性表現を変えられる道具を持って歩いている。

しかし、家父長制社会の性規範寄りに視点を変えれば、この多様な性の可能性は、裏返ってアイデンティティの不安となってしまう。最終的に彼がこの後の物語で追求していくのは、結局は若さと共に失われていった性的な「男性性」の表現となり、それが不安定な「装い」であるからこそ、その「魅力」の裏書きの負担を「妻」に求めることになる。このあとオーベロンは、眠っている間に惚れ薬をかけられたタイターニアの近くで、ひとまわり大きな「性器」をベルトで腰につけ、やはり袋から出してきたヒョウ柄のガウンを羽織って、彫像のようなポーズをとって、目を覚ました彼女の視界に入るのを待つのである。前述のように、この上演では職人ボトムは登場しない。彼の代わりにオーベロン自身が「獣」を装って、タイターニアの前に登場するのである。

四　タイターニアとオーベロンに見る初老の性的クライシス

ビエイト演出《妖精の女王》で最も興味深いのは、妖精の女王タイターニアと王オーベロンという、妖精ながら人間ならば五〇～六〇代と思われる初老夫婦の描出である。彼らは妖精の王族なので、本来は年齢を超越した存在ながら、その身分に相応しい威厳が保てる程度の年齢の風貌に設定されることが多い。但しタイターニアにはボトムに情熱を燃やす場面があるため、「性的な魅力に富んだ大人の女性」というイメージで仕上げられるケースが多かった。これは過去の演劇・オペラ両方の代表的な上演の記録に見てとれる。(28) しかし今回の演出では、若い二組のカップルと対照的な存在として、性的な能力や魅力が衰えてくる初老の年代に二人を設定している。彼女が着ているグリーンのワンピース、髪型、どっしりした体型などの外見的特徴はもちろん、ハーミアの結婚式で親か親戚かというように中心的に振る舞う姿に、オラムの言う「結婚できる年頃の子どもを持つ年齢なら、その女性は高齢」という基準には合致するように思われる。(29) 彼女を相手に、前述のように、「獣のような男」を装ったオーベロンが、「タイターニアを薬で魔法にかけてろばに恋させる」エピソードを、「ナイトクラブで妻に

（写真１）　カリスト・ビエイト演出《妖精の女王》第三幕（シュトゥットガルト歌劇場）。客席から見知らぬ男「エーバーハルト」を連れてきたタイターニア（Susanne Böwe）を茫然と見つめる、豹柄のコートをまとったオーベロン（Michael Stiller）。© Julian Röder

（写真２）　カリスト・ビエイト演出《妖精の女王》第三幕（シュトゥットガルト歌劇場）。頭にロバ仕様のストッキングをかぶり、自ら首輪を巻いて鎖をつけるタイターニア（Susanne Böwe）。© Julian Röder

媚薬を仕込み、『獣のようなたくましい男』として愛し愛される」というシチュエーションに変えて実行した、という解釈は可能だろう。

もともと、この二人の現在の夫婦関係は決して良好ではない。その険悪な関係の直接の原因は「インド人の小姓」である。原作ではセリフに登場するのみだが、今回の《妖精の女王》では実際に下着姿の小姓とタイターニアが抱き合っているところにオーベロンが通りかかることになっている。この闘いに負けた妖精の王は妻を罰するために一計を講じ、手下の妖精パックに命じて、最初に目に入ったものを熱烈に愛してしまう惚れ薬を彼女の目にかけさせる。通常は、その相手として人間の職人ボトムの頭を「ろば」に変えてあてがうことになっている。

オーベロンによる妻への「罰」の相手として「ろば」が選ばれたのは、「最も強い性的能力を持っていると信じられていた」からだというヤン・コットの指摘がプログラムで紹介されている。[30] オーベロンが自分の妻に「獣」(人間の職人とは、妖精の王族にとってその程度に卑しい存在なのであろう)と関係を持つように仕向けることは、この夫婦の間で最も重要なことは権力闘争なのだと考えればある程度納得できる。スカンタ・チャウドゥリは、オーベロンは自分の妻への支配を確かなものにするために彼女を獣と交わらせ貶めたのだと指摘している。「それは家父長制のもっともみだらでサディスティックな姿である。[31]」その時夫と妻の間にあるのは権力関係だけであり、性的関係も権力を行使するための手段に過ぎない。しかし「夫婦関係の継続」を考えるならば、これはオーベロン自身にとっても負の影響を与えるアクションになりうるのではないか。

今回のビエイト演出のオーベロンの「獣への変身」は、妻へのなんらかの罰としてではなく、むしろ自分の「男性性」を再獲得し、それに妻の承認を得るために行われているように見える。彼は、獣柄の服を着て装具をつけることで、この「動物たちのナイトクラブ」の中で、性的能力の高い「獣」に同化し、自らの装う「男らしさ」をより直接的に、老いを打ち消すフィジカルな力として提示しようとしているのではないだろうか。模造性器を突き出しボディビルのポージングの真似をするこの場面での彼の姿の滑稽さは、「男らしさ」を強制する社会的圧力への過剰適応の滑稽さでもあり、哀しさでもある。

彼の方は、このように自分が「若さ」を取り戻しマッチョな男性的魅力を見せられれば、夫婦間の性的関係秩序はすべて解決すると思っている気配がある。しかし話はまったく彼の期待通りには進まない。

タイターニアが目を覚ました時、オーベロンはその視界にかけらも入らない。彼女は突然叫んで客席最後部まで向かったかと思うと、ひとりの同世代の男性を舞台上へと連れ帰ってくる。女王が早々に「エーバーハルト(Eberhard)」という名前を聞き出し、その名を連呼しながら彼をちやほやする場面は、本演出でもっともインパクトの強い場面の一つとなっている。完全に思惑を外されてしまったオーベロンはそれを遠巻きに見ている。この場の最後では、オーベロンは二人の後ろに座り、タイターニアを膝上に寝かせているこの「エーバーハルト」に耳のようなものをつけたストッキングを被せ、ろばのようなシルエットに仕上げ、うんざりした表情を浮かべる。

休憩後の四幕では、タイターニアは「エーバーハルト」からストッキングを外して自分に被せ、首輪もつけ、そのリードを彼に渡す。これはもともとここでタイターニアの相手になるはずだった「ろば」のイメージから来ているのかもしれないが、自ら人間としての「顔」を消し、紐をつけられたペットになろうとするタイターニアの姿について、より興味深いヒントとなるであろうコットの文章がプログラムに引用されている。

ヘレナ　……私はあなたのスパニエル犬、だからディミトーリアス、あなたに打たれれば打たれるほど、じゃれつくのだわ。せめてスパニエルのように扱って——私を蹴って、私を打って……

（中略）ここでは、少女が自分のことを主人にじゃれつく犬と呼んでいる。この比喩は荒々しい、ほとんどマゾヒスト的なものだ。[32]

どんなに露骨に嫌がられても食い下がるヘレナには、確かに被虐的傾向があるのではないかと思わされる部分はある。原作でヘレナの中にあったその性的願望の可能性が、ここではタイターニアの中に移植されたということになるのだろう。夜の森の中で解放されたタイターニアの抑圧してきたセクシュアルな願望とは、愛する人のペットになりたいというマゾヒスティックなものであったというように。ここでは、単に性的にアクティブであるにとどまらず、「生殖可能性」をそのひとつの正統性の根拠に置く異性愛主義の規範を外れたところへの欲望が示唆されることになる。

エイジズムの視点からすれば、この「いい年」のタイターニアは一見、もう性的なこととは距離を置き始めるべき女性に見えるだろう。だが実際には彼女はむしろここで我々の予想をはるかに超えた性的ファンタジーを展開させるプロセスを見せてくれる。「ボトム」こそ登場しないが、「夜」と惚れ薬の効果によって、彼女がそもそも持っているのに「昼」には抑圧している欲望を解放させるルートが、「エーバーハルト」を媒介に開かれていくことになる。[33]

なお、「エーバーハルト」が客席から突然連れてこられた客（という設定の役者）であり、とまどいつつも実質的にそこに「いる」以外の何もしない匿名的な存在であることには注目すべきだろう。彼はタイターニアの性的ファンタジーの単なるスプリングボードとしてそこにいるだけであり、妄想を具体的に動かし拡げていくのはあくまで彼女自身である。その自律性が強調されていると言えるだろう。

しかし、女性の自律的なエロスはしばしば「モンスター」扱いされる。サロメなど幾多の「運命の女」像に見られるように若い女性でもそうなのであり、年齢が上昇するほどにその傾向は当然高まる。この後の場面でも、タイターニアは、ストッキングの仮面で顔の細かい造作をつぶした異様な姿で、若い恋人たちのエピソードの端々に姿をあらわしていき、時にははっきりと化物相手のように拒絶される様が織り込まれる。全曲中最も有名な一曲である「嘆きの歌」で、若い女性たちが並んで漠然とした不安と哀しみを共有する瞬間があるのだが、そこでハーミアと抱き合おうとしたタイターニアがぎょっとした顔でつきとばされ逃げ出されるのはその最大の例である。どうしようもない異形性をただよわせるその存在自体が、世の中が飲みこみきれない女性の性的ファンタジーや欲望そのものの具現のように見えた。そして彼女の姿を目のあたりにしての夫オーベロンの茫然自失は、いかに我々が自分の最も身近な人間である妻や夫の抱える精神の深淵を知らないかを意味するのだろう。

彼女が魔法から「解放される」のは、「理想郷」を語るパートと言われている「中国人の男女」の歌の中である[34]。挿入されている「猿の踊り」と題された部分で、オーベロンは他の数人と共にゴリラの仮面をかぶり、途中からひとりで放浪しているタイターニアに群がっていき、主のいない首のひもを引っ張る。オーベロンとしてはもう一度だけ、「獣」として「男らしさ」を前面に出してアプローチしてみたということになるのだろう。だがやはりここには彼が望むのだろう交流は成立しない。タイターニアは自らそのストッキングの仮面を取って、「エーバーハルト」の名を呼んで泣きはじめる。このとき、オーベロンも自分の仮面を取って、彼女に手元のフラスコから液体を振りかけ、解毒する。これは通常通りの、「権力を持った男」が「支配下にある女」への締め付けを緩める場面ではなく、彼が彼女の一方的コントロールと、それによる自己の「男性性」の証明を諦める瞬間だと言うべきだろう。

この後に続けて登場する婚姻の神ハイメンの存在も、「結婚」を語る上で皮肉なものとして提示されている。彼は長髪の金髪のカツラをかぶり「獰猛なライオン」に化ける体をとってタイターニアに襲い掛かるが、彼女は巧みにこの獣を手なずけ、首輪をつけてしまう。一転してなつきはじめるライオン＝ハイメンだが、熱心に彼女の身体に自分の身体をすりつけ、なめ上げようとするので、これを見ていたオーベロンがあわてて彼女からハイメンを引き離そうとする、この「野生児」の振舞いに明らかなように、婚姻とは結局、肉体という内なるあらぶる自然をむりやり飼いならしているだけの不安定な社会的契約でしかない。

全幕のフィナーレで全員が白日のもとに戻り、昨夜のパーティ後の記憶を確認・修正するためなのだろう、再び昨夜のパーティで出されたウェディング・ケーキが持ってこられる。これで一応、昨日の深夜の狂騒は昼の光に抑圧され、「なかったこと」になるのだろう。中央でケーキの皿を持っているタイターニア。全幕の最後、本来ヒポリタとシーシアスのセリフであった以下の部分が、彼女とオーベロンとの言葉として挿入される。

タイターニア「こんな馬鹿ばかしい芝居は初めてだわ。」
オーベロン「芝居というものは最高の出来でも所詮は影。そのかわり最低のものでも影以下ということはない。想像力で補えばいいのだ。[35]」

このあと、彼女は「イー、アー（I, a）」という、吐きそうな声を絞り出した。これはドイツ語でろばの鳴き声を意味するオノマトペなのだという。昼の世界で「老いた夫と妻」として生きる現実が彼女にもたらす窒息感を如実に感じさせる終わり方であった。

後半の見どころである四季の循環のシークエンスについては、「太陽によって四季が自然の秩序に従うように、オベロンとティターニアの関係も本来あるべき調和をとりもどし、2人が仲良く妖精の国を治めることを象徴的に示しているのであろう[36]」というのが基本的な解釈であろう。あるべき秩序、特に男女間の秩序の回復は、国王夫妻の結婚の和合を寿ぐという、《妖精の女王》初演時の歴史的な文脈から言えば妥当な着地点と言えよう。だが、そこに集まった現代の何組もの多様なカップルにとって、この結末は、必ずしも幸福な結末を約束しない。タイターニアに関して言うなら、再び春が巡ってきた段階でもまだ仮面をつけて夜の底をさまよっていたのである。盛大なファンファーレとともに寿がれる「再生」と秩序。今回のビエイト演出に登場するタイターニアとオーベロンは、そうした「社会秩序を支えるまっとうな初老夫婦」に期待されるごく狭い「幸福」に全身全霊で異議申し立てをするような存在であった。

（1）Sophie Fuller and Lloyd Whitesell (Ed.), *Queer Episodes in Music and Modern Identity* (University of Illinois Press, Urbana and Chicago, 2002) pp. 5-8.

（2）ジェイン・ピルチャー、イメルダ・ウィラハン『ジェンダー・スタディーズ（キーコンセプト）』（片山亜紀、金井淑子訳　新曜社、二〇〇九年）一五二頁。

（3）シュトゥットガルト州立劇場での Henry Purcell, *The Fairy Queen* のカリスト・ビエイト演出による初演は二〇一六年一月三一日、私の鑑賞日は二〇一六年二月六日および一二月八日。演出スタッフは以下の通り。演出 Calixto Bieito、舞台美術 Susanne Gschwender、衣装 Anja Rabes、照明 Reinhard Traub、振付 Beate Vollack、ドラマトゥルグ Patrick Hahn, Bernd Isele、合唱指揮 Johannes Knecht、指揮 Christian Curnyn、シュトゥットガルト州立歌劇場管弦楽団、合唱団。配役は Puck : Maya Beckmann、Mystery : Lauryna Bendziunaite、Lysander: Manolo Bertling、Titania : Susanne Bowe、Night : Mirella Bunoaica、Spring : Josefin Feiler、Hermia : Julischka eichel/ Jeanne Seguin（歌唱）、Demetrius : Johann Jurgens、Queen of Secresie : Mark Milhofer、Helena : Hanna Plas、Hymen : Arbaud Richard、The Indian Boy : Alexander Sprague、Der Priester Frank Laske、Continuo Gambe : Franziska Finckh、Bass de Violin : Matthias Bergman、Laute : Josep M. Marti Duran.

（4）昔から存在する「男らしさ」の証左としての性的能力の誇示に加え、最近は生殖能力自体までもが問題化されてきている。倉橋耕平「男性不妊と男性性――〈老い〉という視点を読む」「インクルーシブ社会研究16　生殖と人口政策、ジェンダー」（立命館大学人間科学研究所、二〇一七年）一〇一―一一一頁。

（5）倉田容子『語る老女　語られる老女―日本近現代文学にみる女の老い』（學藝書林、二〇一〇年）一四頁。

（6）Maurice Charney, *Wrinkled Deep in Time : Aging in Shakespeare* (English Edition) (Columbia University Press, 2009).

（7）Yvonne Oram, *Old, Bold and Won't Be Told : Shakespeare's Amazing Ageing Ladies* (English Edition) (Union Bridge Books, 2013) エイジングに関するどちらの本でも、タイターニアは分析対象としては挙げられておらず、彼女を比較的高齢のポジションに置くことがイレギュラーなことだと分かる。

（8）ヤン・コット『シェイクスピアはわれらの同時代人』（蜂谷昭雄・喜志哲雄訳、白水社、二〇〇九年）。本書の現代の舞台への影響については Gary Jay Williams, *Our Moonlight Revels : A Midsummer Night's Dream in the Theatre.* (University of Iowa Press, Iowa City, 1997) 第九章に詳しい。

（9）ウィリアムズによれば、John Hancock (San Francico, 1966)、Ariare Mnouchkine (Paris, 1968)、Peter Brook (RSC, 1970)、Peter Hall (film version, 1969)、Liviu Ciulei (Guthrie Theatre, 1985) などの舞台にとくにコットの解釈の影響が見られる。Williams, op. cit., pp. 215, 222-6, 238-9.

（10）Sukanta Chaudhuri (ed), William Shakespeare, *A Midsummer Night's Dream* (Arden Shakespeare Third Series) (Bloomsbury Publishing, 2017), p. 105.

（11）Patrick Hahn and Bernd Isele, THE ANIMAL'S NIGHTCLUB: Zur Theaterproduktion »THE FAIRY QUEEN« in *The Fairy Queen.* (opera production program.) (Oper und Schauspiel Stuttgart, Spielzeit 2015/16) pp. 4-6.

（12）作品についての基本情報は、ウィリアムズの前掲書の第二章 'Shakespeare Absolute: Fairies, Gods, and Oranges in Purcell's *Fairy Queen*' (Williams, op. cit. pp. 38-60.)、高際澄雄「パーセル『妖精の女王』における詩と音楽」（『宇都宮大学国際学部研究論集』第二三号、二〇〇七年、七三―八八頁）、佐藤章『妖精の女王』解説書（CD: Archiv POCA-2563-4、一九八七年）などを参照した。台本作家についての言及は Christian Curnyn, 'Die Denkraume Verdoppeln

Sich', in *The Fairy Queen.* (opera production program), op. cit., p. 33.

(13) 高際、前掲論文、七三頁。

(14) 高際澄雄「パーセル『妖精の女王』2009 年公演の意義」(『外国文学』no. 60、宇都宮大学外国文学研究会、二〇一一年、一四三—一五二頁)。

(15) David Pountney 演出（ENO, 1995）はＤＶＤに収録されている（Arthaus, 2014）。

(16)「インドの小姓」は、今回のように、その性的魅力ゆえにオーベロンとタイターニアが執着しているという印象が強いが、テクスト上はタイターニアにとっては、そうした存在にはならないはずである可能性が高いようである。「ティテーニアにとってこの少年は、インドの王様から盗んだ「取り替えっ子」どころか、（中略）かけがえのない友であった「インド」の母親の思いがこもった子なのだ。…(中略)…海外から荷を満載した船が訪れる島々の港で、胡椒の香りが漂う海と砂と風と夜と大気に包まれた女性だけの共同体が残した形見が「インドの小姓」なのである。とすれば、ティテーニアにとってこの子を失うことは、その共同体の自由と誇りを、そのような歴史や記憶を共有しない男によって踏みにじられることだ。」本橋哲也『侵犯するシェイクスピア　境界の身体』（青弓社、二〇〇九年）、五〇—五一頁。Cf. Chaudhuri, op. cit., p. 86.

(17) Hahn und Isele, op. cit, p. 6.

(18) Curnyn, op. cit., p. 33.

(19) たとえば Neue Zurcher Zeitung の二〇一六年二月二八日、Thomas Schacher による公演評では「音楽面においては、英国古楽のスペシャリストであるカーニンとシュトゥットガルト歌劇場管弦楽団のメンバーは「幸福な結婚」をした。」と紹介されている。

(20) Williams, op. cit., pp. 44-55. 佐藤章『妖精の女王』解説書　五—七頁。

(21) Williams, op. cit., pp. 44-45.

(22) Hahn und Isele, op. cit, p. 5.

(23) Williams, op. cit, pp. 53-54.

（24） Hahn und Isele, op. cit, p. 6.

（25） Hahn und Isele, op. cit, p. 6.

（26） Daniel Albright, *Musicking Shakespeare : A Conflict of Theatres.* (University of Rochester Press, Rochester, 2007), pp. 247–8.

（27） 戦後のさまざまな演出では、オーベロンの暴力性が強調されるものも多い。Williams, op. cit, pp. 238–9, Chaudhuri, op. cit., pp. 83–84.

（28） たとえば《妖精の女王》ではパウントニー演出は紫のドレスを着たイヴォンヌ・ケニーが、ケント演出では黒い羽根をつけ黒いドレスをまとった妖艶なサリー・デクスターが、それぞれ非常にセクシーなタイターニアを歌い演じている。

アーデン版でのチャウドゥリによる序文では世界中の『夏の夜の夢』のいろいろなプロダクションを紹介しているが、ひとつあげるならば、ピーター・ホール演出の映画版（一九六八）で、若きジュディ・デンチがタイターニアとしてヒッピーの女性のような半裸の姿でボトムにアプローチしている場面は印象深い。Chaudhuri, op. cit., p. 18.

（29） Oram, op. cit. pp. 1–2.「子どもを産める年齢を過ぎた女性は老人とみなされる」のはつまり閉経・更年期 menopause とも関係する。Charney, op. cit. p. 5.

（30） Jan Kott, 'Shakespeare und das animalische,' in *The Fairy Queen.* (opera production program.), op. cit., p. 28.

（31） Chaudhuri, op. cit., p. 83.

（32） Kott, op. cit., p. 27.

（33） プログラムで紹介されているように、ヤン・コットによれば、タイターニアの周囲、「森」とその住人たちの描写には性的な要素にまつわるものが多い（Kott, op. cit., p. 28.）。豆の花・蜘蛛の巣・蛾・芥子の種と呼ばれる彼女の宮廷の貴婦人たちは、「実は魔女の媚薬の成分にほかならない」のであり、彼女に向けて歌われる子守歌では蜘蛛や蛇、こうもりやかたつむりなど「中世やルネサンスのどの処方書にも、性的不能や種々の婦人病をなおす薬として出ている」ものばかりだ。タイターニアというのは、ハーミアたち若い四人が逃げ込む「森」という自然の世界が持つ、「動物的な恋愛の行為の暗い世界」(Kott, op. cit., p. 26.)のパワーと根本的なところで親和性を持つ、根本的に性的エネルギーが強いという設定になっているキャラクターであることは押さえておきたい。

(34) Williams, op. cit., p. 54. 高際、「パーセル『妖精の女王』における詩と音楽」、八四頁。ウィリアムズはこの場面をエデンの園になぞらえて語り、後述のサルについても魔笛に飼いならされた動物のようなイメージを示している。「このエキゾチックな楽園は、プライドにも野心にも名声にもわずらわされないところで、ここで原型的なアダムとイヴ(テノールとソプラノ)は共に自分たちの愛と祝福を歌っている。…エデンの園をさらに示唆するものとして、六匹のサルが木々の間から登場して踊り出す。」高際澄雄は、「この中国人は、天地創造の時の光輝と清純さを語り、人間存在の原点、原罪以前の状態を示すという役割を果たしている。」と書いている。

(35) シェイクスピア『夏の夜の夢・間違いの喜劇』松岡和子訳、ちくま文庫、一九九七年、一四六頁。

(36) Williams, op. cit p. 50.「パーセルは四季をめぐるマスクを書いたが、このマスクは妖精の王と女王の和解による自然の秩序への回帰を象徴している。」

第九章　ビサイドのクィアネス
——イヴ・セジウィックにおける接触

清水晶子

ビサイドが興味深いのは、きわめて二元論的なところのまったくない前置詞だからでもある。多くの要素がたがいに隣りあって並ぶことができるが、無限に並ぶわけではない。［……］しかしながら、ビサイドが興味深いのは、それが換喩的平等の関係のファンタジーだからではないし、平和な関係のファンタジーだからですらない。ビサイドがそんな関係ではないことは、兄弟姉妹とベッドを共にしたことのある子どもなら、誰だってわかっている。ビサイドはきわめて幅広い関係を含んでいる。欲望すること、同一化すること、代表すること、拒絶すること、平行すること、差異化すること、張り合うこと、もたれかかること、ねじること、擬態すること、引っ込めること、惹き付けること、攻撃すること、ゆがめること、それ以外の多くの関係を。

Eve Kosofsky Sedgwick, *Touching Feeling : Affect, Pedagogy, Performativity.*（1）

一　ビサイドであること

一九八五年の著作 *Between Men* によって初期クィア理論を牽引する論者のひとりとなったイヴ・セジウィックは、それから二〇年後、*Touching Feeling*（以下 *TF* と略）のイントロダクションにおいて、空間的な関係性をさし示すもうひとつの前置詞に着目することになる。[2] 一面ではこれは、この英文学者の思考の一貫した特徴を示すものと言えるだろう。しかし他方で、*TF* を含むセジウィックの二〇〇〇年代の著作は、文化理論におけるいわゆる〈情動論的転回〉の文脈で捉えられることも少なくない。[3] つまり、セジウィックの二〇〇〇年代の著作を、彼女の八〇年代後半からのクィア批評の仕事の延長線上においてではなく、むしろそれを含む八〇年代から九〇年代の文化理論を特徴づけるポスト構造主義と〈言語論的転回〉への批判の色あいをもったものとして理解する、ということである。

実際、*TF* は、ラカン、フーコー、デリダらの著作に強い影響をうけつつ展開された九〇年代の反本質主義的なジェンダー／セクシュアリティ研究の意義を認めつつ、「脱構築／クィアの系統から離れること（五）」を提唱する。「脱構築／クィアの系統」では、「深さや隠されていることというトポス（八）」、隠されたものの「暴露（八）」に傾心する「パラノイア的探求（一二六）」、そして問題含みの現状を「超えて」「今にも完成するはずの批評的／革命的実践を『求める』身ぶり（八）」が突出しているのではないか。そして、そのことがセクシュアリティの理論と政治とを不当にせばめているのではないか。セジウィックは、「反本質主義的な」「脱構築／クィアの系統」への違和感を、そう説明する。そして、そのような批評的実践を特徴づける beneath（〜の下に）や beyond（〜を超えて）という視座へのオルタナティブとして、beside（〜の横に）に注目するのだ。換言すれば、セジウィックはここで、beneath や beyond への偏愛が看過してきた〈ビサイド〉に、あらたなセクシュアリティの政治の可能性を見出そうとしているのである。

しかしここで注目したいのは、本論の冒頭に引用した一節のすぐ直前で、セジウィックがこう述べていることである。「タイトルが示しているように、*TF* においてもっとも目につく前置詞は、おそらくビサイドである（八）」。ところが、セジウィックが明示的かつ直接的にビサイドについて述べている箇所は、引用した一節を含む一、二ページに過ぎない。したがって、ここで「もっとも目につく」とされているのは、ビサイドという前置詞それ自体ではなく、それによって表される関係のことだと考えられるだろう。それでは、この特定の関係が「タイトルが示しているように」と表現されるのは、どういうことなのだろうか。

もちろん、これはもっとも直接的にはタイトルのシンタクス、すなわち、主従関係や因果関係、おそらく時間的な前後関係すらもたないままに空間的に隣りあわせで並べられた Touching と Feeling というふたつの単語の連なり（あるいはさらにそれに続く、Affect、Pedagogy、Performativity という単語群）を指しているだろう。しかし同時に、とりわけタイトルそれ自体の中にビサイドという単語が見当たらないがゆえにいっそう、セジウィックのこの表現は、タイトルに用いられたふたつの単語〈触れること touching〉と〈感じること feeling〉とのいわば相互の隣接性のみならず、そのそれぞれが要請する隣接性をも、示唆するように思われる。実際、本書の表紙に使われたジュディス・スコットの写真は、まさしく空間的に相互に隣り合ったもの同士の〈接触〉を示すものだと言えるだろう。レオン・ボレンスタインによって一九九〇年に撮影されたこの写真で、スコットはみずからが制作したファイバー・アートのオブジェの隣に立ち、大人の上半身より少し大きいくらいのずんぐりと丸みを帯びたフォルムをもつこのオブジェに両腕をまわし鼻を埋めるようにして、それを抱きしめている。彼女の顔はオブジェにぴったりとつけられ、目は閉じられている。アーチストとオブジェとは、どちらも、自立しているようにも見える反面、かすかに互いの方へと傾き、寄り添いあってもいる。タイトルと共に（あるいはそれに並んで）表紙に置かれたこの写真は、触れること／感じることに、ビサイドの経験としてのほとんど特権的な地位を与える役割を果たしている。だからこそ、本書で「もっとも目に付く」前置詞が「タイトルが示すように」ビサイドである、とセジウィックが書く時、私たちはビサイドと接触とのこの強い結びつきに注意を向けずにはいられない。つまり、セジウィックにとって、beneath と beyond とへの偏愛に彩られた現在のセクシュアリティの理論や政治へのオルタナティブとなるべきビサイドへの着目は、接触という身体的経験ときわめて密接につながっているのではなかろうか。

しかし、セジウィックの明らかな宣言にもかかわらず、上述したように、*TF* においてビサイドそれ自体が明示的に扱われることは、ほとんどない。同様に接触もまた、それ自体としてはヘンリー・ジェイムズを論じる第一章で辛うじて扱われるのみであり、しかも、その議論の焦点はビサイドよりもむしろ「触れる手が皮膚に侵入すること（五九）」に絞られているのである。こうして接触／ビサイドの問題系が一見したところあたかも忘れ去られたかのようであるのに対し、本書で明示的にあつかわれるキーワードは、〈情動 affect〉である。

カルチュラル・スタディーズでの情動への注目と並行して、精神分析理論を応用した文学／映画／文化理論に基づいて欲望や身体を論じることの多かったクィア理論においても、二〇〇〇年代には身体と政治とを結びつけるオルタナティブな考察の重要なキーワードのひとつとして情動が取り上げられるようになった。[4] その中で *TF* は、比較的早くに情動の可能性に注目していたこともあり、もっとも頻繁に言及された著作のひとつと言える。とはいえ、それらの言及においてセジウィックの情動論自体が詳細に論じられることは、実はきわめて稀であった。[5] ましてや、セジウィックが本書のイントロダクションにおいて短くしかし明らかな重要性をもって言及しているビサイドと接触というテーマが情動といかに関係しているのかについては、セジウィック自身が詳細に論を展開していないこともあって、ほぼ素通りされてきたと言っても過言ではない。

しかしながら、セジウィックがいわば扱い損ねたままにしているからこそなおさら、接触とビサイドというこのテーマは、セジウィックの情動論を考えるにあたって、あらためて検討されるべきではないだろうか。それを通じて、セジウィックにとっての情動のもつ理論的／政治的意義を、いわば〈ビサイドのクィアネス〉の可能性の中に見出せるのではないだろうか。

二　接触と浸透性

タイラー・ブラッドウェイの "'Permeable We!': Affect and the Ethics of Intersubjectivity in Eve Sedgwick's *A Dialogue on Love*" は、*TF* より数年早い一九九九年に出版されたセジウィックの自伝的テクストである *A Dialogue on Love*（以下 *DL* と略）を中心にするものの、*TF* にも多くの言及があり、セジウィックの情動論を詳細に論じた数少ない論考のひとつである[6]。ブラッドウェイは、セジウィックの情動論は間主観性の倫理に基づくものだ、と論じる。彼によれば、複数の個体が非個人的に、つまり主体や個体の境界を超えて、互いに浸透的（permeable）に存在する場を可能にするような情動の生成こそ、セジウィックにとっての政治的、倫理的な要請であった、ということになる。

> セジウィックの間主観性の倫理は、クィア理論の情動的な様態をおしひろげ、どのひとつの個体の生をも超えて広がるような「抱擁」という永続性のある非個人的関係という概念をそこに含むようにするための、ひとつの方法を提示しているのだ。（八一）

このように間主観的で浸透的な場や情動を作り出すものとして、DLにおいては〈束ねる bind〉ことに注意が向けられている、とブラッドウェイは指摘する。DLは、セジウィックが書きつける散文と詩句（「ハイク」）、そしてセジウィックのセラピストであったヴァン・ウェイによるセッション・ノートからの抜粋とで、構成される。この三者はすべて異なる書式で書き連ねられ、各々別のものとして並列された三様の声を示すのだが、にもかかわらず、その三者が束ねられることによってそれぞれの声は互いに浸透しはじめ、そこに非決定的な間主観性の倫理が示唆されるのだ、とブラッドウェイは主張する。したがって、DLは「"besides"の情動を視覚的に具現して（八八）」いるのであり、「ビサイドであることは、セジウィックが説明しているように、『無矛盾』の経験である――だからこそ［DLにおける］浸透的な観点の関係が生じるのだ（八八）」。さらに、〈束ねる bind〉ことは、〈ばらばらにならないように一緒にしておく hold together〉ことである。したがって当然のことながら、このような相互浸透的で非個人的なビサイドの関係は、ひとつに束ねられた複数のテクスト間のみではなく、互いに〈抱擁 holding〉しあう関係性一般に、見出されるということになる。「抱擁はセジウィックの浸透的かつ非個人的な関係性のネットワークに関連する情動である（九二）」。そしてもちろん、抱擁の関係性とは、複数の個体が互いに互いの横にあって（ビサイド）しかも接触をしているという関係のひとつに他ならない。

つまり、ブラッドウェイが描き出すところに従うなら、セジウィックがビサイドや接触に注目するのは、それが複数の個体の相互浸透を促し自他の区分を非決定的なものにするような情動を生み出すためである。そのような相互浸透をともなう接触は「行為能力（agency）と受動性とを二元論的に理解できなくしてしまう（TF，一四）」とセジウィックは述べているものの、にもかかわらずそこには「エイジェンシーの場」がつくりだされるのであり、それは「意識的な思考よりも情動的な身体化 embodiment を優先する経験」から生まれるエイジェンシーなのだ、とブラッドウェイは説明する（九六）。このエイジェンシーこそセジウィックにとっては「効果的な創造性と変化との余地（*TF*, 一三二）」をもたらすものなのだ、と。そして、セジウィックにおけるクィアネスもまた、間主観的な関係性の中に求められることになる。

情動とペダゴジーについてのセジウィックの考えは、間主観性という点で交錯する。セジウィックにとって、間主観性ははっきりとクィアな屈曲をもつ倫理的関係である。批評家達は以前から彼女のクィアネスの定義に関係性という性質があることに気がついていた。（八八）

したがってブラッドウェイによれば、セジウィックにおけるクィアネスとは「浸透的な関係のネットワークそれ自体のうちに見出されるものであり、それに本来備わっているものなのだ（九一）」。

しかし、ビサイドや接触は、それほど容易に自他の浸透的で間主観的な関係を導くものなのだろうか？　セジウィックが提唱したクィアネスの意義は、本当にそのような関係性において見出されるべきなのだろうか？　そしてそもそも、接触という身体経験をただちに浸透性や間主観性とつなげ、それを無矛盾に特徴づけられるビサイドの経験として了解するとしたら、それはむしろ、接触を行う身体についてのクィアな経験をめぐる議論を、あまりに早急に考察から除外することにはならないだろうか？　セジウィックにおけるビサイドのクィアネスの可能性を論じるためには、まず、これらの点について考えなくてはならないだろう。

〈触れあう唇〉についてのリュス・イリガライの考察は、接触と自他境界の浸透性や不確定性との関係についてセクシュアリティの観点から論じた早い時期の代表的な論考として良く知られている。イリガライの *This Sex Which Is Not One* は、自律した個の、そして屹立する男性器の「〈一〉性 oneness」に対置されるものとして、「そのそれぞれが『一』としては同定不可能な（二一八）」「少なくとも二つの［唇］（二一六）」からなる女性のセクシュアリティや、常にみずからにとっての他者でもあるような女性性、そして「何とも同一ではなく［……］むしろ互いに隣接し接触している（二九）」女性の言葉に、注目する。[9] ここで接触は、能動性と受動性とが不可分であるような身体経験として論じられる（二四）。接触の経験は、主体と客体の明確な区分およびそれに伴う個別化 individualization に特徴づけられる視覚経験（二五）に対し、より女性的な快楽の経験（二六）として位置づけられるのである。女性器にむけられる視線はそこに「見るべきものがない nothing-to-see」と理解する。これに対して触覚はまさしくその場において自他の境界線を浸透させせつつ快楽を経験するのだ。イリガライのこの議論は、上述したジュディス・スコットの写真、*TF* の表紙に使われた写真を前にして、ほぼそのまま当てはめられるように思えるかもしれない。つまり、セジウィックも指摘するように（*TF*, 二二）、スコットは自らの作品に近づき過ぎている（顔を埋めている）ためにその作品を視線の対象として捉えることはできないのだが、まさに視線を機能させないその近さこそが彼女と作品との抱擁という接触の経験を可能にしているのだ、と言うこともできるだろう。

しかし、「ほぼそのまま当てはめられる」という時の「ほぼ」は重要である。スコットの写真における接触はスコット自身の身体とスコットの作品との間で生じている。これに対して、イリガライが〈触れあう唇〉について「触れているものと触れられているものを区別することができない（二六）」と述べるとき、この接触は、少なくとも第一義的には、ひとつの女性身体の異なる部位の間に生じる経験である。換言すれば、スコットの写真における接触が、〈わたしの身体〉とその外部との間で生じるのに対し、イリガライの〈触れあう唇〉はいわば〈わたしの身体〉を構成する異なる部位同士の接触をとりあげているのだ。もちろん、「触れているものと触れられているものを区別することができない」というイリガライの考察は、対象に触れている時には必ずそれと同時に触れている対象によって触れられている、ということが接触の経験の基本的な要素である以上、接触の経験一般へと敷衍することも可能である。実際、前述したように、イリガライは、見るものと見られる対象との距離を前提とする視覚と対比される感覚、したがって主客の明確な区分を維持しようとする男性主義的なロゴスに挑む感覚として、触覚一般を捉えているのであって、〈触れあう唇〉はいわばその象徴的な存在だと言えるだろう。マルグリット・シルドリックが指摘するように、イリガライにとって「触覚は主体と対象との切り離しに先立つだけではない。より正確に言えばそれを先延ばしにするのだ」[10]。しかし、このようなイリガライ的接触における主客の「非決定性」や「融合」の可能性を指摘するシルドリックが、その時ふたたび「みずからのふたつの手、あるいはふたつの唇」相互の接触へともどるのは、示唆的である（一六五）。これは、接触のもたらす主客非決定の融合性、あるいはブラッドウェイ的に言うのであれば自他の浸透性という理解が〈わたしの身体〉の異なる部位相互の接触については比較的スムーズに成立するように見えるのに対し、〈わたしの身体〉とそうではないものとの間に起きる接触については必ずしもそうではない、ということではないだろうか？　そのふたつの接触を「触れているものは同時に触れられている」という表現で性急に同一視してしまうとすれば、それは、とりわけ後者の接触において明らかな〈わたし・ではないもの〉の経験、しかしより正確には接触という経験にそもそも伴うものであるかもしれないある種の抵抗を、過小評価することにならないだろうか？

三　ぎこちない接触

イリガライの〈触れあう唇〉に対しては、しばしばフェミニズムやクィア理論から、性差を解剖学へと本質主義的に還元する危険性が指摘されてきた。しかし同時に、このようないわゆる生物学的本質主義批判にとどまらず、そもそも男性性のエコノミーと完全に切り離されたものとして女性性の理想を称揚する傾向がイリガライに見られることそれ自体への批判もむけられてきたことは、重要である。[11] そしてこの後者の批判は、前節で述べた〈わたし・ではないもの〉の問題と、無関係ではない。たとえばジュディス・バトラーは、生物学的本質主義か否かより、むしろ女性のセクシュアリティをファリックな秩序と根本的に断絶したものとみなしかねないという点に、イリガライの議論の問題を見出す。

しかし、ここで女性的なセクシュアリティが生物学の言説を通じて表現されているのが純粋に戦略的な理由からであろうと、それとも実際のところこれが生物学的本質主義へのフェミニスト的回帰なのであろうと、そのいずれであったとしても、セクシュアリティのファリックな編成と根源的に別のものとして女性のセクシュアリティを描き出すことの問題は、残っている。(三九)[12]

良く知られているように、バトラーの *Gender Trouble* とそれに続く *Bodies That Matter* とは、まさしくこのような議論に対抗し、いわばイリガライが批判した精神分析理論への批判的回帰を通じて、ジェンダーと身体とを考えようとする試みであった。[13] バトラーは、身体的自我それ自体が、ファリックかつ異性愛中心主義的な規範に基づく愛の禁止とそれによって引き起こされる愛の対象のメランコリックな体内化によって構成されており、その意味で〈わたしの身体〉であるところの〈わたし〉は不可避的に他者性に浸透されている、と論じたのだ。

しかしここで注意しなくてはならないのは、体内化と同一化、そして痛みと性感帯についてのフロイトの議論を選択的に援用して再構成されたバトラーのこの考察が、「自我とは身体的自我である」というフロイトの言葉を転倒させ、身体が自我の輪郭を描くのではなく、〈わたし〉が経験する身体輪郭は体内化の作用を身体表面へと投影することでかたちづくられるのだとした点である。言い換えるならば、ここで他者性は、接触の生じる物理的身体表面ではなく、むしろ身体輪郭をそれと感じとる感覚（セジウィックの言葉を使うならfeel）の構成において、導入されているのだ。したがって、バトラーの議論は何かを感じとる〈わたし〉の感覚がすでに〈わたし・ではないもの〉によって浸透されている様を論じているのであり、接触において〈わたし・ではないもの〉の介在が自覚される経験をよりわけて扱うことは、ここでは難しくなってしまう。

クィアな身体経験の考察からこの問題に補助線を引くために、心的投影を通じてその輪郭が感取され／構成されるものとしての身体という上述のようなバトラーのモデルを批判したジェイ・プロッサーの議論を、ここで紹介しておきたい。プロッサーは、〈わたし〉自身が感じる身体表面と外側から〈わたし〉の身体として見えている表面とが乖離しているようなトランスセクシュアルの身体違和の経験は、バトラーのモデルでは説明できない、と指摘する。「失われた同性愛的な愛の対象へのメランコリーが、（ヘテロセクシュアルな）身体の上でセックスを字義通りのものとする（二六八）」ことを示そうとするバトラーのモデルにおいては、「身体表面は身体の心的投影へとなだれ込んでしまい、身体の物質性は想像的投影とひとつに混ぜ合わされてしまう（二七〇）」[14]。この結果、身体は身体表面へ、そして身体表面はあくまでも幻影的なものへと還元される。これはそもそも身体をその可視的な表面においてのみ理解しようとする試みであり、したがって触覚に起因する身体感覚bodily sensationによってもたらされる身体の知覚を説明することができない、とプロッサーは論じる。そして、可視的な表面としての身体と身体感覚によって知覚される身体との間のこのずれは、トランスセクシュアルの身体経験においてきわめて重要なのだ。「トランスセクシュアルは必ずしも異なる形でジェンダー化されているように見えるわけではない。しかし、そもそもの定義上、誕生時に割り当てられた性別と異なる形でジェンダー化されていると感じているのである（二七一）」。

プロッサー自身はここでイリガライに言及はしていないものの、可視的表面としての身体と身体感覚によって知覚される身体とのずれに着目し、後者を優先的に考察しようとするこのアプローチは、バトラーを批判しつつイリガライの議論へとなかば回帰するものとして読むことも可能であろう。しかしながら、プロッサーがここでとりあげる「ずれ」は、必ずしも視覚的に認識された身体と触覚的に認識されたそれとの分断として理解されなくても良いのではないだろうか？ むしろこのずれは、より正確には、接触 touch を経験する身体表面それ自体がすでに〈わたし〉が感じる feel 身体と同一のものではない、ということを示すものとして、理解されるべきではないだろうか？ というのも、本節の冒頭で述べたように、バトラーの提唱するモデルにあっては、〈わたし〉が感じる身体、あるいは身体を〈わたし〉が感じるその感じ方それ自体が、メランコリックな体内化と投影の結果だとされているからである。つまり、その意味ではそもそもの最初からバトラーの議論は、〈視覚的に認識された身体〉ではなく、プロッサーが優先しようとする〈身体感覚によって知覚される身体〉をこそ、優先的に扱っているのだ。したがって、〈身体感覚によって知覚される身体〉に戻るだけでは、バトラーのモデルが看過する「ずれ」を論じることはできないだろう。[15] 確かにここでプロッサーが問題にしているのは、身体感覚によって知覚される身体表面と、その身体の外部から視覚的に認識可能な形で存在している身体表面とのずれである。しかし、前者を説明するためにプロッサーが依拠する接触という経験は、フロイトの言葉を借りるまでもなく、前者だけではなく後者もがあらかじめ巻き込まれた場において、生じているはずなのだ。[16] そして、プロッサーが主張するように前者の身体表面と後者の身体表面とが必ずしも融合しないものであるとすれば、言い換えれば、心的投影を通じてかたちづくられた身体の輪郭が解剖学的な身体表面を滑らかになぞるとは限らず、したがってその両者の間にはそもそも何らかのずれの可能性が潜むのであるとすれば、その「ずれ」は視覚的身体と触覚的身体の間にではなく、接触という身体経験それ自体の中に、見出されるべきではないだろうか。つまり、解剖学的な身体表面において生じる接触 touch を感じる feel とき、それは常に〈わたし・ではないもの〉の可能性を経由している、ということになるのではないか。

ここで明らかになるのは、接触という身体経験をただちに相互浸透性や間主観的関係に結びつけることの限界である。すなわち、接触は、異なる個体を相互に浸透させて間主観的な情動を生み出すのではなく、あるいは少なくともそれだけではなくそれと同時に、身体経験に〈わたし・ではないもの〉を媒介させた輪郭を与え、〈わたし〉と〈わたし・ではないもの〉との「非決定的な融合」に対する潜在的な抵抗として、機能するのだ。ここで〈わたし・ではないもの〉を媒介させた輪郭をもつ身体とは、プロッサーの言うような視覚的に認識された身体ではなく、むしろサラ・アーメッドが描き出すような、〈わたし〉ではない事物との痛みをもたらす接触を通じて感取される身体に近い。「そもそも『表面』が『そこにある』と感じられるのは、この身体と他の事物――他の身体を含む――との痛みをともなう遭遇を通じてである[17]（二四）」。この時、痛みは「『わたし』の中にあって『わたし・ではない』なにものかとして感じられる（二七）」のだ。とはいえ、「非決定的な融合」への抵抗は痛みをもたらす接触においてのみ生じるわけではない。限りなくよろこびに満ちた接触においても、その時に息をのむ強度で感じられるのは、触れているものと触れられているものとの融合ではなく、その両者を隔てる境界でありしたがってその両者の融合に抵抗している「表面」なのだから。

もちろん、そのようにしていわば〈わたし〉とそれ以外の事物との自由な相互浸透が妨げられる契機があることは、〈わたし〉とそれ以外の事物との関係性を否定するものではない。むしろ、〈わたしの身体〉の輪郭が〈わたし・ではないもの〉との「非決定的な融合」への抵抗を示す痛みや違和感において経験されるとすれば、まさしくそれ故に、〈わたしの身体〉は常に〈わたし・ではないもの〉に依存し、それになかば浸透されたものとして、経験されることになる。「私たちを他者と切り離すものが、同時に私たちを他者と結びつけもするのだ（二五）」。逆接的なことに、接触が痛みや違和感をともなう抵抗をもたらし、〈わたし〉とそれ以外の事物との自由な相互浸透が妨げられるからこそ、接触における浸透性や間主観的関係も、可能になるのである。この意味において、接触は、スムーズな接続や浸透の経験である前に、何よりもまず、ぎこちない断絶の経験として理解されなくてはならない。

四　ビサイドのクィアネス

ここであらためて、接触と結びつけられたセジウィックのビサイドに立ち戻ることにしよう。先述したように、ブラッドウェイはセジウィックにとって「ビサイドであることは、無矛盾の経験である」として、相互浸透性や間主観的関係性をもたらす点にこそセジウィックのビサイドのクィア性を見出そうとする。そしておそらくこれは一面では（この箇所に関するブラッドウェイの誤読にもかかわらず）セジウィックの議論全体の方向性から大きく外れたものではないかもしれない。実際、セジウィックが*TF*において、「肌理 texture と感情の間には特別の親密さがある（一七）」と指摘し、「触覚的なものと感情的なものという二重の意味が、『触れること touching』というひとつの単語の中に、すでに存在している。そしてそれは同じく、『感じること feeling』という語にも、内在するのだ（一七）」と述べる時、三節で私たちが確認したような接触を感じる経験に内包されるぎこちなさ、あるいは触れることが感じることに持ち込む潜在的な断絶を、彼女が意識しているようには見えない（「『べたべたした touchy-feely』という言いまわしが含意するように、情動について語ることすら、事実上、皮膚接触と同じことになる（一七）」）。そして、このように接触と情動との不可分性を語る彼女が、同時に一方で「事物に、人々に、考えに、感覚に、関係性に、活動に、野望に、制度に、そして他の情動をふくむその他多くのものに結びつくことができるし、実際に結びついている（一九）」点において情動の「自由さ」を称揚し、他方で「行為能力と受動性とを二元論的に理解できなくしてしまう（一四）」接触の「可逆的な特性（一四）」に注意を促すとき、そこに、相互に浸透しあい融合しあいあらゆるものとつながり結びついて、境界づけられたものとしての個体を変容させながら広がっていくような、接触／情動のポリティクスへの志向を浮かびあがらせるのは、たしかに無理ではないように思われる。

しかし、私たちの議論にとって重要なのは、たとえ*TF*にそのような志向が垣間見られるとしても、そこには同時にそれと大きく矛盾する考察もまた散りばめられている、ということである。そもそも、セジウィックが接触／情動を重視する理由のひとつが情動の有限の多数性 finitely many にある、ということに、私たちはまず注意を向ける必要があるだろう。精神分析理論から援用された欲動やリビドーという概念で多様な感情を一律に説明しようとする議論は、まさしくその多数性のひとつひとつを枯渇させてしまうのではないか、とセジウィックは問う。「このようにして情動を欲動に還元することで、思考は図式的な鋭敏さを獲得するだろう。しかしそれは、質的な点から言えばあまりの貧困化をもたらすかもしれないのだ（一八）」。実際、*TF*の全編を通してセジウィックが繰り返し試みているのは、二元論におさまるのでもなく、かといって一気に無限の広がりへと拡大するのでもない「有限に多数の（n>2）値（一〇八）」の豊かさを取り戻すことである、と言ってもよい。本章の第一節で述べたような「反本質主義的な」「脱構築／クィアの系統」への違和感も、何よりまずこの試みと結びつけられるものであることを、忘れてはならないだろう。この試みが文学者としてのセジウィックにとって重要であることには疑いの余地がないが、同時にこれは彼女にとって政治的な重要性をもつ作業としても認識されている。有限に多数の値が存在するこの領域にアクセスすることは、「なかんずく差異にかかわる政治的ヴィジョン、二元論的な差異の均質化と無限化を支える差異の卑小化との双方に抵抗するようなヴィジョンを可能にするために、重要である（一〇八）」。ここでセジウィックが見ているのがブラッドウェイの描き出すような相互浸透的にして個体の非決定をもたらす融合でないことは、明らかである。ここで召還されているのはむしろ、多数の個体がその多数性を保ちつつ併存する領域であり、それはまさしく断絶を内包したビサイドの関係性ではないだろうか。

このことは、セジウィックにとっての情動の政治作用、それも差異の政治一般ではなくとりわけクィアな政治における作用に着目するとき、いっそう明らかである。*TF*において、情動の中でも特にクィア・ポリティクスにとって重要なものとして論じられるのは〈恥 shame〉であるが、そもそもセジウィックはこの特定の情動の作用を、諸個体をスムーズに結びつけ融合させるものとしてではなく、まさしく断絶を含んだ関係性を生み出すものとして、理解している。「これこそ、恥の二重の身ぶりである。苦痛にみちた個別化に向かう、そして抑制のきかない関係性に向かう、身ぶりなのだ（三七）」。そして、苦痛にみちた個別化を内包して並列されたものたちが関係をむすぶとき、それは必ずしも「無矛盾の」滑らかで相互浸透的な接続をもたらすわけではない。セジウィックがクィア・ポリティクスの観点から注目しているのは、むしろ、このように互いにビサイドであるものたちが結ぶ「無矛盾」でも滑らかでもない関係であるように思われる。

本章のエピグラフとして掲げた引用において、セジウィックはビサイドを構成するさまざまな関係性を列挙しつつ、まさしくどこか「平和な関係」を思わせるような「無矛盾」とは明確に相容れない「拒絶すること」「張り合うこと」「攻撃すること」などに加えて、「ねじること」「ゆがめること」という関係に言及する[18]（八）。ここで、ねじる、ゆがめるというこの関係性が*TF*のもうひとつの重要な主題であるパフォーマティビティの概念に関連していることは、確認する必要があるだろう。セジウィックは、上述した有限の多数性への志向にいわば忠実なやり方で、「反本質主義的探求（五）」である「デリダやバトラーのパフォーマティビティ（六）」がパフォーマティビティ概念を「特定の言語からあらゆる言語へと（六）」拡大してしまったのではないか、と批判する。

その上で彼女は、そのような「行為遂行文の非指示性」ではなく、パフォーマティビティが何らかの倒錯やねじれを生み出す点に、読者の注意を促そうとするのである。「行為遂行文の非指示性にこだわるのではなく、むしろ、（ド・マンの言葉を借りれば）行為遂行文とその指示との関係は必然的に『常軌を逸した』ものである、という点にこだわるのが良いかもしれない。言ってみれば、指示とパフォーマティビティとのねじれ、その間にある倒錯に（七）」。つまり、セジウィックにとって重要なのは、パフォーマティビティが言語の外にその指示対象を持たないという点ではなく、パフォーマティビティが常軌を逸したねじれた関係性によって特徴づけられるという点なのだ。[19]

そして、まさしくこの常軌を逸した関係性のパフォーマティブな構築に、情動は関わってくる。すでに指摘したように、*TF* における情動はその目的や対象において「欲動よりはるかに大きな自由をもつ（一九）」もの、他の情動をも対象としてそこに結びつくことができるものとして、定義されている。そしてこの自由さのために、情動は、それがもともとは〈わたし〉にとって好ましくないものである場合でさえ、まさしくその情動との好ましくない情動的な関係を、いわば、ねじりゆがめることで、〈わたし〉とその情動、そしてそれが結びついていた対象との関係を、あらたに作り上げることができるのである。ヘンリー・ジェイムズが自編の全集である『ニューヨーク・エディション』に付した序文を読み解きながら、セジウィックは、期待された承認の欠如への反応としての恥 shame という情動が、まさしくその情動それ自体のエロス化を通じて、現在の作家と作品執筆当時の若き日の作家、そして執筆された作品との愛に満ちた関係を、いかにパフォーマティブに作り出していくのかを、説明する（四一）。「こうして、ジェイムズは序文において恥を演劇化し統合していく戦略として、親になりなおすこと、あるいは『再刊／生みなおし』を利用する。つまり、人から力を奪う潜在的な作用をもつこの情動を、語りと感情を生み出すもの、パフォーマティブに生産的なものへと変えるための戦略として（四四）」。そしてセジウィックによれば、これこそが、「クィアネスの、あるいはクィア・パフォーマティビティの、ひとつのプロトタイプである（六二）」。ここでのクィア・パフォーマティビティ、あるいはそのクィアネスとは、「恥の情動と、それに関わって後からおきるスティグマの事実とに関連しながら、意味と存在とをつくりだす戦略（六二）」とだけ説明されている。しかし、上述の議論からも明らかであり、そしてセジウィック自身が「少なくとも特定の（『クィアな』）人々にとって、恥は［……］ジェイムズの例が示すように、きわめて生産的でかつきわめて社会的な変性可能性をもつ（六三―六四）」と述べるように、このパフォーマティビティがクィアであるのは、それがもともとの関係性をねじり、ゆがめて、「常軌を逸した」関係性を生み出すからに、他ならない。

つまり、ビサイドを構成する「ねじること」「ゆがめること」という関係は、情動をオルタナティブな意味や存在の生産へと差し向けるようなクィア・パフォーマティビティを可能にする、特定のそして特別な政治性を帯びた関係性なのである。自他融合的な相互浸透をもたらすスムーズな接触ではなく、断絶と他者性をはらんだぎこちない接触を介在させて隣りあうものたちが、さらに、「常軌を逸した」かたちへとねじられゆがめられて関係し接続している場。セジウィックのクィアな政治にとってのビサイドの意義は、そこにこそ認められなくてはならない。情動を主題とする*TF*が、そこで「もっとも目に付く前置詞」としてビサイドを挙げるのも、まさしくそれが理由に他ならないだろう。そして、ビサイドの経験としてのほとんど特権的な地位が接触に与えられているのも、それが非個人的な融合の情動をもたらすからではなく、個体の断絶と抵抗の経験である接触がそれでもなお、まさしくその経験のぎこちなさにおいて個体を接続しているからである。兄弟姉妹とベッドを共にしたことのある子どもなら誰しも、ビサイドが平等なあるいは平和な関係でないことはわかっている、とセジウィックは言う。おそらくその同じ子どもは、蹴飛ばしてくる脚や顔に向かって突き出される腕との接触が非個人的な相互浸透の経験でも間主観性の経験でもないことも分かっているだろう。それでも、その子どもは兄弟姉妹とべッドを共にし、その横にいるのだ——おそらくは単に〈それ以外の場〉などないという理由で、けれども、抵抗をともなうそのような接触が、もしかしたら、いつか、まさしくその抵抗のゆえに、ベッドの上での隣人とのまったく異なる関係性へと変容するかもしれない、その可能性を育みながら。

〈追記〉　本章は、ブックレット『グローバル化時代における現代思想 Vol. 一　香港会議』（中島隆博、馬場智一編、二〇一四年）所収の同タイトルの論文（八五—九九頁）を、表記上の微細な変更・修正の上、再録したものである。

（1）　Eve Kosofsky Sedgwick, *Touching Feeling : Affect, Pedagogy, Performativity* (Durham and London : Duke University Press, 2003), 8.

（2）　Eve Kosofsky Sedgwick, *Between Men : English Literature and Male Homosocial Desire* (New York : Columbia University Press, 1985).

（3）　とりわけジェンダーやセクシュアリティにかかわる文化理論における〈情動論的転回〉の概観については以下を参照。Michael Hardt, "Foreword : What Affects Are Good For", in *The Affective Turn : Theorizing the Social*, eds. Patricia Ticineto Clough and Jean Halley (Durham and London : Duke University Press, 2007), ix-xiii ; Patricia Ticineto Clough, "Introduction", in *The Affective Turn*, 1-33 ; Anu Koivunen, "An Affective Turn? : Reimagining the Subject of Feminist Theory", in *Working with Affect in Feminist Readings : Disturbing Differences*, eds. Marianne Liljeström and Susanna Paasonen (London and New York : Routledge, 2010), 8-28.

（4）　しばしば参照される代表的著作として、セジウィックの *TF* の他に、たとえば以下を参照。Sara Ahmed, *The Cultural Politics of Emotion* (Edinburgh : Edinburgh University Press, 2004) ; Judith Butler, *Precarious Life : The Powers of Mourning and Violence* (London : Verso, 2004) ; Sally Munt, *Queer Attachments : The Cultural Politics of Shame* (Aldershot : Ashgate, 2007) ; Heather Love, *Feeling Backward : Loss and the Politics of Queer History* (Cambridge, MA :

Harvard University Press, 2007). ただし、広義の文化理論においてと同様にクィア理論においても、〈情動〉の定義やその可能性を引き出す文脈については個々の論者によって大きく異なったままであることには、注意をしなくてはならない。

(5) 重要な例外として、たとえばセジウィックの情動論への以下の批判を参照。Lauren Berlant, "Two Girls, Fat and Thin", in *Regarding Sedgwick：Essays on Queer Culture and Critical Theory*, eds. Stephen M. Barber and David L. Clark (New York and London：Routledge, 2002), 71–108；Clare Hemmings, "Invoking Affect：Cultural Theory and the Ontological Turn", *Cultural Studies*, Vol.19 No.5 (2005)：548–67. また、より肯定的な評価として、後述する Tyler Bradway, "Permeable We!：Affect and the Ethics of Intersubjectivity in Eve Sedgwick's *A Dialogue on Love*", *GLQ*, 19:1 (2012)：79–110 も参照。

(6) Eve Kosofsky Sedgwick, *A Dialogue on Love* (Boston：Beacon, 1999).

(7) セジウィックの用語にしたがうならばここは besides ではなく beside であるが、ここではブラッドウェイの表記をそのまま採用する。

(8) 実際のところ、意図的であるか否かは別にして、ブラッドウェイはここで明らかにセジウィックを誤読している。ブラッドウェイの引用する箇所は、次のとおりである。「ビサイドは、二元論的思考を強いる線的なロジックのいくつかについて、不可知論の広大な場をもたらす。この二元論的思考とはすなわち、無矛盾かそれとも排中律なのか、原因対結果、主体対客体、といったものである（八）」。

(9) Luce Irigaray, "This Sex Which Is Not One", in *This Sex Which Is Not One* (1977), trans. Catherine Porter and Carolyn Burke (Ithaca, New York：Cornell University Press, 1985), 23–33.

(10) Margrit Shildrick, "'You Are There, Like My Skin'：Reconfiguring Relational Economies", in *Thinking Through The Skin*, eds. Sarah Ahmed and Jackie Stacey (London and New York：Routledge, 2001)：160–173, 165. ここでシルドリックは、このような触覚の可逆的な特質への注目はイリガライとメルロ＝ポンティの双方に共通することを認めたうえで、にもかかわらずメルロ＝ポンティにとっての「可逆性はけっして融合の非決定性ではなく、ヒエラルキーの形式が残ってしまう」として、「常にすでに触れあっているふたつの表面」にもとづくイリガライの考察に、結合双生児に特徴的にみられる非決定的に融合した「一体化 concorporation」を許容するような、オルタナティブな身体化のモデルを見出そうとする。なお、イリガライにおける触覚と女性性についてはフェミニズムの理論家たちによって多くの議論がなされているが、その代表的なものとして、例えば以下を参照。Margaret Whitford, *Luce Irigaray: Philosophy in the Feminine* (London and New York: Routledge, 1991); Cathryn Vasseleu, *Textures of Light: Vision and Touch in Irigaray, Levinas and Merleau-Ponty* (London: Routledge, 1998); Margrit Shildrick, *Embodying the Monster: Encounter with the Vulnerable Self* (London, Thousand Oaks, New Delhi: Sage Publications, 2002).

（11）イリガライの〈触れあう唇〉のような主張を本質主義と考えるのかどうか、あるいは彼女の主張のどこが本質主義であると考えるのかについては、フェミニズムの理論家の間でも大きく意見がわかれたままであると言える。たとえば以下を参照。Diana Fuss, *Essentially Speaking: Feminism, Nature and Difference* (New York, Routledge: 1989); Carolyn Burke, Nomi Schor, Margaret Whitford, eds., *Engaging with Irigaray* (New York, Columbia University Press, 1994).

（12）Judith Butler, *Gender Trouble: Feminism and the Subversion of Identity* (New York and London, Routledge: 1990).

（13）Judith Butler, *Bodies That Matter: On the Discursive Limits of "Sex"* (London and New York, Routledge: 1993).

（14）Jay Prosser, "Judith Butler: Queer Feminism Transgender, and the Transubstantiation of Sex" in *The Transgender Studies Reader*, eds. Susan Stryker and Stephen Whittle (New York and London, Routledge: 2006), 257–80.

（15）バトラーの身体モデルに対するプロッサーの理解の誤謬と可能性とについては、本論とは異なってむしろ視覚的に認識される身体に焦点を絞ってはいるものの、別論考で扱っているので、参照されたい。SHIMIZU, Akiko, *Lying Bodies: Survival and Subversion in the Field of Vision* (New York, Peter Lang: 2008).

（16）"[A person's body] is *seen* like any other object, but to the *touch*, it yields two kinds of sensations, one of which may be equivalent to an internal perception." Sigmund Freud, *The Ego and the Id* (1923), trans. Joan Rivière, ed. James Strachey (New York: Norton, 1989), 19–20.

（17）Sara Ahmed, *The Cultural Politics of Emotion*, 24.

(18)　このような「列挙」は*TF*においてきわめて頻繁にあらわれる文体上の特徴であるが、本章のここまでの議論で明らかなように、これはそれ自体が「有限に多数の項」によるビサイドの関係性の実演であり、したがってそこにはしばしば、互いに明確に矛盾し、あるいは論理的、分類法的になめらかに接続しないような諸項がいくぶん居心地の悪いままに並べられることになる。

(19)　実は、この点においてこそ、セジウィックのパフォーマティビティ論は彼女が差異化を図ろうとしているバトラーのそれともっとも近づいている、ということも可能だろう。パフォーマティビティという概念を援用したバトラーのジェンダー論において最も重要な論点は、言語が外部の指示対象を欠いたままそれ自身の指示する対象を生み出すというところにではなく、むしろ、規範は既に存在する規範自身を引用し続けなくてはならないが、だからこそまさしくその引用の反復において、規範自身がずれる（あるいはセジウィックのここでの用語に従うなら「逸脱する」）可能性が生じる、というところに見出されるべきだからである。

タ 行

ナ 行

ハ 行

マ 行

ラ 行

索　　引

ア　行

カ　行

サ　行

執筆者紹介（執筆順）

大田美和（おおたみわ）　研究員　中央大学文学部教授
岸まどか（きし）　ルイジアナ州立大学研究員
石川千暁（いしかわちあき）　大妻女子大学文学部専任講師
米谷郁子（こめたにいくこ）　客員研究員　清泉女子大学文学部准教授
ヴューラー・シュテファン　東京大学大学院博士後期課程
長島佐恵子（ながしまさえこ）　研究員　中央大学法学部准教授
黒岩裕市（くろいわゆういち）　客員研究員　中央大学文学部兼任講師
森岡実穂（もりおかみほ）　研究員　中央大学経済学部准教授
清水晶子（しみずあきこ）　客員研究員　東京大学大学院総合文化研究科教授

読むことのクィア
続 愛の技法　　中央大学人文科学研究所研究叢書　70

2019年3月25日　初版第1刷発行

編　者　中央大学人文科学研究所
発行者　中　央　大　学　出　版　部
代表者　間　島　進　吾

〒192-0393　東京都八王子市東中野742-1
発行所　中　央　大　学　出　版　部
電話 042(674)2351　FAX 042(674)2354
http://www2.chuo-u.ac.jp/up/

ISBN978-4-8057-5354-5　　㈱千秋社

中央大学人文科学研究所研究叢書

1 五・四運動史像の再検討

A5判 五六四頁
（品切）

2 希望と幻滅の軌跡 反ファシズム文化運動

様々な軌跡を描き、歴史の壁に刻み込まれた抵抗運動の中から新たな抵抗と創造の可能性を探る。

A5判 四三四頁
三五〇〇円

3 英国十八世紀の詩人と文化

A5判 三六八頁
（品切）

4 イギリス・ルネサンスの諸相 演劇・文化・思想の展開

A5判 五一四頁
（品切）

5 民衆文化の構成と展開 遠野物語から民衆的イベントへ

全国にわたって民衆社会のイベントを分析し、その源流を辿って遠野に至る。巻末に子息が語る柳田國男像を紹介。

A5判 四三四頁
三五〇〇円

6 二〇世紀後半のヨーロッパ文学

第二次大戦直後から八〇年代に至る現代ヨーロッパ文学の個別作家と作品を論考しつつ、その全体像を探り今後の動向をも展望する。

A5判 四七八頁
三八〇〇円

7
近代日本文学論　大正から昭和へ
時代の潮流の中でわが国の文学はいかに変容したか、詩歌論・作品論・作家論の視点から近代文学の実相に迫る。
A5判　三六〇頁
二八〇〇円

8
ケルト　伝統と民俗の想像力
古代のドイツから現代のシングにいたるまで、ケルト文化とその稟質を、文学・宗教・芸術などのさまざまな視野から説き語る。
A5判　四九六頁
四〇〇〇円

9
近代日本の形成と宗教問題〔改訂版〕
外圧の中で、国家の統一と独立を目指して西欧化をはかる近代日本と、宗教とのかかわりを、多方面から模索し、問題を提示する。
A5判　三三〇頁
三〇〇〇円

10
日中戦争　日本・中国・アメリカ
日中戦争の真実を上海事変・三光作戦・毒ガス・七三一細菌部隊・占領地経済・国民党訓政・パナイ号撃沈事件などについて検討する。
A5判　四八八頁
四二〇〇円

11
陽気な黙示録　オーストリア文化研究
世紀転換期の華麗なるウィーン文化を中心に二〇世紀末までのオーストリア文化の根底に新たな光を照射し、その特質を探る。巻末に詳細な文化史年表を付す。
A5判　五九六頁
五七〇〇円

12
批評理論とアメリカ文学　検証と読解
一九七〇年代以降の批評理論の隆盛を踏まえた方法・問題意識によって、アメリカ文学のテキストと批評理論を多彩に読み解き、かつ犀利に検証する。
A5判　二八八頁
二九〇〇円

中央大学人文科学研究所研究叢書

13
風習喜劇の変容　王政復古期からジェイン・オースティンまで
王政復古期のイギリス風習喜劇の発生から、一八世紀感傷喜劇との相克を経て、ジェイン・オースティンの小説に一つの集約を見る、もう一つのイギリス文学史。
A5判　二六八頁
二七〇〇円

14
演劇の「近代」　近代劇の成立と展開
イプセンから始まる近代劇は世界各国でどのように受容展開されていったか、イプセン、チェーホフの近代性を論じ、仏、独、英米、中国、日本の近代劇を検討する。
A5判　五三六頁
五四〇〇円

15
現代ヨーロッパ文学の動向　中心と周縁
際だって変貌しようとする二〇世紀末ヨーロッパ文学は、中心と周縁という視座を据えることで、特色が鮮明に浮かび上がってくる。
A5判　三九六頁
四〇〇〇円

16
ケルト　生と死の変容
ケルトの死生観を、アイルランド古代／中世の航海・冒険譚や修道院文化、またウェールズの『マビノーギ』などから浮かび上がらせる。
A5判　三六八頁
三七〇〇円

17
ヴィジョンと現実　十九世紀英国の詩と批評
ロマン派詩人たちによって創出された生のヴィジョンはヴィクトリア時代の文化の中で多様な変貌を遂げる、英国十九世紀文学精神の全体像に迫る試み。
A5判　六八八頁
六八〇〇円

18
英国ルネサンスの演劇と文化
演劇を中心とする英国ルネサンスの豊饒な文化を、当時の思想・宗教・政治・市民生活その他の諸相において多角的に捉えた論文集。
A5判　四六六頁
五〇〇〇円

19　ツェラーン研究の現在　詩集『息の転回』第一部注釈

二〇世紀ヨーロッパを代表する詩人の一人パウル・ツェラーンの詩の、最新の研究成果に基づいた注釈の試み、研究史、研究・書簡紹介、年譜を含む。

A5判　四四八頁　四七〇〇円

20　近代ヨーロッパ芸術思潮

価値転換の荒波にさらされた近代ヨーロッパの社会現象を文化・芸術面から読み解き、その内的構造を様々なカテゴリーへのアプローチを通して、解明する。

A5判　三四四頁　三八〇〇円

21　民国前期中国と東アジアの変動

近代国家形成への様々な模索が展開された中華民国前期（一九一二～二八）を、日・中・台・韓の専門家が、未発掘の資料を駆使し検討した国際共同研究の成果。

A5判　五九二頁　六六〇〇円

22　ウィーン　その知られざる諸相
もうひとつのオーストリア

二〇世紀全般に亙るウィーン文化に、文学、哲学、民俗音楽、映画、歴史など多彩な面から新たな光を照射し、世紀末ウィーンと全く異質の文化世界を開示する。

A5判　四二四頁　四八〇〇円

23　アジア史における法と国家

中国・朝鮮・チベット・インド・イスラム等における古代から近代に至る政治・法律・軍事などの諸制度を多角的に分析し、「国家」システムを検証解明する。

A5判　四四四頁　五一〇〇円

24　イデオロギーとアメリカン・テクスト

アメリカン・イデオロギーないしその方法を剔抉、検証、批判することによって、多様なアメリカン・テクストに新しい読みを与える試み。

A5判　三二〇頁　三七〇〇円

中央大学人文科学研究所研究叢書

25
ケルト復興

一九世紀後半から二〇世紀前半にかけての「ケルト復興」に社会史的観点と文学史的観点の双方からメスを入れ、複雑多様な実相と歴史的な意味を考察する。

A5判　五七六頁
六六〇〇円

26
近代劇の変貌　「モダン」から「ポストモダン」へ

ポストモダンの演劇とは？　その関心と表現法は？　英米、ドイツ、ロシア、中国の近代劇の成立を論じた論者たちが、再度、近代劇以降の演劇状況を鋭く論じる。

A5判　四二四頁
四七〇〇円

27
喪失と覚醒　19世紀後半から20世紀への英文学

伝統的価値の喪失を真摯に受けとめ、新たな価値の創造に目覚めた、文学活動の軌跡を探る。

A5判　四八〇頁
五三〇〇円

28
民族問題とアイデンティティ

冷戦の終結、ソ連社会主義体制の解体後に、再び歴史の表舞台に登場した民族の問題を、歴史・理論・現象等さまざまな側面から考察する。

A5判　三四八頁
四二〇〇円

29
ツァロートの道　ユダヤ歴史・文化研究

一八世紀ユダヤ解放令以降、ユダヤ人社会は西欧への同化と伝統の保持の間で動揺する。その葛藤の諸相を思想や歴史、文学や芸術の中に追求する。

A5判　四九六頁
五七〇〇円

30
埋もれた風景たちの発見　ヴィクトリア朝の文芸と文化

ヴィクトリア朝の時代に大きな役割と影響力をもちながら、その後顧みられることの少なくなった文学作品と芸術思潮を掘り起こし、新たな照明を当てる。

A5判　六五六頁
七三〇〇円

31
近代作家論
鷗外・茂吉・『荒地』等、近代日本文学を代表する作家や詩人、文学集団といった多彩な対象を懇到に検証、その実相に迫る。
A5判　四三二頁
四七〇〇円

32
ハプスブルク帝国のビーダーマイヤー
ハプスブルク神話の核であるビーダーマイヤー文化を多方面からあぶり出し、そこに生きたウィーン市民の日常生活を通して、彼らのしたたかな生き様に迫る。
A5判　四四八頁
五〇〇〇円

33
芸術のイノヴェーション　モード、アイロニー、パロディ
技術革新が芸術におよぼす影響を、産業革命時代から現代まで、文学、絵画、音楽など、さまざまな角度から研究・追求している。
A5判　五二八頁
五八〇〇円

34
剣と愛と　中世ロマニアの文学
一二世紀、南仏に叙情詩、十字軍から叙事詩、ケルトの森からロマンスが誕生。ヨーロッパ文学の揺籃期をロマニアという視点から再構築する。
A5判　二八八頁
三一〇〇円

35
民国後期中国国民党政権の研究
中華民国後期（一九二八～四九）に中国を統治した国民党政権の支配構造、統治理念、国民統合、地域社会の対応、対外関係・辺疆問題を実証的に解明する。
A5判　六四〇頁
七〇〇〇円

36
現代中国文化の軌跡
文学や語学といった単一の領域にとどまらず、時間的にも領域的にも相互に隣接する複数の視点から、変貌著しい現代中国文化の混沌とした諸相を捉える。
A5判　三四四頁
三八〇〇円

中央大学人文科学研究所研究叢書

37
アジア史における社会と国家
国家とは何か？　社会とは何か？　人間の活動を「国家」と「社会」という形で表現させてゆく史的システムの構造を、アジアを対象に分析する。
A5判　三五二頁
三八〇〇円

38
ケルト　口承文化の水脈
アイルランド、ウェールズ、ブルターニュの中世に源流を持つケルト口承文化——その持続的にして豊穣な水脈を追う共同研究の成果。
A5判　五二八頁
五八〇〇円

39
ツェラーンを読むということ
詩集『誰でもない者の薔薇』研究と注釈
現代ヨーロッパの代表的詩人の代表的詩集全篇に注釈を施し、詩集全体を論じた日本で最初の試み。
A5判　五六八頁
六〇〇〇円

40
続　剣と愛と　中世ロマニアの文学
聖杯、アーサー王、武勲詩、中世ヨーロッパ文学を、ロマニアという共通の文学空間に解放する。
A5判　四八八頁
五三〇〇円

41
モダニズム時代再考
ジョイス、ウルフなどにより、一九二〇年代に頂点に達した英国モダニズムとその周辺を再検討する。
A5判　二八〇頁
三〇〇〇円

42
アルス・イノヴァティーヴァ
レッシングからミュージック・ヴィデオまで
科学技術や社会体制の変化がどのようなイノヴェーションを芸術に発生させてきたのかを近代以降の芸術の歴史において検証、近現代の芸術状況を再考する試み。
A5判　二五六頁
二八〇〇円

43
メルヴィル後期を読む
複雑・難解であることが知られる後期メルヴィルに新旧二世代の論者六人が取り組んだもので、得がたいユニークな論集となっている。
Ａ５判　二四八頁
二七〇〇円

44
カトリックと文化　出会い・受容・変容
インカルチュレーションの諸相を、多様なジャンル、文化圏から通時的に剔抉、学際的協力により可能となった変奏曲（カトリシズム（普遍性））の総合的研究。
Ａ５判　五二〇頁
五七〇〇円

45
「語り」の諸相　演劇・小説・文化とナラティヴ
「語り」「ナラティヴ」をキイワードに演劇、小説、祭儀、教育の専門家が取り組んだ先駆的な研究成果を集大成した力作。
Ａ５判　二五六頁
二八〇〇円

46
档案の世界
近年新出の貴重史料を綿密に読み解き、埋もれた歴史を掘り起こし、新たな地平の可能性を予示する最新の成果を収載した論集。
Ａ５判　二七二頁
二九〇〇円

47
伝統と変革　一七世紀英国の詩泉をさぐる
一七世紀英国詩人の注目すべき作品を詳細に分析し、詩人がいかに伝統を継承しつつ独自の世界観を提示しているかを解明する。
Ａ５判　六八〇頁
七五〇〇円

48
中華民国の模索と苦境　１９２８～１９４９
二〇世紀前半の中国において試みられた憲政の確立は、戦争、外交、革命といった困難な内外環境によって挫折を余儀なくされた。
Ａ５判　四二〇頁
四六〇〇円

中央大学人文科学研究所研究叢書

49
現代中国文化の光芒
文字学、文法学、方言学、詩、小説、茶文化、俗信、演劇、音楽、写真などを切り口に現代中国の文化状況を分析した論考を多数収録する。

A5判　三八八頁
四三〇〇円

50
アフロ・ユーラシア大陸の都市と宗教
アフロ・ユーラシア大陸の都市と宗教の歴史が明らかにする、地域の固有性と世界の普遍性。都市と宗教の時代の新しい歴史学の試み。

A5判　二九八頁
三三〇〇円

51
映像表現の地平
無声映画から最新の公開作まで様々な作品を分析しながら、未知の快楽に溢れる映像表現の果てしない地平へ人々を誘う気鋭の映像論集。

A5判　三三六頁
三六〇〇円

52
情報の歴史学
「個人情報」「情報漏洩」等々、情報に関わる用語がマスメディアをにぎわす今、情報のもつ意義を前近代の歴史から学ぶ。

A5判　三四八頁
三八〇〇円

53
フランス十七世紀の劇作家たち
フランス十七世紀の三大作家コルネイユ、モリエール、ラシーヌの陰に隠れて忘れられた劇作家たちの生涯と作品について論じる。

A5判　四七二頁
五二〇〇円

54
文法記述の諸相
中央大学人文科学研究所「文法記述の諸相」研究チーム十一名による、日本語・中国語・英語を対象に考察した言語研究論集。

A5判　三六八頁
四〇〇〇円

55 英雄詩とは何か

古来、いかなる文明であれ、例外なくその揺籃期に、英雄詩という文学形式を擁す。『ギルガメシュ叙事詩』から『ベーオウルフ』まで。

A5判　二六四頁
二九〇〇円

56 第二次世界大戦後のイギリス小説
ベケットからウインターソンまで

一二人の傑出した小説家たちを俎上に載せ、第二次世界大戦後のイギリスの小説の豊穣な多様性を解き明かす論文集。

A5判　三八〇頁
四二〇〇円

57 愛の技法　クィア・リーディングとは何か

批評とは、生き延びるために切実に必要な「技法」であったのだ。時代と社会が強制する性愛の規範を切り崩す、知的刺激に満ちた論集。

A5判　二三六頁
二六〇〇円

58 アップデートされる芸術　映画・オペラ・文学

映画やオペラ、「百科事典」やギター音楽、さまざまな形態の芸術作品を「いま」の批評的視点からアップデートする論考集。

A5判　二五二頁
二八〇〇円

59 アフロ・ユーラシア大陸の都市と国家

アフロ・ユーラシア大陸の歴史を、都市と国家の関連を軸に解明する最新の成果。各地域の多様な歴史が世界史の構造をつくりだす。

A5判　五八八頁
六五〇〇円

60 混沌と秩序　フランス十七世紀演劇の諸相

フランス十七世紀演劇は「古典主義演劇」と呼ばれることが多いが、こうした範疇では捉えきれない演劇史上の諸問題を採り上げている。

A5判　四三八頁
四九〇〇円

61

島と港の歴史学

「島国日本」における島と港のもつ多様な歴史的意義、とくに物流の拠点、情報の発信・受信の場に注目し、共同研究を進めた成果。

A5判　二四四頁
二七〇〇円

62

アーサー王物語研究

中世ウェールズの『マビノギオン』からトールキンの未完物語『アーサーの顚落』まで、「アーサー王物語」の誕生と展開に迫った論文集。

A5判　四二四頁
四六〇〇円

63

文法記述の諸相Ⅱ

中央大学人文科学研究所「文法記述の諸相」研究チーム十名による、九本を収めた言語研究論集。本叢書54の続編を成す。

A5判　三三二頁
三六〇〇円

64

続　英雄詩とは何か

古代メソポタミアの『ギルガメシュ叙事詩』からホメロス、古英詩『モールドンの戦い』、中世独仏文学まで英雄詩の諸相に迫った論文集。

A5判　二九六頁
三二〇〇円

65

アメリカ文化研究の現代的諸相

転形期にある現在世界において、いまだ圧倒的な存在感を示すアメリカ合衆国。その多面性を文化・言語・文学の視点から解明する。

A5判　三一六頁
三四〇〇円

66

地域史研究の今日的課題

近世～近代の地域社会について、庭場・用水・寺子屋・市場・軍功記録・橋梁・地域意識など、多様な視角に立って研究を進めた成果。

A5判　二〇〇頁
二二〇〇円

中央大学人文科学研究所研究叢書

67

モダニズムを俯瞰する

複数形のモダニズムという視野のもと、いかに芸術は近代という時代に応答したのか、世界各地の取り組みを様々な観点から読み解く。

Ａ５判　三三六頁
三六〇〇円

68

英国ミドルブラウ文化研究の挑戦

正統文化の境界領域にあるミドルブラウ文化。その大衆教養主義から、もう一つの〈イギリス文化〉、もう一つの〈教養〉が見えてくる。

Ａ５判　四六四頁
五一〇〇円

69

英文学と映画

イギリス文学の研究者たちが、文学研究で培われた経験と知見を活かし、映画、映像作品、映像アダプテーション、映像文化について考察した研究論文集。

Ａ５判　二六八頁
二九〇〇円

定価は本体価格です。別途消費税がかかります。